# 流年河

翰儒 著

SPM 南方传媒 | 花城出版社

中国·广州

图书在版编目（CIP）数据

流年河 / 翰儒著. -- 广州：花城出版社，2021.8（2022.5重印）
ISBN 978-7-5360-9449-9

Ⅰ．①流… Ⅱ．①翰… Ⅲ．①长篇小说－中国－当代
Ⅳ．①I247.5

中国版本图书馆CIP数据核字(2021)第124328号

出 版 人：张 懿
策　　划：程士庆
责任编辑：黎　萍　夏显夫
技术编辑：林佳莹
封面设计：WONDERLAND Book design 仙遇

| 书　　名 | 流年河<br>LIU NIAN HE |
|---|---|
| 出版发行 | 花城出版社<br>（广州市环市东路水荫路11号） |
| 经　　销 | 全国新华书店 |
| 印　　刷 | 深圳市福圣印刷有限公司<br>（深圳市龙华区龙华街道龙苑大道联华工业区） |
| 开　　本 | 787毫米×1092毫米　16开 |
| 印　　张 | 17.25　1插页 |
| 字　　数 | 270,000字 |
| 版　　次 | 2021年8月第1版　2022年5月第3次印刷 |
| 定　　价 | 50.00元 |

如发现印装质量问题，请直接与印刷厂联系调换。
购书热线：020-37604658　37602954
花城出版社网站：http://www.fcph.com.cn

## 目录

第一章　流年河　/ 1
第二章　郑顺势　/ 19
第三章　宿舍　/ 37
第四章　欧阳月云　/ 53
第五章　动身前　/ 66
第六章　开学　/ 85
第七章　郑之初　/ 105
第八章　打工　/ 121
第九章　一年又一年　/ 146
第十章　饮料厂　/ 165
第十一章　那个星期　/ 188
第十二章　太意外了　/ 213
第十三章　吕一笔　/ 235

# 第一章　流年河

## 1

　　流年河这一带，据说有五百多年的历史。生活在这里的他们，世世代代都这么流传——流年河的起名，取意流年似水。

　　流年河源于睡莲山脉上的云朵，雨从天上下来后，在崇山峻岭间逶迤而流，不舍昼夜，不知疲倦。山泉、涧流、小溪一路汇合，在那片宽广的小盆地流成颇具气象的流年河，然后进入滔滔韩江，最后奔向浩瀚南海。

　　流年河孕育了花草、树木、生灵。没有流年河，哪来这一带的兴盛？感恩流年河，他们把这一带起名为流年镇。有一段叫过流年公社，起初才几千人，后来是近万、两万，到了二十世纪八十年代已有三万多人。

　　还有一说，流年镇曾经被称为黄猄圩，源于一段传说。很久很久以前，河坎上住着一户杨姓人家。一日，一只中箭的黄猄哀叫着躲到他家。心地善良的杨某将黄猄藏进屋里。不一会儿，一位手执钢叉、弓箭的猎人沿着黄猄的血迹，索上门来。杨某恳求说：我给你银子，这只黄猄就算你卖给我的吧。猎人收过银子离开。杨某把黄猄放归山林。第二年的一天黄昏，杨某一家正在吃饭，突然一只黄猄蹿进屋来，原来是去年那只受过箭伤的黄猄。黄猄从摇篮里衔起正在熟睡的杨某的孙子，奔门而出。杨某一家立即追出屋外，却不见了黄猄的踪影，只见小孙子躺在路旁的草丛中哇哇啼哭。正在疑惑着，突然天昏地暗，狂风大作，电闪雷鸣，倾盆大雨，一片混沌，轰隆一声巨响，他家的老房屋顷刻倒塌。黄猄救了杨某一家。后来，这里便被当地人称为黄猄圩。

流年镇人几乎没有谁不知道这个传说。

广义的流年镇，除了流年河畔的流年圩外，还有十几公里河道两边或近或远、大大小小几十个村庄。流年镇，有时说的是流年圩，有时说的是流年镇，这一带的人不用对方解释，也明白他们说的是什么。

流年圩有一条长长的老街，还有十几条小巷，纵横交错。镇上的姓氏很杂，赵、钱、孙、李、杨、郑、何、曹、陈、谢、洪、吕、张、朱、刘、彭、欧阳等几十姓。为什么会姓氏很杂呢？据说圩镇上的本土居民不多，大部分是从乡下，邻近州、县，甚至更远的地方迁徙来的。这里依山傍水，山清水秀，土地肥沃，来了就不想离开，繁衍生息。他们定居的历史有长有短，有三几代，也有更久的。这样有个好处，姓氏宗族的事往往闹不起来，看上去倒能和睦相处。

流年河流走了往事，冲淡了岁月，但留下了印记，沉淀了情感。

流年镇人每人心中都有一条属于自己的流年河。

郑顺势的流年河，流淌着他的百味人生。

## 2

瘦小的郑顺势独自坐在流年河边那棵松树下的石磴上，显得更瘦小。

他望着河水，自说自话：要不是被学校刷下来的话，现在自己也像他们一样等待高考结果，盘算着怎么填报志愿的。

唉！他朝河水扔了颗石子，重重地叹气。

离开学校前一天的那个下午，班主任贾克艰老师把被刷下来的三十五位同学凑集到一块做思想工作。

贾老师站在讲台上，眼睛一直望着对面的墙壁，才开口讲几句，嗓音便有些喑哑。他突然想起前几年那位被刷下来而疯掉的学生。

郑顺势抖着脚,脑子很乱,只记得老师说,我当了几年文科毕业班的班主任,每年这个时候,就是我最难过的时候。请同学们理解,上面给我们学校参加高考的考生名额不多,我们学校不是县里的重点中学。经过前段三轮的质检,最终才决定你们的去留,请你们万万理解,万万……

贾老师五十岁左右,人不高,又瘦,身上的衣服总嫌大似的,头发与络腮胡一样白,厚厚的近视镜片后大大的眼睛常常布满血丝。他说话说到紧要处,总会说"万万",其实是"千万"的意思。

贾老师被吕一笔背后起了个外号——"万万"。吕一笔成绩一般,人倒很鬼,讲话风趣,绘声绘色,喜欢给同学起外号,连老师都不放过。他认为这样挺好的,能缓解紧张的学习压力。他给英语老师杨聪起个"豆芽"的外号,杨老师一米七五左右的个头,才一百斤多一点。数学老师曹格致,吕一笔送他的外号是"这么"。曹老师经常一开口,吐出的第一句话就是"这么"。无厘头的"这么"。

吕一笔也得到回报,被同学们起了个绰号,叫"描一笔",见谁都想描写一下。

"万万老师"说:三轮质检的成绩,每一轮的结果都上墙,三次累加,最后的结果也公布了,大家应该都看到了。

教室里鸦雀无声,大家生怕听漏一个字。

欧阳月云问:老师,学校给我们几个名额?欧阳月云是班里女学生中最开朗的。

郑顺势的手心在冒汗。

坐在他旁边的欧阳月云用脚碰了下他,小声说:你排第二十一,不会被拿下来的。

全班五十五人。

"万万老师"说:二十名。去年上面给我们文科班的名额更少。

流年中学这几年的高中毕业班一直是这样:一个文科班,一个理科班。

郑顺势双手抱着头,伏在课桌上。

"万万老师"说:为了体现公平、公正、公开,所以每次都公布成绩和

排名。

欧阳月云说：不会吧，不会那么巧吧。她用手操了下郑顺势的手臂说：顺势，顺势你别泄气，这段万一有同学身体不好或其他原因参加不了高考，你准是第一个递补上去的。

"万万老师"说：万一有哪位同学出现特殊情况参加不了考试，只要还来得及，排名在第二十一位的顺势同学便可以顶上去。

欧阳月云赶忙用脚用力碰了碰郑顺势，说：你听，你听听。

"万万老师"风趣地说：顺势同学名字起得好，顺势而上嘛！"万万老师"想活跃一下压抑的气氛。

"万万老师"将望着对面墙壁的目光收回来，放低，打量着同学们说：你们大概了解我们学校这几年文科班的高考成绩吧？

郑顺势把埋进臂弯抱紧的脑袋松开了点，用心地听着。

排名第四十的吕一笔说：好像，嗯——去年好像三个。

"万万老师"说：对，三位。前年两位，大前年一位。恢复高考的第一年我们学校剃了个光头！考上大学比登天还难！

"万万老师"问：你们知道去年文科班多少人去考吗？

欧阳月云听去年高考的表哥说过。她说：是十五吗？她的表哥连续参加三年高考，但年年落榜，他是读理科的，今年还在复读，第四年了，他在欧阳月云面前自嘲说：都读老了！他在理科班的每次质检考试排名中，一直在第十名左右。去年理科班才四个人考上大学。

那么一问一答，气氛便轻松了些。"万万老师"问：你们知道，去年文科班考上的同学的情况吗？

郑顺势了解一些，但不是很清楚，据说只有一位是应届生。

"万万老师"拿起水杯，喝了口水，说：两位是复读的。所以说太难了，所以上面给我们学校的名额是慎重考虑过的。

去摸摸试卷也好呀。吕一笔嘀咕了句。

"万万老师"呵呵地笑，又喝了口水，说：摸摸？成本高呀。去县城考试，要租车，要吃住，成本高！

欧阳月云说：十年寒窗苦读，摸一摸也好。

钱小才呵呵地笑，说：我也想摸。

他排名第四十一。

流年镇有四户万元户："照相欧""高利钱""豆干杨""炒粄何"。"照相欧"是欧阳景山，欧阳月云的堂叔。"高利钱"即钱冒银，钱小才的父亲。"豆干杨"是杨有利。何上鱼也叫"炒粄何"。

"万万老师"说：如果明明知道没戏，还不如不去摸，不是每位同学的家庭都经得起那么任性的。不过，再难你们也不要灰心。争取复读吧，学校已经表态了，来复读的，学校全收。再说，国家的条件一年比一年好，招生的名额一年比一年在增加，所以呀，大家万万不要失去信心。信心在，什么都在！

郑顺势把头抬起来。

欧阳月云又碰了下他，这回用手肘，说：你听，你听听，万万要有信心。

## 3

夏天的太阳，透过枝叶的缝隙，斑驳地洒在郑顺势的身上。

他光着脚，卷起的裤管下白嫩的小腿肚，沾着零散的、已被风干的泥痕，好像乡下的中年男人。其实他才二十岁。

哞——哞——哞——

不远处的树下，拴着一头水牛。水牛叫小黄，是老黄生的第五个崽。

那次放农忙假，郑顺势跟着母亲陈一枝去学插秧。父亲郑之初耙好一丘水田，和牛在田埂上歇息。郑之初指着老黄的角对他说：母牛每生一次崽，就会出现一圈角轮，你过来，数一数。大黄很乖巧，眨着眼睛让他数。郑顺势数了两遍说：五圈。郑之初说：就是嘛，小黄是老黄生的第五胎。

陈一枝在旁边说：你爸还看得出老黄的岁数。

这种常识她曾听郑之初讲给别人听。

爸，你看哪里？老黄的脸吗？郑顺势好奇地瞪圆眼睛。

郑之初慢悠悠地说：牛角的角轮圈数再加上三，老黄大约八岁。

郑顺势说：八岁，算童年啰。

一会儿，郑之初才反应过来，儿子问的是牛的童年、青年、中年、老年的意思。他呵呵地笑,说:牛能活到二十几岁。

郑顺势说:不能叫老黄。

都生了好几个崽了。郑之初说。

陈一枝卷起裤腿,左手拎着两捆秧苗,右手拎着三捆,正要下田,说:他爸,你跟顺势讲这些,他读书考试又不考这些的。

郑之初轻拍牛背说:也是,晓得这些是没用的人。

郑顺势不知怎么接父亲的话,拎了几捆秧苗,跟着母亲下到水田里,身后留下他歪歪斜斜的脚印,水田吸腿,即使不拎着几捆秧苗,都会走得艰难。母亲的脚印在前面,她跟农田打了大半辈子交道,留下的脚印比他的要顺畅些。

那年是1982年,郑顺势在念初中二年级。小黄是那年的暮春出生的。小黄现在三岁。

前几年,生产队分田到户,把田地连同耕牛、农具等一并分了。队里分给他家和另外四家一头水牛老黄。老黄负责五户人家的田地耕作。一户一周轮流着养护老黄,交接的时候,偶尔会闹出些小插曲,比如有人因其他原因没有如约去领养老黄,甚至会引发口角,最终是苦了老黄,好在老黄听不出人话。

春、秋两季农忙,特别是立春前三天、后三天,立秋前三天、后三天,家家户户争抢农时插莳,争夺老黄,最后用抓阄的办法解决。老黄累得够呛。老黄身体好,一年生一个崽。老黄给这五户人家生下第二只崽后,因为看护三头牛很麻烦,也是用抓阄的办法把三头牛分了。老黄分给了朱家,另一头小黄分给了刘家。还有两户陈家、贾家,由他们这三户分到了牛的出钱给他们。

为了把三头牛分配得公平,他们心甘情愿出钱请来了这一带最有名的牛贩子(又称"牛中人")李江湖,由他给老黄和两头小黄打价。子承父业的李江湖阅牛无数,走南闯北,专门做牛的买卖生意。他的真名叫李阿福。

李江湖让人把老黄和两头小黄牵到一块,将五家的家长叫到了一起,五家的男女老少都来了,还吸引来其他围观的同村人。李江湖打开老黄的嘴,瞧了瞧。五位家长也跟着他凑上去看,屏气凝神。他朝他们笑了笑,然后又看看老黄的角和其他部位。老黄很配合,任李江湖打量。李江湖滋溜了嘴巴,说出了老黄的价钱。接着,他又用同样的方法察看两头小黄。一头为公牛,一头为母牛。公的小黄被李江湖打开了嘴巴,可能不舒服,跳了起来,还甩了甩尾巴。母的小黄把头转一边。李江湖哞哞温柔学叫两句，两头小黄便安静下来。

郑之初和围观的人，像看耍猴戏一样新奇。

李江湖一会儿后又给两头小黄打价。

贾家问：这头比那头大一岁，为啥价钱少了一截？

李江湖便得意说：问得好啊！晓得吗，你们晓得吗？

郑之初摇头。朱家、刘家、陈家、贾家人也纷纷摇头。

李江湖说：一头是公的，一头是母的。母的肯定要值钱，对不对？

围观者好像明白了过来，异口同声：哦，有道理。

李江湖说：母的能生崽，是银行里的存款，比存款还厉害，利息高着呢。

李江湖就这样把三头牛分了。五家人心服口服，舒舒服服。

这一幕，郑顺势是从母亲陈一枝那里听来的。陈一枝说：李江湖比你爸厉害呢，他看牛的牙估算岁数，连几年几个月都能说出来。你爸给老黄估多了一岁。他问你爸：老黄多少岁？你爸看了看他，犹豫起来，说：大约八岁或九岁？

到底多少？他问。

你爸说：那就八岁。

他说：七岁半，老黄的牙齿是答案。

你爸对李江湖佩服死了。

李江湖年近六十，人高马大，身板直，刀削脸，左边有个酒窝，一笑便露出金牙。眉毛浓，夹杂着几根寿毛。他牵着牛，慢悠悠悠地走村串寨，成为远近出名的风景。

## 4

小黄趴在树荫下，反刍着草。

郑顺势回过神来，望了望小黄。

两丘水田犁好后已近中午。他给小黄卸下犁，把小黄放牧到河边的草埔吃草。

临河的草长得特别青嫩。小黄的嘴巴像割草机一样，唰唰唰地吃得欢。草埔沿着河铺展，有些不知名称的小花点缀其中。郑顺势竟发现这里一处那里一处的地苾果子，手指大小，浅紫色。他采吃了好几颗，酸甜酸甜。好久好久没采摘地苾了。上小学的时候，去学校的路上，路过的田埂边、荒埔地，经常会在草丛里出现地苾果，除了地苾，还有刺菠，猩红，细小有毛，也跟地苾果一般大小，吃起来酸中带甜，比地苾酸一些。还有一种叫蛇莓的果子，也生长在这些地方，深红色，很诱人，也是指头大小，比刺菠要可口些。听大人说，蛇也要吃这些果子，于是发现那些有破痕的果子，便以为是蛇吃过的，不敢采摘，还老提心吊胆怕踩中蛇，边小心着采摘边倾听动静。偶尔看见蛇在草丛中游走，心提到嗓子眼，脚发软。

谷雨前后，有一种叫酢浆草（又名三叶酸）的植物，尤为迷人。那小花朵为五片花瓣，伞形，花生米大小，红棕色，挤挤挨挨开了一大片，鲜花满地，纤细的花梗连着花，扭下来吃，虽有点酸，但还是吃得挤眉弄眼，有滋有味。待花期过后，结在地下、如小萝卜状、白白嫩嫩的茎块，清甜爽口。郑顺势和同伴纷纷用竹片或手指把它挖出来，就近找水洗一洗，吃得那个美哟。有的急着要过口瘾，干脆只用衣袖抹一抹。

路旁，水圳，草埔，一年四季总是让孩子们迷恋。

那时候，经常饥肠辘辘，郑顺势和同伴们在野外见到什么能吃的，便吃什么。因为贪吃，采摘这些果子，老误了上课，还编借口骗老师。都是饥饿惹的祸！

河边有蜻蜓在高高低低地欢飞。

郑顺势心里涌动着惬意。他干脆把手中的绳子放下，让小黄自由自在地吃草。刚放下绳子，他又觉得不妥，担怕小黄不小心踩住了绳子。他把拖在草埔上的绳子拉起来，盘在小黄的角上，盘绕了一圈又一圈，还打了结。

小黄好像有意跟他做伴似的，没走远。

郑顺势找了那处松树下又大又方的石磴，拿出母亲给他准备的盒饭，坐在石磴上吃午饭。饭盒是只加了盖的瓷碗。郑顺势揭开盖，上面满是倒汗水的水渍，饭菜已经凉了，但香味可闻。青菜炒猪肉豆干盖在米饭上。郑顺势的肚子立马咕咕咕地叫。

他大口地吃了几口，眼泪涌了出来。这是母亲特别准备的饭菜，家里一天三顿几乎喝粥。因为少放猪油，菜也不见油光，更别提猪肉了。

分田到户，他家七口分了两亩多田，人均三分出一点。虽然分了已好几年，生活一年一年在改善，但因为原来实在太穷，这个深坑三几年都难以填平，遇上天灾人祸还是经常会吃了上餐没下餐。

这里是离村子最远的耕地。村里人叫翠山窝，因为有一处山形像窝，山叫翠山。这片农田，面向流年河，连着临河的草埔是山的缓坡，层层水田向山腰伸展，一丘田大都在两三分之间，大丘的也不过半亩。流年河在这里，还不像河，像小溪，只能算有些大的小溪，流了近十公里后才流到流年圩，因为路上还有两条小溪汇合：一条叫青水溪，另一条是绿水溪。流年河流到了流年圩，便有了模样。

翠山窝的梯田，生产队分田到户时把大大小小的几十丘田分给了十多户人家。郑顺势草草吃完早饭，扛着犁，拉着绳，赶着小黄，走了好久才到翠山窝。在这里分了田的，大家习惯是把家里其他的水田都插莳了，最后才轮到翠山窝的水田。郑顺势家也一样。除了偏远外，还因为分的田少，且土质寒凉，不肥沃，不高产。

## 5

现在远远近近不见人影，只有他和小黄。

郑顺势前后望望，除了几丘田外，大部分的都还没有犁地。田里还是收割水稻后残存的"稻脚"（水稻最下面的秸秆）。田犁翻后，将"稻脚"压进土里，经过一段时间，被犁翻的那一垄垄新土经日晒风吹雨淋，"稻脚"便发酵成养分，然后才能耙田，接着莳田插秧。

郑顺势还没有学耙田，犁田是在前几天刚由父亲教会的。他央求父亲说：翠山窝的水田，我来犁，我会了。

郑之初不回应，掏出烟纸，撕下一张，从烟袋里掏出一团烟丝，拧一小撮，把烟丝卷成小喇叭，蘸了蘸口水，将纸粘好，划了火柴，点上，吸起烟来。吸了一会儿，把吸剩的一小段吐在地上，踩了一脚，问：会了？犁头断了不要紧，怕伤了小黄。

郑顺势说：你不是看着我学会的？

郑之初没再说话，想：自己十三四岁时已是耕田驶牛的好把式了。

郑顺势说：再说，小黄很乖。

小黄是家里最值钱的宝贝。分牛的时候，小黄才满周岁。他家抓阄分得了小黄，因此还花了一大笔钱。这笔钱是父亲上门请生产队长郑大雄帮忙走后门，向信用社贷的款。父亲在母亲的一再催促下，在一个下着雨的晚上送了一条烟一瓶酒给郑大雄，托他走信贷员洪润利（外号"洪信贷"）的后门，又送了一条烟一瓶酒。父亲生性怕求人，但实在没办法，小黄是全家今后过日子的希望。

这笔贷款直到去年底才还清。去年放暑假，恰巧碰见"洪信贷"来家里催要还钱，推着自行车进村。那时，村里人还没有谁家有自行车。"洪信贷"一会儿骑，一会儿推，显得很特别。他的头梳得贼亮，人不高，有点胖，娃娃脸，喜欢笑。父亲堆着笑、弯着腰请他到屋里喝茶。母亲远远地看见他，便赶快向邻居借鸡蛋。他家的母鸡在孵鸡仔，没存下一枚蛋。牛是他家过日子的大希望，鸡是小希望。鸡蛋是待客的上菜。相比鸡而言，蛋是小希望，暂时舍去小希望是为实现大希望。

父亲对他说：我们有事商量。言外之意是叫郑顺势回避。

母亲说："洪信贷"好久没来村里了。去年大约也就这个时候，他去下屋跟"棒槌"（"直筒子""头脑简单"的代称）催款，没想到在路上的石桥上相遇。"洪信贷"好几次找不着"棒槌"，"棒槌"有意躲着。"洪信贷"警告"棒槌"再不还款，利滚利，滚死你！"棒槌"当即发火说：贷一千元，已还了两回，算上利快还清了，还能差多少？催命似的。"洪信贷"说：谁……谁催……催命了！"洪信贷"说话有些不利索，一急更不利索。"洪信贷"说：每次向你要款，都一拖……拖再拖。"棒槌"说：催命鬼！你家的楼房还是我们给你盖的，吃人家的利，没好下场。"洪信贷"把单车支起来，指了下他的脑门，说：你血……血口喷人，我的楼……楼怎么就是你出钱盖的？你……你——他的手指离"棒槌"的脑门越来越近。"棒槌"当即情绪失控，把"洪信贷"连人带车推到桥下。"洪信贷"成了"落汤鸡"。最后还是路过的人把他们劝解开了。郑顺势的父亲郑之初闻讯去到现场时，"洪信贷"已推着自行车走远，地上还残存着从他身上滴下的水渍。陈一枝说：你这个人一贯就慢，再快几步不就——郑之初用手把陈一枝的话塞回去，摆着头说：又不是看戏。

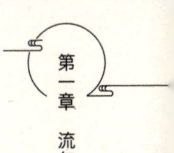

"棒槌"是上村恶出了名的。上村分为上屋、下屋，上屋和下屋都是四合院。四合院坐北向南，冬暖夏凉，傍山而建，面前是比院子的地势低一些的农田、鱼塘，可眺望远处的笔架山。耕读相宜、日子踏实、自在风光都在里面。上屋有三座四合院，下屋有两座四合院。上屋有近二十户人家，下屋有十多户。上村在清水村的三个自然村中，是最小的村。客家传统建筑四合院，与围龙屋一样出名。四合院，两边是小门，小门进去是一溜儿紧挨着的房子。大门进去为下厅、天井、上厅，靠着上、下厅的房子之间各一间侧厅。两边排着的房子连着上厅是过道。过道两边是上、下两个小天井。两道小门和中间的大门一关，小偷进去了，插翅难飞。住在四合院，既团结又能防御，既采光又纳雨。但邻里哪怕亲兄弟一旦惹是非闹口角，抬头不见低头见，躲也不是，不躲也不是，也够痛苦的。

"洪信贷"的老婆曾桃花一脸惊愕地听他讲事情的经过，心里的火在往上冒，说：欺人太甚，欺人太甚了！曾桃花是流年镇中心小学的一名语文老师。她说：老洪，这口气你咽得下，我曾桃花也咽不下去！这样还得了，你日后还怎么在江湖行走！

"洪信贷"把扯下来的一身泥水的衣服搁到桶里说：这……这个"棒"……"棒槌"，那么……那么多年，我……我还是大……大白天撞见鬼！

曾桃花给"洪信贷"扔去干净衣服。

"洪信贷"说：这个鬼，竟敢说我……我们的楼……楼是他交的利……利息盖的！

曾桃花跺着脚说：这话他都敢讲！你那个公安表哥，平时好烟好酒供奉他，这回该派上用场了，必须好好收拾这个鬼！棒——棒"脉介"（什么）？

"洪信贷"说：棒……棒槌！

6

第二天"棒槌"被"庄公安""请"去派出所，很晚才回家，像病了场似的。"庄公安"真名叫庄强硬。

"棒槌"第一次走进派出所，抬头看见那块牌子，心便开始虚，脚已发软。

坐在问话室，刺眼的灯光照着他，隔张桌坐在"庄公安"对面。"庄公安"虎着脸问：人家叫你"棒槌"，到底叫啥？"棒槌"一不小心看见墙上挂着的手铐，泛着寒光，抖着双腿。"庄公安"加重语调：问你话呢。"棒槌"缩着脑袋回答：李树棒。"庄公安"说：哦，原来这样！你口口声声说"洪信贷"的楼房是你还的利息盖的，你贷了多少？"棒槌"低声说：一千元。"庄公安"嘻地笑出声问：多少利？"棒槌"抬眼看了下"庄公安"回答：五百元是半年还的，五百元是一年还的，半年、一年的利不一样。

"庄公安"问：还差多少没还？

"棒槌"小声说：四百元。

"庄公安"问：还多少利了？

"棒槌"说：一百多元，好像。

"庄公安"说：多少是多少！好什么像！听"洪信贷"说，还款的时间过一段了，你赖着不还，老躲着，是吗？

我找活干，我问人借钱。我日子过不下去了。"棒槌"不敢看"庄公安"，他顿了下，说：我老婆病了一年，走了，三个小孩要吃饭。

"庄公安"将目光从"棒槌"脸上移开，说：你怎么能说"洪信贷"的房是你还利息盖的，你知道起一栋楼要多少钱吗，两三层的？

六七万元。

你给"洪信贷"六七万元了？

不是说靠山吃山吗？

哟哟，这能叫靠山吃山？难怪人家叫你"棒槌"。

我那天没找到活又没借到钱，家里等着米下锅，一急就犯糊涂。

以后不能乱讲，再乱讲，就别怨我"庄公安"不客气了啊。更不许动手动脚。

我错了。

这回放过你，回去吧。要尽快把欠款还上，还要上"洪信贷"的门当面道歉。懂吗？

"棒槌"不停地点头。

这以后，"棒槌"脸上的恶相便慢慢消退了，欠信用社的钱，他卖猪卖鸡连本带息彻底还干净了。

"洪信贷"好像忘了这件事,一年以后又出现在村子里上门催交贷款。

在流年镇,"庄公安""洪信贷"的名气比四大万元户还大。有人说"庄公安""洪信贷"是大号的万元户。听说,他们是姑表兄弟。

"洪信贷"是负责清水村、尖山村、凤岗村等这一带业务的信贷员。改革开放虽然好几年了,农民也由集体劳动吃"大锅饭"到分田到户、自产自吃,生活有了改观,但还是在摆脱饥饿上抗争,因为穷根埋得太深了。农民一遇到风不调雨不顺歉收、疾病、盖房、买牛、婚嫁等大事便运转不过来,托人情、走后门求"洪信贷"贷款的排着队等。"洪信贷"是尊活菩萨,这尊菩萨不好供,贷款的学问深得很,贷款的金额多少、还贷时间长短,决定着利息的高低,农民没有多少文化、少见世面,怎么贷怎么还全听"洪信贷"的,即便有疑惑,也不敢表现出来,还得赔着笑,热情招待他。像"棒槌"那样的,在清水村,"洪信贷"还只碰见过这一例。

"洪信贷"清楚信贷员不容易做,好在有"庄公安"做后盾。"庄公安"虽然是表哥,但"洪信贷"还是心里不踏实,隔三岔五给"庄公安"送好酒好烟塞红包。

郑顺势见过"庄公安"。派出所在圩镇那座流年桥旁边,三层小楼房,挂了牌。郑顺势星期六回家挑米菜要路过派出所,有时恰好看见他。公安制服很醒目。他不很壮,但高挑、浓眉、薄嘴、高鼻、瘦脸,讲话洪亮,不怒自威,"庄公安"的女儿庄小倩读理科班,成绩很好。欧阳月云说,她与庄小倩隔条巷住。郑顺势问:哪位是庄小倩?欧阳月云说:像她爸"庄公安","庄公安"你见过吗?郑顺势说:哦,见过。欧阳月云说:一样薄嘴唇,高鼻梁,瘦脸蛋,女孩长这样很好看。郑顺势偷偷看了眼欧阳月云,想:不就是说你自己吗?

## 7

小黄拴在上屋门坪边那棵杨桃树下。

陈一枝边从树上解下牛索(又称牛鼻绳)边说:你读书日后要做"洪信贷"那样人见人笑吃公家饭的人,不能像你爸,一辈子犁田耕地,有鬼用!村里的哪个男人不会。最低贱的！今儿个你学会犁田，也不是没半点用，男人百艺好随身，我不晓犁田算不算手艺。

郑顺势将犁扛上肩，从陈一枝手上拿过牛索，小声说：你不是说"洪信贷"被人推下桥吗？陈一枝说：村里有几个"棒槌"？"棒槌"不是照样穷，"洪信贷"不是照样人见人笑、头毛油亮？

陈一枝前脚刚走，郑之初后脚便到。

郑之初牵着小黄，送到村口，然后把牛索交给郑顺势说：吆喝声要适中，吆喝不吆喝要有分寸，鞭子只是做做样的。郑顺势不断地点着头，在郑之初的目送下牵着小黄慢慢走远。

翠山窝两丘水田，郑顺势足足折腾了一上午。他累死了，小黄连走路都"打脚偏"（趔趄）。

郑顺势吃完午饭，望着河水发了一阵呆后才去草埔找小黄。

他仔细地察看了牛背，连着后脚的那块地方已很饱满。他听奶奶曾菜娘说过，如果那部位还有凹陷的话，证明牛还没有吃饱。

郑顺势摸摸圆圆的牛肚，拍拍温暖的牛背，把小黄牵回来，拴在树下。

他突然发现一条绿中带黑的蚂蟥，牢牢地在小黄的后左腿上吸着，已经吸血吸得鼓鼓的。这该死的蚂蟥可能是刚才犁田时沾上小黄的。小黄不时抖动腿，但甩不掉它。他赶忙折了根树枝，从蚂蟥肚子下面穿过去，用力往外甩，蚂蟥的前后吸盘吸得太紧了，好不容易将前吸盘弄开，正在对付后吸盘，但前吸盘又叮上了，忙活了好一阵才把蚂蟥剥离下来。小黄很配合，不再抖动腿，不时哞哞地叫，很感激的样子。他对蚂蟥厌恶极了，又折了根又硬又直的树枝，特意将一端弄得很尖利，将蚂蟥狠狠地使劲插进泥土里，血立马渗了出来。他解气地说：竟敢吸我小黄的血，去死吧！

蚂蟥，软绵绵，黏糊糊，常见它在水田里游来游去。郑顺势从小就怕蚂蟥。记得第一次跟父母去莳田，双手拎着几捆秧苗，不小心让蚂蟥叮咬了腿，吓得尖叫乱跳，扔掉秧苗，逃命似的往田埂上跑。母亲赶忙找来竹片，用力将蚂蟥刮掉。郑顺势望着腿上的血，嘤嘤地哭。以后看见蚂蟥像幽灵一样在水田里游弋，他便不太敢下田，即使硬着头皮下去，也随时警惕着。水田施多化肥后，蚂蟥便难见踪影了。这时下水田，则放心多了。长大有了文化后，才知道这可恨的蚂蟥，竟然有药用价值，可破血通经，逐瘀消症。

拴好小黄，他又坐回石磴上。

流年河哗哗的流水声，远远近近的虫吟鸟叫，让晌午的山野显得格外寂静。

他想起上小学的时候，秋季放农忙假，跟父母来这里收割稻谷。那时还没有分田到户，同一生产队的人一起割禾。不知是不是翠山窝山多的原因，这里的禾虾（又称稻蝗）特别多。禾虾，躯体细长，头尖，会飞，全身透明，色泽随禾叶而变化。比起蚂蟥，禾虾那是让人爱惜了。禾虾不但形态可爱、漂亮，还能捉来玩和吃。只要拿起斗笠往稻田一扬，哇！禾虾便从金色的稻谷里飞起来，由近及远，飞花了双眼。他开心坏了，但大人则恨死了禾虾，因为禾虾要吃稻叶、咬坏穗茎和乳熟期的谷粒。

他心痒痒的，欢喜着要急急下到稻田去。这时的稻田已经干了，因为稻谷正等着收割。母亲不让他第一个下田捉禾虾。她怕别人嫌弃，因为捉禾虾，一不小心便把稻谷弄得东歪西倒，甚至踩踏坏了。像他一样跟随父母来捉禾虾的还有其他小孩。母亲的意思是要等别的小孩先下田。母亲总是这样，凡事都随众。

禾虾不太容易捕捉，如果动作、声响稍大一些，它便飞走了。要屏气凝神，蹑手蹑脚，像捕蝉的螳螂一样。

割禾割了好一会儿后，也许是大人放松了警惕，他跟其他小孩才深入田里去捉禾虾，沿着一排排稻谷之间的那一道道小间隙。他随手折了根草，用纤长的草秆把一只只禾虾穿起来，穿了一串又一串，插在头顶的斗笠上。禾虾在斗笠上挣扎着拍翅膀，拍得他心花怒放。歇工的时候，竟发现有些大人的斗笠也插着一串串的禾虾。回家后，把禾虾炸了吃，烤了吃，那个美哦！小孩子喜爱把它藏在衣袋里，慢慢地享用。

他凝望着河水，觉得心里空空的。明天，后天，今后怎么办呢？

他想起那首童谣——

流年河，流年河，你要到哪里去？

哦，流年河，你要去远方。

流年河，流年河，远方在哪里？

流年河啊！你告诉我，远方在哪里？

他默默流泪。

## 8

哞——哞——哞——

传来小黄的叫声。

郑顺势慢慢地站起来,木木地走近小黄。

他是前几天刚向父亲郑之初学驶牛犁田的。郑之初开始硬是不让他学,说:一个读书仔,学"脉介"驶牛,嫌自在吗?要犯这种贱!

郑之初穿着肥大的"水裤头"(大裤衩),纯蓝的,已旧且磨薄了,屁股那块地方补了补丁,光着膀子,在汪着泥水的田里,右手驾犁,左手执鞭,被犁翻的泥块像浪花一样在小黄与他之间翻滚着。他边吆喝着小黄,边这样说。

郑顺势赌气似的,瞪着双眼,不管不顾,跟在郑之初的旁边。

五十多岁的郑之初,干瘦,一米六出头,肋骨毕现,瘪着肚,深一脚浅一脚地走在水田里,显得更矮小。他眉清目秀,五官精致,挺直的高鼻梁很好看。如果不是干农活的话,是十足的书生。郑顺势也长着父亲一样的鼻梁,他常常下意识地要偷看父亲的鼻梁。这几年,郑顺势开始变身发育有点那个,他留意起那种说法来,鼻子的模样与下面的那个模样往往是相似的,他有时会走神:父亲的那个……然后便脸红。

日头很毒,明晃晃的。郑之初的白发更扎眼。不一会儿,郑之初便汗如雨下。郑之初那宽松的"水裤头"被汗水洇得紧贴身体,那部位尤为明显。郑之初拔着脚在水田走,那东西在里面晃动,像藏了只调皮的老鼠。郑顺势呼吸变快,赶忙移开目光,生怕父亲不自在。

郑之初犁翻一大丘水田后,才让郑顺势摸犁。

郑之初哦哦哦地叫,老胃病又犯了。郑顺势的奶奶曾菜娘听不得郑之初哦哦哦的叫声,一听见这声音就唉声叹气:唉!作孽啊,都十几年了!奶奶唉唉地叹气,家里便蒙上愁云惨雾。父亲刚出生,爷爷便偷偷跟人"过番",一去再无音讯。父亲上面是大他两岁的姐姐郑丽英。爷爷走后,曾祖父、曾祖母在两年内相继去世。奶奶独自抚养父亲和姑姑长大成人。

郑之初说他得的是寒胃,喝一盅温热的糖水,或吃一碗糖粥,便会好一些,哦哦哦的叫声随之消失。郑顺势和妹妹郑望月、郑盼月,还有弟弟郑顺时,他们四兄妹经常用碗或口盅盛着糖粥、糖水，用竹篮拎着，送给田头地尾劳作的父亲喝。

郑顺势赶快把母亲准备好的白糖粥从篮子里端出来，递给父亲。

郑之初叫停了小黄，接过郑顺势手中的碗，叹了口气说：爸这贱骨头，你还想跟着学贱？

郑顺势说：我要学，都二十了。

郑之初看了眼瘦弱的郑顺势说：别犯晕了。

郑顺势小声说：学会驶牛耕田不会是坏事吧，再说还可以帮手。

郑之初说：一直都那么过来了。

郑之初吃完白糖粥，吸了根烟，说：唉，天要下雨，随你吧。

## 9

小黄吧嗒吧嗒地反刍着嘴里的草，摇晃着尾巴驱赶苍蝇。

郑顺势说：去、去、去！他边说边飞快地挥着手抓苍蝇。张开手掌，一只苍蝇死如烂泥，粘在掌心。他展开手，俯下身，在草地上擦了个来回。抬起头，他突然发现小黄左肚边有两道血印，几只苍蝇在争相叮咬。

郑顺势说：统统去死吧。

他不停地抓拍苍蝇。

他凑上前去看，才发现这血印是犁田时被自己用竹鞭鞭打的。

郑顺势，郑顺势，你……你下手太狠了！小黄才三岁，三岁啊！他在心里训斥自己。

刚下水田开始犁田时，可能因为慌张，用力不均匀，犁吃进泥后时深时浅，小黄拖着犁便走得不顺畅。郑顺势的吆喝乱了调，小黄便乱了方寸，还差点让犁犁着了脚。

郑顺势由吆喝变成了叫骂，挥起竹鞭乱打，小黄跳了起来，犁偏了道。

郑顺势由慌乱变成生气，骂道：你欺负我不会是不是？是不是？边骂边鞭打小黄。

小黄忍着痛，安静下来，眼里噙着泪水。

第一丘田犁得很艰难，犁完一圈转向第二圈时，老跳垄，中间隔了道没有犁着的土埂，绕回去犁。郑顺势紧张得气喘吁吁，汗流浃背。直至犁第三圈时，他和小黄才配合得顺畅一些。

小黄左肚侧除了两道醒目的血印，还有许多小鞭痕。

郑顺势抚摸着小黄的背，轻轻地抚摸，低头吹气，小黄哞哞哞地回望着他。

郑顺势将口水吐到手掌上，轻轻地敷抹血印、鞭痕。他曾经听老人说过，口水能镇痛，消炎。

小黄突然颤抖了下。

郑顺势心疼地安慰小黄：小黄乖，郑顺势不是人，郑顺势坏，小黄对不起，对不起，小黄原谅我吧……

郑顺势边说边流泪：做牛做马，做牛做马命苦啊！

他奶奶老说，做牛做马，命苦，苦过黄连！

郑顺势爱抚着小黄的脑袋，泪流满面。

他流着泪把小黄牵到河边，将自己擦汗的毛巾沾湿，洗干净，小心翼翼地抹洗小黄身上的泥痕。

郑顺势哭着问：苦命的小黄，你帮我拿拿主意？

他又问哗哗流淌的河水：我还要复读吗？

## 第二章　郑顺势

### 1

郑顺势不想回家。

那天下午，"万万老师"给被刷下来的学生做思想工作后，他一直精神恍惚。晚饭没吃，也没有去排队洗澡，他觉得眼前的天在变低变黑快塌下来了，干什么都是没有意义的，甚至可疑、可笑。

天全黑了后，郑顺势才从教室后面的山上竹林里下来，像被人刚重重打了一场的样子，全身散了架，脚步趔趄，失魂落魄似的走到流年河边。

流年中学背靠青翠山，面向流年镇。从学校出来，经过一小段马路，横穿圩镇，来到流年河，有一公里左右路程。

流年镇以流年桥为界，分为上河和下河。流年镇傍着流年河右岸，临河而建。以流年桥为标志，与桥平行那段为中街，中街的上下两边为上街和下街。上、中、下街连在一起便是主街。十几条小巷不规则地与主街交织着。小巷有直的、斜的、弯的、先直再斜的，还有断头胡同。圩镇对面、河的左岸，望过去全是竹林，有水竹、棕竹、刺楠竹、单竹、硬头簧等，以水竹居多，当地人称为绿竹。竹林绵绵延延，不见尽头。如果不是站在足够高的地方，竹林后面的那些村庄，几乎望不见，只见远方的青山。

现在流年镇在郑顺势的眼里变得虚幻起来。他在流年中学苦读四年，苦读的结果竟然是被学校刷下来，不能参加两个月后的高考。他要无可奈何地离开流年中学，离开流年镇了，内心的不甘和痛苦有谁知道？

他失意地在河边走着，任凭河水打湿裤脚，心如死水。

## 2

欧阳月云突然出现在郑顺势的面前。他惊了下。

他们从河滩走上流年桥。

桥上的灯光照着桥下的流水，闪着波光。桥离水面不高，流年桥的别名叫水面桥。桥大约建于1984年。自从架了桥，桥下边的船上不了上边，桥上边的船也下不了下边。不过建桥的时候，河水已不像20世纪五六十年代那样丰沛，河面窄了，河水浅了，河上的船也快消失了，连竹筏也比过去少很多。

欧阳月云回头看了看郑顺势说：我来，惊着你了吧？

郑顺势答非所问，好像自言自语：我就算排在第二十，就算进了考场，就算摸到了试卷，又能怎样呢？

欧阳月云说：进考场跟没进考场，还是不一样的。她望了望天，有几颗星星挂在上面闪烁，好像对天上的星星说：感受一下气氛也好。

郑顺势无力地说：考不上的话，进不进去考场对我是一样，你不一样。

欧阳月云突然想起自己曾问他最喜欢《红楼梦》里的谁，他竟说刘姥姥。她捋捋头发问：怎么讲？

郑顺势说：我即使去考，也是考不上大学的。我不埋怨学校。我心里清楚，大大小小的考试从来没进过前面，考不考还不是一样回老家耕田吗？

欧阳月云说：顺势，没去考场感受，你一点也不失意？

失意？我没资本失意。起初想不开，现在我想开了。对于我这样的家庭来说，还是选择接受吧。

桥墩下，有浣衣捶打衣服的声音响起，梆梆梆——

镇上的女人大多在这段时间洗衣服，方便嘛，吃完晚饭，洗了澡，桶一拎便到河边了，像散心的样子。等第二天再洗，衣服便有味了。洗衣服用河里的水，

"洗身"（洗澡）的水是从河里挑回去的，天热之时干脆就跳进河里。连喝的也是河里的水。

欧阳月云对着河水哟地喊了声。一句悠长的喊声很快被捶打衣服的声音淹没了。她问：顺势，高中同班两年，你还没跟我透露过一点你的家人呢。现在可以透露一点吧？

桥上的灯影朦胧，偶尔有行人从身边走过。

郑顺势低下头，说：唉，不说吧。

欧阳月云望着流水，说：你愿意便说。

河畔两边有人在钓鱼，流年镇人称为"夜钓"。偶尔有手电筒的亮光。

晚上能钓到鱼吗？郑顺势问。

欧阳月云说：多少总会钓到吧。不然，他们不会来。

她家在圩镇。

他们并排走了几步。

郑顺势说：还是说说吧，你不要见笑。

欧阳月云说：你，你这样看我的吗？

郑顺势嗫嚅道：我……我……不是这样的。他停顿了一下后说：我有四兄妹，我排行最大，下面有两个妹妹和一个弟弟。

欧阳月云问：都在读书吧？

弟弟读初一，最小的妹妹还在读五年级，大妹不读了。

不读，为什么不读？

上了初二就放弃了，担怕大老远的来流年中学读几年，最终又考不上大学。

哦，可惜了。你父母呢？

我父母是农民。奶奶眼不太好，这几年不敢出家门了。

哦——

还是不说吧。

从你家来流年中学，需要多久？

大约两个小时吧。

挺远的。

所以我每星期回去一次挑米菜，有时两个星期一次。

哦，哦——欧阳月云拉了下郑顺势的手，然后又放开，好像是无意似的。她说：哎，你还没问我家的情况呢。

郑顺势呵呵地笑，说：能问吗？

有什么不能问的。

还是不问吧，我哪有资格。

欧阳月云用手肘轻轻地碰了碰他的手，藏着鼓励的意思。她说：问吧，你问吧。

郑顺势便问：你家的情况怎么样？

哎，我今天才发现你像个书呆子，呆得可以啊！难怪你的成绩比我好，害得我老在你屁股后面追。欧阳月云说，我爸是小学老师，我妈也是小学老师。呵呵，像鲁迅先生写的，一棵是枣树，还有一棵也是枣树。我下面有个妹妹，在读初三。

郑顺势差点被逗笑，像浓厚乌云一样的压抑心情，露出了一丝阳光。他问：镇上姓欧阳的人多吗？

是圩镇上的少数民族，欧阳月云伸出一只手，说，五户。

欧阳照相馆，不会是你亲戚开的吧？

我堂叔开的。圩上开照相馆的只有一家，你认识我堂叔？

我们班的毕业照不是他照的吗？

哦哦，我糊涂了。对，对，对，不只我们班，学校所有的相都是他照的。

照得挺靓的。

我们这一带的相都出自他的手，圩上的，乡下的。

忙得过来吗？

我叔姆有时帮帮手，呵呵，我也帮过，打打灯光，拿拿脚架，打下手。欧阳月云说。

你明天就回家吗？

郑顺势低头望桥下的流水，说：我……我也不知怎么办，不知怎么开口跟奶奶和爸妈说。我开不了口。

在学校再待两天吧，学校不会那么快赶人的。你不好开口的话，我跟"万万老师"求求情。

两天后还是要回去的。唉，我不知怎么办好。我不敢回家，我现在真的不敢回家。

郑顺势倚着桥栏，泪水在打转。

欧阳月云说：我想想看，容我想想看。

郑顺势不停地重复说：怎么办？怎么办？我现在真的不敢回家。

欧阳月云拍拍郑顺势的肩膀说：不急，我想想看。

能帮我在镇上找份小工干吗？你家在这里。等高考结束后，我才回家。

那，那，这样吧，只要你愿意。

只要挨过这段日子，我干什么都愿意。

帮我堂叔打打下手，学照相怎么样？

郑顺势瞪大眼睛说：我，我能行吗？

怎么不行，能！我都干过呢。何况你是男的，学照相是正道呢。

郑顺势突然握了握欧阳月云的手说：欧阳，太感谢你了。

我不喜欢人家叫我欧阳，要叫就叫我的名月云。

月云，老同学，感谢你。以前不是有人叫你欧阳吗？

以前是以前。

郑顺势破涕为笑。

先别感谢我，欧阳月云娇嗔地说，我还没问我堂叔呢。

不方便的话，就别问了吧，怕你为难。

为什么难！我堂叔人很好的。

先谢谢月云同学了。

呵呵，原来你是假书呆啊！同学，同学，同甘苦一起学。哎，被刷下来，你爸妈真不准你回去吗？

哪里会，是我自己没脸回去。你爸妈呢？

他们晓得高考是怎么回事的，我大大方方回去。

你家是知识分子家庭。

高考的卷子我都没摸过，还知识分子家庭。

## 3

欧阳月云留意且记住郑顺势是上高二的第一学期。

有一次作文课,"万万老师"在课堂上把郑顺势的作文当作范文,整篇地朗读。"万万老师"布置的作文题目是:你熟悉的一棵树:。"万万老师"上的语文课,深受学生欢迎。他教学生怎么写作文,方法多,效果好,更是受学生追捧。

郑顺势写的是《一棵杨桃树》。

"万万老师"捧着郑顺势的作文本,站在讲台上读,然后在教室中间的通道上声情并茂边走边读——

"远远望见杨桃树,心便踏实、温暖。老屋在树的后面,见了树,仿佛进了家。

"杨桃树高大,茂盛,庇护着低矮的老屋。这棵杨桃树,是村里唯一的一棵杨桃树。

"杨桃树好像是一年总在开花,总在结果,总在给我们喜悦。细小的花儿,或像把花伞,或组成圆锥状,花开在树叶下,或开在树干上。花淡淡的香,微风一吹,香满一方。一树的花,惹来无数的蜜蜂,嗡嗡地叫,叫声此起彼伏。老人埋怨,吵死啦,满世界嗡嗡响。小孩则乐了,端着碗来到树下的门坪,边扒拉着饭,边往树上张望。花像雨一样掉下来,砸着衣服,砸在头上,心痒痒的。一不留神,碗里便盛着花,竟还嘻嘻地笑骂,看我怎么吃了你……"

"万万老师"读了十多分钟。一堂课才四十五分钟。

同学们个个聚精会神,在聆听"万万老师"的朗读。

"万万老师"说:这样的文章好,文字质朴,情感饱满,虚实相宜,措辞考究,行文流畅,主题突出。好,好,确实是篇好文章啊!写文章,千万千万不可空洞无物,万万不能干巴巴。

郑顺势被来得那么突然的惊喜搞蒙了,脸一阵一阵地红。

郑顺势同学,站起来,起来,让大家认识认识。"万万老师"用手势示意着。

欧阳月云像其他同学一样,目光在满教室搜寻。

郑顺势犹豫了一下。

"万万老师"用目光深情地鼓励他，说：起来，起来吧，同学们以后多交流交流，取长补短嘛。谦虚好，但万万不能谦虚过头了。起来。

郑顺势慢慢地站起来，好像后面有人提着他的衣领似的。

同学们的目光一下子聚焦在他身上，像舞台的聚光灯一样照着他。

欧阳月云的喉咙在发紧，心里说：个子不高，但厉害啊！矮子多心事啊！

语文科，一百二十分的卷子，作文占了五十分，你们都清楚作文的重要性。作文写好了，语文科的成绩也就有保证了，旱涝保收，差不到哪里去的。所以呀，万万不能轻视作文，万万不能畏惧作文，多读经典，比如《红楼梦》《三国演义》《水浒传》《西游记》四大名著，读读唐诗宋词元曲明清小说，唐诗宋词呢，最好能多背一些。积累多了，写的时候自然便会从笔端流出来，像泉水一样汩汩地冒出来。今后，结合课文的内容，我会讲讲这些知识。这些都是我国最优秀、最经典的文学作品。你们都是高中生了，哪能不了解呢！不但要了解，还万万要熟知，要入心，要入脑，要学以致用。

欧阳月云自读小学到现在，一直都偏科，偏重语文。小学时，每次考试，语文接近满分。后来有了作文，她的作文也写得很好，经常贴堂当范文，老师象征性地扣一分或半分。物理、化学跟着数学一样不好，英语还马虎。她自己倒乐观，安慰说：女性嘛，重感情，不像男生，理性强，什么事情都爱厘清个来龙去脉，累不累啊？她听了"万万老师"绘声绘色地朗读郑顺势的作文，心里很不是滋味。她正对着郑顺势的后脑勺，坐在他的后面一排。读高一时，学校有四个班，其间不断有学生流失，到高二分文理班时，学校便把四个班编成一个文科班、一个理科班，都是六十多人的大班。

郑顺势和欧阳月云、吕一笔读高一时，不在同一个班，现在成了文科班的同学。吕一笔刚才虽然沉醉在"万万老师"的深情朗读中，但清醒过来后，便开始对郑顺势不服了。他的作文跟欧阳月云一样向来很出色。他擅长引经据典，名言名句信手拈来，文章里的好词、好句熠熠生辉，他在心里炫耀自己：我吕一笔，不但能熟读，还会熟背许多唐诗、宋词呢！"万万老师"你现在在这里强调，是不是慢了？太慢了。

钱小才的作文不好，好像被"万万老师"揭了烂疤，愤愤地想：有什么了不起,"山巴佬"!作文好,能当钱花,当饭吃啊?

这堂作文课,"万万老师"像在河里投下了块石头,在同学们的心湖里击起涟漪。

## 4

那堂作文课后,大约过了两个星期,事情便有了变化。

这次作文课,"万万老师"说:讲述一本喜爱的书,一千字左右,下课前交,统一交给语文科代表欧阳月云同学。

作文课是连堂的两堂课,共九十分钟。

"万万老师"布置作文题目和要求,夹着讲义离开教室。他的头发花白稀少,发型呈地中海状,被同学们奉为智慧的脑袋。脸上挂着玻璃瓶底似的厚厚的近视镜,又被奉为博学。

趁着同学们的注意力集中到"万万老师"离开教室之际,欧阳月云把字条递给前面的郑顺势。老师离开了,同学们个个像泄了气的皮球,放松下来,开始小声讨论怎么作文。男跟男讨论,女跟女讨论,男、女同学之间是不允许讲话的。

郑顺势没反应过来。意会后,他赶忙把字条塞进裤袋里,生怕被同学发现。他的心在突突地猛跳,直至下课铃响起,欧阳月云和同学们陆续离开教室,他才偷偷拆开字条。

字条折了好几折后,又在中间呈反方向折一下,成V形。里面写的是:你读了几遍《红楼梦》?最喜欢哪个人?

字体苍劲有力,与欧阳月云甜美的外貌形成强烈的反差。

郑顺势抖动着手,撕下一张作文纸,写上:一遍,刘姥姥。然后将纸折成像欧阳月云的字条一样的形状。

欧阳月云还没有回到教室,他把字条塞到她的作文本下面。第二节课快下课了,他还差点没把作文写好。他的思维老集中不起来,一下一下地分神,探听后面欧阳月云的动静。欧阳月云好像一直没有发现,好像直到下课前才发现似的,喷喷地笑,又嘻嘻地笑,最后呵呵地笑。

星期一至星期五的晚自修,学校要求寄宿生和有些走读生一定要参加。家住在圩镇、走路在十五分钟内的学生,原则上也要参加晚自修,每晚都要点名,每个班指定值日生负责。欧阳月云家住在圩镇的中街,她走路到学校大约十分钟。

## 5

流年中学初三级报名只剩最后一天,但郑望月死活不肯去报名。

陈一枝把郑望月垂下去的头抬起来说:傻货,你今儿个不说出子丑寅卯,别想出门,家里的活不用你做。

郑之初卷纸烟棒在抽,他一遇烦心事就这样——抽烟,好像话都在升起的烟雾里。

郑望月望望乌黑的屋顶,然后低头看看脚趾,说:太远,也读不出头。

陈一枝问郑顺势:顺势,路远吗?你去读了一年,能远过红军长征吗?

初三级和高三级开学,比9月1日正式开学往往提前二十天。初三升高中全县统考,重点中学和普通中学的招生以统考成绩为依据。高三面临高考,高考是什么?高考是天大的事!所以这两个级都很重要,这二十天的补课就是证明。

郑顺势跟妹妹郑望月坐在饭桌旁那张板凳上。饭桌上摆着一碗吃剩下的、他们太熟悉的、不好闻的咸菜,有点跑味了。他小声说:望月,明天报名哥跟你去,不远,路上说说话,不知不觉就到了。以后读书,我们结伴去。

郑望月说:走近两个小时的路,还不远?我和同学去过,流年中学不就是建在山脚下的那间学校吗?

郑顺势吃完早饭,本来趁早要跟父亲郑之初去蔗田培土的,连锄头都找好搁在门外了。陈一枝不让他们去,要他们一块来劝劝郑望月。

他们家的房是四合院左边那道小门进去的第一间,房子与小门之间的通道,以及进门的小厅,归他们家使用了。大家都默许似的。这是住在四合院的传统习惯。小门开门和关门的任务当然也由他们家来负主要责任。他们家预留了行人的过道后,便在房子门边搭了鸡棚。房间不大,像长颈鹿一样的土灶占了房子的一大部分,与土灶并排摆了张四方餐桌,桌后面是郑之初、陈一枝夫妇俩睡的眠床。屋里还放着水缸、米缸等物件,门后面藏着尿缸,木板盖盖着。盖子有手拎的把柄。烧柴火的烟火味、炒菜的油烟味、尿缸里跑出来的尿臊味,不同气味混杂在一起，还有从门外边涌进来的鸡屎味。

郑顺势闻着这样的气味长大。

因为屋里放了"三缸"（米缸、水缸、尿缸），屋外是鸡棚，卫生状况差，容易滋生虱子。尤其是秋冬，常常让虱子叮咬得无法入睡。郑之初经常捉一整夜的虱子。他用手指蘸了口水，敏捷地用手指按住虱子，然后捻紧实，放进嘴巴，用牙齿啪的一声把虱子咬死。有时虱子太多，他把锅烧烫，脱光衣服，把衣服拎在热锅上抖，抖呀抖，把虱子抖到锅里，活活烫死。郑之初在心里很解气地说：就要烫死你，看还敢咬我吗。

他们一家七口人只有两间房子。另一间在旁边的那座四合院，房子中间隔了扇木板墙，郑顺势和弟弟郑顺时睡在前格，奶奶和两个妹妹睡在后格。

门外的鸡咯咯咯地叫。每天一大早，鸡就要闹着出笼去活动、觅食。

陈一枝跨出门槛，打开鸡棚的门，十多只鸡争先恐后而出，拍打着翅膀，边跳边飞，冲门外而去。

陈一枝说：鸡都晓得飞走。她回头对郑望月说：你个傻货，你还想像我和你爸一样困死穷死在穷山村哪！你看人家"洪信贷"，工作同志，多风光，挎着包，骑着车，人见人笑，上迎下请。

郑望月扯着衣角说："洪信贷"是上面照顾顶他爸的位子的。他爸从信用社退下来他顶上去的，他不是读书考大学走正道的。我爸如果在信用社工作，有一日他退下来，我哥或者我弟也可以顶上去啊！

你爸？你爸祖宗三代是农民，穷过狗虼，穷过水鬼！

狗吃了上餐没下餐，确实穷。水鬼，没有谁见过。郑顺势差点笑出声来。

郑之初抽着烟，说：望月，"暗埔"（晚上）"睡目"（睡觉）垫高枕头好好想，想清楚。

郑望月放下皱巴巴的衣角，说：就算上了初三又怎样，读了高中三年又怎样，考不上大学不是一样回家种田吗？我探听过了，流年中学每年一百多人读高三，最后考上大学的也就三五个。

陈一枝愣了下，问：有这回事吗，顺势？

郑顺势点了点头。

陈一枝问：信用社是"脉介"鬼东西？

郑顺势说：不是东西，是单位。

陈一枝还是不懂，问：单位？单位又是"脉介"鬼？她没上过一天学，不懂这些。

郑之初吐着烟雾，差点呛倒，说：镇里有信用社、供销社什么的，信用社管贷款、存钱，催人家还钱，那些摆卖油、盐、酱、醋、茶、糖、糕、饼、牙膏的叫供销社。

郑望月说：从读小学到现在，我哥读书一直比我强。考大学的事，就指望我哥了。我能读到初二已经知足，我们家——爸妈……她说不下去，喉咙像塞了团棉花。

郑顺势的奶奶曾菜娘坐在桌那边那光线阴暗的角落里。她虽然七十几岁了，但耳不背。她一直插不上话，转动着手里的几粒衣纽，说：望月十六了，她想回家帮手尽一份孝心，也难得，就随她吧。过几年挑个好人家，命也会好的。

郑望月说：奶奶，还天远的事呢。村里还没有一个考上大学的，连去流年中学读高中的也只有我哥一个。

丫头，你个黄毛丫头，没想到你还挺能讲的，不读也好，等一下跟我去茅坑挑粪浇菜地去，撸你个八天十日，看你还敢不想读书吗？陈一枝说完便出门去。刚转身，回过头又说：记得顺便摘布荆叶回来，捻耳记住啊。没摘回来，"暗埔"给蚊子叮。

每年春夏，蚊子特别多，买不起蚊香，只好去田头地尾摘布荆叶。把布荆叶堆放成一小堆，堆放在屋里，然后点燃，一会儿就浓烟滚滚。关上门前，常常被烟熏得流"泪汁"（眼泪）。浓烟散去后，蚊子不知是被熏死了，还是晕过去了，能换来一夜的安稳觉。

一年三百六十五天，陈一枝每天几乎都是这样：大清早鸡叫起床，挑水，去一公里外的山坳那口井，挑满一缸水，生火做饭，喂猪，担粪挑水浇菜地，下田（水田、番薯田、甘蔗田）劳作，然后做午饭，喂猪，种地，准备晚饭，喂猪，叫唤鸡鸭归巢，洗衣服，洗洗涮涮，缝缝补补……常常忙到十点多，才能背贴到床睡觉。除了这些堆积如山、天天甩不掉的活，她还要上山割柴草，开荒种木薯、果树，还要照顾一家大小。

郑之初常常心疼老伴跟着自己过这种没完没了的苦日子，自己虽然也一样每天从白忙到黑，但自己是男人，男人是家里的顶梁柱。他老担心老伴哪一天累垮。累垮了，家便乱了。

女儿望月从飘散的大烟雾里清晰起来。郑之初感到欣慰，女儿确实长大了，懂得为家里分担困难了。

那天晚上，郑之初翻来覆去睡不着。

陈一枝问：他爸，你怎么了？

郑之初说：不好睡。

睡吧，很晚了。

说句心里话，你是不是觉得嫁给我太苦了，苦不到边？

都过半辈子了，四个孩子都长成了，怎会呢？顺势眼看就要考大学。哎，我从没听过你问孩子，读了书要做"脉介"。

呵呵。做老师吗？村里的老师不见得自在。医生？老给病人背后骂，医不好，药太贵。你说的像"洪信贷"，放贷收利，折寿的事。传说的工程师、科学家、艺术家，我没看见过他们长"脉介"样。当官的，近不了身，攀附不上，不晓得怎么回事。你都晓得我一辈子只会跟田地跟牛打交道。死田螺不会过丘。

热天晚上在门坪树下老听你给孩子们讲古说传，原来没有鬼用的。嗯——孩子今后能像"洪信贷"那样吃好穿好便足够了。

你不是说我祖辈三代穷过狗牯吗？

七口人，两间破旧老屋，不穷？这几年孩子长大了住不下了。顺势寒暑假回来，老搭别人睡，总不是办法。顺时转眼也大了，他也不情愿跟他奶奶和望月、盼月两姐妹住同一间房。

以前大集体，实在太穷，也没地方起屋。现在有自留地了，先谋划建一间吧。

哪来钱？

分田到户这几年，日子虽然还是苦，但一年比一年有改观。去年开始我们家有存粮了，向"洪信贷"贷的款也还清了，猪圈里两头猪，每头过百斤，年底叫"杀猪强"杀了卖，便有钱盖房。

他爸，呵呵，你已在心里谋划好图纸了，也不透透风。穷日子，也有穷的盼头啊。

我这不就跟你透了吗？平时在孩子面前，你比我话多，但要多讲好的话，给孩子们信心。乐观一日，不乐观也一日，不如乐观一点吧。黄连树下也要弹琴。对吗。

哎哟——好的呢，明天开始我不讲话，你讲，你以为我爱嚼舌头？你光抽烟，烟能代表讲话？

我们一日三餐咸菜下粥，好在老天有眼，没妨碍望月长结实。她回家帮手，你也可以略略喘口气了。我仔细听了，读书的事，孩子们比我们懂，耕田种地我们比他们懂。

我们吃的盐比孩子们吃的米多，我虽大字识无一箩，但人生的事理比孩子们有想头，看得远。

他妈，唉，过五十后我就知道自己快完了，这一生没干一件像样的事，连一间新屋都还没建成。

左邻右舍跟你同拨的，不都差不多吗？生产队管得死，全家人没饿死就算命大了。

你说我一个男人，这辈子有"脉介"值得讲的？

他爸，你对妈好，对孩子好，对我好。他爸，你想知道我当初怎么会嫁给你的吗？陈一枝停顿了下才往下说，我听说，有一次你妈种田不小心摔断了腿走不了路，你妹还小背不动，你背她去看医生，一直背了一个多月。

郑之初转过身说：一枝，一枝，你跟着我成年累月受苦受累，今年我们家的日子好点了，你去圩镇买两身新衣服，过年也有个样儿。妈也够苦的，爸"过番"后就断了音信，奶奶、爷爷和我们姐弟俩，她省吃俭用，每年年底扯布叫"裁缝春"给我们做新衣，她的衣服补了又补，就几件破旧衣服。你顺便也买两身给她，让她高兴高兴。

还记得那次吗？

一枝，对不起。

陈一枝没说下去，七年前有一天，陈一枝像往日一样撒谷喂鸡回笼，一群鸡涌进来争吃，她不小心踩死了一只鸡仔。郑之初气糊涂了，骂她瞎目。陈一枝针尖对麦芒，说：我是瞎了眼，嫁给了你！郑之初说：后悔了？说着用手指指着她的脑门。陈一枝说：是！陈一枝受不了，哭着离家，愤愤地想：我连一只鸡仔都不如，我陈一枝真是瞎了眼睛嫁给你！她藏在屋后的山林里，直至晚上十一点多仍在赌气不回去。一家人在房前屋后、村里村外四处寻找。十多岁的郑顺势跌跌撞撞地哭喊：妈妈，回家吧，妈妈你不要我们了吗？九岁的郑望月哭得失了声：我要妈妈，你听见了吗？妈妈。婆婆曾菜娘边撸鼻涕边哭：一枝，你赶快回家吧，我会让之初当你的面向你认错的。你不能走，走了这个家便散了啊……郑之初边找边自责。陈一枝听见孩子和婆婆的叫喊声和撕心裂肺的哭声，在树林里痛哭不已，十二点多才回家。她放不下孩子。后来，她原谅了丈夫，他也活得太累太难了，他心疼一只鸡仔骂她瞎目，是苦闷难受得一时情绪失控。

陈一枝伸手去揽郑之初，碰到他已潮湿的眼眶，说：他爸，我不苦。泪水边在她的眼里涌动。她将手慢慢往下移，轻轻地抚摸他的胃，来来回回慢慢地摸，被抚摸温热了后，老伴的胃便会舒服。

他们家的日子很艰难。一旦遭遇水灾、旱灾，收成不好，就会出现上顿不接下顿的情况，曾菜娘便会边唉声叹气边庆幸说：好在盼月后面那两个给你妈流掉了，阿弥陀佛。郑顺势的爷爷郑品天"过番"后第三年，奶奶开始信佛，把衣纽当作佛珠放进掌心转动。

郑顺势去流年中学读初三，每星期回家挑米菜，有时会供应不上。一个星期的八角一块钱生活费，常常向左邻右舍借。

读初三时，郑顺势从清流中学考进流年中学。流年镇有两所中学：清流中学只开办初一、初二两个年级，成为附中。流年中学是所完中，从初一级一直开办到高三级。郑顺势在清流中学上初一、初二，因为他家离清流中学也就四公里，而去流年中学要走十几公里的路。村里那批跟他年龄相仿的学生有十多个，他们有的读完小学、有的读完初二便不读了，回家帮父母干农活。做父母的也没有多少人认为这样不好，他们根本不知道考大学是怎么回事。到流年中学读书的，只有他一个。只有他的母亲陈一枝会那么强烈要求他们四兄妹读书，读得越远越好，远到永远不要回村里来种地。中村是个大自然村，也只有一个女孩像郑顺势一样在流年中学读高中，叫刘青叶。下村没有一个。

清水村分为上村、中村、下村。郑顺势家在上村，离流年中学最远。

星期六，郑顺势有时会跟刘青叶结伴回家。刘青叶很安静，成绩在班里一直靠前。有时路上也说不上几句话，只有喘气声和一前一后的脚步声。

## 6

流年中学分为初中部和高中部。

高中部顺着平缓的山势而建。操场边是高一级的教室,连着操场那条土路上去五十米左右,是高二级的两个教室,并排着,中间隔着路,再上去大约四十米是高三级的教室。学生宿舍在操场边。教师宿舍在教室附近。饭堂、澡堂以及厕所靠近操场。饭堂分两个,那个瓦盖、摆放着几十张圆桌没有凳的、低矮的大饭堂是学生饭堂,而教师的则小得多,摆四方桌、长条凳,在小楼的第二层。澡堂也分为学生和教师的。教师的有六七间,有门,能关上。而学生的则一大片,里面分了几十个格,这格与那格之间隔了扇矮墙,比人矮,头可以伸过去,墙砌成L形。一律没有门板。唯有厕所,不分师生,也像学生的澡堂一样的格局,L形的隔墙。

学校的布局,郑顺势闭上眼睛都能丝毫不差地说出来。在学校读书,他天天在里面转,快速地转动,像转动的陀螺。

上高二后,郑顺势明显感受到学习的气氛一天比一天紧张。

"万万老师"是学校最出色的语文老师,尤其在教作文方面。这些年学校都在盛传:"万万老师"很会"捉题"。每年高考的作文题目,他能"捉"住,像精于捕蛇的人一样精确地把蛇捉拿落袋。也就是说,今年高考作文题的内容、体裁,跟"万万老师"提前预测的相似度很高。不过,他每年要等到学校刷下来的学生走后才"捉题",给留下来参加高考的学生"捉题"。光凭这一点,"万万老师"便让学生佩服得五体投地,他在学校众多老师里属明星级的老师。

郑顺势暗暗高兴:跨上高二,恰巧幸遇"万万老师",而且还是班主任。

第二次班会课,"万万老师"便给学习定了调。他用手指顶了下眼镜说:高一起跑加速,高二发力冲刺,高三已见成效。既像跑步,但又不全像,你们说说是不是这样?班会课,有话可以说说。

吕一笔犹豫了下,举起手。

"万万老师"示意他发言。

老师,为什么不是高三冲刺呢?吕一笔站起来问。

高二第二学期结束前,高三的所有课程学校要求基本完成。上高三,便不再讲新课了，是一次又一次的考试，一轮又一轮的质检，一番又一番的模拟。"万万老师"像身经百战的指挥官，气定神闲地说。

欧阳月云第二个举手。她问：也就是说到高二第二学期结束前，便可预知考不考得上大学啰？

"万万老师"笑了笑说：基本算是吧，但也不是绝对。有个别学生上了高三，查漏补缺得特别好的。前年有位姓杨的同学就是这样，上高三后，每一次考试他的成绩都往前挤，从第三十二名一直挤到第二名，他也太能挤了。

郑顺势心里一阵紧张，一阵兴奋。

成绩一定要均衡，不能偏，科科都要好，如果一科不行成瘸脚科，那就麻烦大了。这点你们应该明白吧。我虽然是语文科的老师，但我不希望你们只重视语文。万万不能偏科！

"万万老师"加重语气。

欧阳月云抖了抖脑袋，像被击打了一下，想：已偏科了。

但话又说回来，优势科继续发扬。比如语文科好、作文好的，要更好！当然其他科也要好，一个月，大约一个月后吧，组织第一次综合测试，也就是说语文、数学、英语、政治、历史、地理都要考，测试的成绩作为第一次排名，上墙公布，以后每次都要排名，都要上墙，这些情况视为今后能否参加高考的参考，当然高三时的排名才是最重要的依据。所以，同学们从现在起便万万不能放松！"万万老师"清了清嗓子说，考虑到作文占分多，我会强化作文写作。高考作文，几乎都会出议论文，所以如何写好这样体裁的作文是今后作文课的重点。大家在读好课内书的同时，还要多读课外书，你们的时间很紧张，选择读经典、读名著。读多了，记多了，写起来才不会干巴巴。俗话说，文章要有"肉"。

有些同学呵呵地笑。

所以，高二这两学期，我会结合课本内容，穿插讲讲唐诗、宋词、元曲、明清小说、四大名著等这些知识。不出意外的话，高三还是我上你们的语文课。高三实在是太紧张了，便尽量不再讲这些风花雪月了，给你们干货！所以大家要好好珍惜。"万万老师"说。

这堂班会课，像在吹号角，吹响向高考进军的冲锋号角。

# 7

欧阳月云在纳闷：郑顺势居然最喜欢刘姥姥，为什么不是林黛玉、贾宝玉、薛宝钗呢？哪怕是喜欢丫鬟晴雯也好。

欧阳月云的母亲柳青青是流年中心小学的语文老师，父亲欧阳文锦是副校长。她母亲像"万万老师"一样很喜欢那些经典名著。大约是读四年级的那年暑假，柳青青就拿《红楼梦》给她读，但她没读进去，只读了前面几章。柳青青看见欧阳月云把书搁一旁，说：像读小人书一样读。欧阳月云把厚厚的《红楼梦》抱起来送到柳青青怀里，说：一点也没有小人书好看。

看见大观园了吗？

看见了。

很大，很漂亮，不是吗？

又没像连环画一样画出来。

大观园里有许许多多姐姐，里面还有一个叫贾宝玉的哥哥，喜欢哪位？

好多字看不识，不晓得谁好谁坏。

柳青青试图一番循循善诱，但白忙活，只好作罢。最后无奈地说：好吧，好吧，等你大点儿再读。

上初二那年，柳青青又让她读，这次她一知半解，一向很耐心教学生的柳青青被她问烦了。其他三部名著，她读得常常忘了吃饭。她对母亲说：好好读。

高一时，欧阳月云逼自己读《红楼梦》，跟自己较劲了：《红楼梦》被说成是经典中的经典，到底是经典在哪里？这一次，她进去了，走进了大观园，与林黛玉、贾宝玉他们同喜共悲。她张口能熟背描写林黛玉的诗句——"手把花锄出绣帘，忍踏落花来复去""两弯似蹙非蹙罥烟眉，一双似喜非喜含露目""花谢花飞花满天，红消香断有谁怜""都说是金玉良缘，俺只念木石前盟"。娇花照水、弱柳扶风、博览群书、多愁善感的林黛玉多么惹人爱慕。

"无故寻愁觅恨，有时似傻如狂，纵然生得好皮囊，腹内原来草莽"——大观园中的活宝贾宝玉，又奇又俗，偏执而乖张，郑顺势你不喜欢还可以理解，但贾宝玉是封建贵族家庭的叛逆者，是作者肯定的人物，也有值得肯定的地方。

林黛玉易伤感又柔弱，既聪明又自尊，大多数人会以为只能远观不可近处。

那"脸如银盘、眼如水杏"的薛宝钗呢？她品行端方，容貌美丽啊！

贾母在贾府至高无上，可她菩萨心肠，难道不比刘姥姥让人追捧吗？

欧阳月云把《红楼梦》里面的主要人物逐一数个遍，总觉得郑顺势最喜欢刘姥姥很特别、很奇怪。

这以后，欧阳月云对郑顺势的关注减弱了很多，尽管他的作文成绩出类拔萃，相貌在全班男生中是最好看的几个之一。课间休息，她假装尽量不去看他，即使没有其他同学在旁边，偶尔路上遇见，也不想用眼神或点头打招呼。

欧阳月云不甘心，她又偷偷给吕一笔传字条。吕一笔回字条说：喜欢林黛玉。

欧阳月云还给另一个男生丁观照传字条。丁观照回复：最爱薛宝钗。

不爱文学书籍的林才上，挑灯夜战赶忙补读《红楼梦》，心里很兴奋："班花"欧阳月云给自己递字条，天鹅肉送嘴边来了。他很快给出答案：林黛玉……后面还写上省略号，意味深长。

因为这件事，高二两个学期，欧阳月云跟郑顺势的关系风平浪静，平淡如水。家住圩镇、出身知识分子家庭的欧阳月云不懂郑顺势内心的想法。

高大上的"大观园"离郑顺势太遥远，他家只有两间低矮、窄小的瓦房，晚上他经常去邻居家搭睡。每当逢年过节，邻居家有亲朋好友来走亲戚留宿，他便只好另找别家搭睡，今夜睡了愁下一夜，"大观园"里的红男绿女们，他哪有资格喜欢？刘姥姥让他想起逆来顺受、心地善良的奶奶。

# 第三章 宿舍

## 1

宿舍其实是间老教室。虽然宿舍一般不开两道门，但人多，只好这样。里面摆放十几张床，靠着四面墙摆，留了通道后，中间也摆。一张床分上、下铺，上铺睡两人，下铺也一样。宿舍拥挤，嘈杂。

郑顺势跟林才上睡上铺。下铺是吕一笔和丁观照。四个人同一张架床。上铺吱呀一声，下铺便受干扰；下铺吱呀一声，上铺也有意见。

高二上半学期，郑顺势便苦苦寻找刻苦读书的方法。他很着急、焦虑。他常常会产生幻觉，高考像电影里的火车，咣当咣当向着自己开来。最后，他找到了四种办法。

不说话，是第一种办法。晚上回宿舍，郑顺势强迫自己不开口搭话。为了这样，晚自修他总是最后离开教室。舍友们往往躺下去二十分钟了，他才凭着手电的光蹑手蹑脚上床。他担心话说多了，会分神把一天辛辛苦苦学到的内容给忘了，比如数学公式、英语单词和政治、历史、地理那些不好记的内容。他静静地躺着，像刚怀孕的孕妇保胎一样，不敢轻举妄动，怕一不小心流产了。但同学们不知道他有这方面的顾虑。

林才上总会小声地跟他提醒说：哎，留点劲，留给高三第二学期用。

郑顺势拍拍他的背，表示知道，但不说话。

宿舍三十多人，往往关灯后半小时还有人在说话。他们也像郑顺势一样担心学到的知识给忘了。这段时间"万万老师"在讲唐诗、宋词、元曲，话题便因此而起。

吕一笔问：唐诗的基本形式有哪几种？

好像五种。林才上回答。

不对，六种。丁观照说。

隔张架床上铺的两位一人说一种，全说了出来：五言和七言古体诗，五言和七言绝句，五言和七言律诗。

郑顺势在黑暗中露出笑容，表示他们的回答与自己的答案一致。

丁观照说：山水田园诗派有两个代表人物王维和孟浩然，浪漫诗派代表人物是李白，杜甫是现实诗派的代表人物，边塞诗派代表人物除王昌龄、王之涣、岑参外还有谁？我又忘了。他显然在炫耀。

唉，唉！吕一笔说，观照你不会是故意说忘的吧。咳，还有三位？

宿友们在望着黑色的夜回想。一会儿，丁观照说：高适。

林才上问：还有两位呢？

大家沉默了大约两分钟，还是没有人答出来。林才上说：过，下一题。

吕一笔说：还有李益和李颀，两李。

有人问：宋词豪放派代表人物是苏轼、辛弃疾、陆游等，婉约派的呢？

有人很快说：不是柳永和李清照吗？

谁能说出三种常用的词牌？

《水调歌头》《念奴娇》《如梦令》。

元曲代表人物有几位？

应该是四位，关汉卿、马致远、郑光祖和白朴。

白朴好像没那么出名。

元曲的代表作除《窦娥冤》，还有什么？

《天净沙·秋思》。

林才上问：一笔，这些内容高考不会考吧？

吕一笔说：你问问我们的"万万老师"去。

郑顺势在暗中给吕一笔竖大拇指。

关灯后的宿舍，伸手不见五指，但那一个又一个的提问声在里面飞来飞去，像带着光的萤火虫。

有时候提的问题很突兀，无厘头：

日本明治维新指的是什么？

美国的南北战争发生在哪年？

刚果出产的金属主要是哪几种，或者说比较出名的？

北京周边的省（区、市）有哪些？

马克思主义矛盾学说将矛盾分为哪几种？

…………

郑顺势闭目倾听，在心里作答，答不出来的，边等着其他人答出来，然后再默记几遍，像捡了钱一样高兴。

舍友们很机智，刚关灯时提的问题，往往是需要回答长一些的，越往后的，问题的答案便为三两句话，或只回答是或不是，因为这样过渡到安静然后入睡比较合理、科学。有时，会来个调皮的问题。吕一笔这方面很厉害，他突然问：香蕉的英语单词？

林才上呵呵地笑，低头对下面的吕一笔说：你摸摸你的banana！

他笑得架子床吱吱响。

郑顺势也被逗笑了。

## 2

挤时间，是第二种办法。

郑顺势反复算过，从宿舍去教室一百五十七步，宿舍去饭堂一百五十三步，宿舍去教室二百二十步，宿舍去厕所一百六十一步，他指的厕所不是小便处，是公厕，全校的师生员工都要到那里去屙屎。如果拎着水桶，水桶里面装好要换的衣服，吃完饭不去宿舍直接去洗澡的话，饭堂到澡堂不到一百步。郑顺势一次次地规划好节省时间的路线，赚足最多的时间留给在教室读书。一切都以教室为中心，一切以读书为要务。

在吕一笔、林才上、丁观照和郑顺势四个人中,郑顺势吃饭是最快的。

吕一笔说:顺势,你打仗啊?吃饭呢。

林才上也表现出不满说:你这样干扰到我了,顺势。

郑顺势不顾他们怎么调侃,仍埋头苦干,尽快把饭吃下去。

其实,他们吃饭,还真没有什么值得细嚼慢咽的。七八个人围着一张大大的圆桌,都站着,没有椅子坐。瓦盖的低矮的饭堂,很宽阔,几十张大桌。远些望去,人头攒动。同学们不断涌向饭堂,来的先后,吃的快慢,各不相同,有已吃完在一边洗碗的,有正在吃的,有仍在找饭吃的。因为各吃各的,谁也不用等谁。

每日的中、晚餐,同学们吃的几乎差不多,咸菜下米饭,一盅白开水,除了早餐就着开水吃面包或馒头外,不过也有少数能花五分或一角钱买豆浆喝的。咸菜有时已变黑甚至长毛、走味了,入口微苦,有霉味,因为他们往往一个星期或两个星期回家挑一次米菜。咸菜是用一个大陶罐装着,家境稍好的,咸菜里会夹杂其他食物,比如豆干、腐竹、猪油渣,甚至小肉块。郑顺势的咸菜偶尔夹杂了豆干、腐竹,小肉块是不敢奢望的。米饭里有时会混杂些番薯、芋头。米和咸菜分别放进铝盒、小陶罐里,一块蒸。因为实在不好吃,女同学浪费饭菜的现象比男同学普遍。饭堂的一角放着几个木桶,装剩饭剩菜。学校养了猪,这些剩菜剩饭便成了猪食。这些猪长大了宰来改善老师的生活。木桶那边气味不好,常常惹来苍蝇、老鼠、蟑螂,苍蝇嗡嗡的叫声不绝于耳,老鼠上蹿下跳。

这样的饭菜,同学们都吃得很快,只为生存,不是享受。郑顺势比吕一笔他们吃得更快。吃饭可以省时,睡觉可以省时,主动权在自己手里。但洗澡和屙屎就难以把握了。郑顺势烦恼的是:排队洗澡,公共澡堂一格一格的,格与格之间象征性地间隔了道低矮L形的墙,没门板可关上,同学们都赤条条的,L形的隔墙遮不住羞。斯文点的把白白的屁股向着门这边,那个东西向着墙,面壁洗澡。有的则大大方方,那个东西展露无遗。起先郑顺势因为害羞,不敢进去,站在外边等,等呀等,进进出出的同学拿异样的目光看他,从他身边走过。他实在等不下去了,便硬着头皮进去,脱剩裤衩时又犹豫起来,心怦怦地跳,脸发烧,最后咬牙把裤衩脱掉,一只手捂着那个,一只手扒拉着水,抓紧洗,匆匆穿上衣服,逃也似的快步走出澡堂,紧张得出了一身汗,湿了衣服。有些同学竟然边洗澡边唱

《酒干倘卖无》。

后来，郑顺势不去扎堆了，先到教室读一会儿书后，再去洗澡，既节省了时间，又有了自在。

屙屎呢，便更糟了。如公共澡堂一样格局的公厕，排队已难受，大家一块蹲着很难受，出了响声，或遇上老师，更难受。郑顺势对自己说：有些同学竟能做到边屙屎边聊天，甚至探讨一些数学题目的解题方法，真可谓是大神级的。后来，他在学校周边找寻居民的厕所，有了收获。

郑顺势想尽一切办法，压缩吃饭、洗澡、上厕所、睡觉的时间，而在教室读书的时间尽可能地多些，再多一些！他提醒自己：走路每步约十五厘米，一秒，不但要保持跨度，还要保持速度。他很渴望有块手表戴在手上，但那是想象中、传说中的"宝贝"，连老师都很少人能戴手表。有一次在操场开校会，校长站在台上，挥手讲话。郑顺势看见了他的手表，在阳光下闪闪发亮。

## 3

不分心，是第三种办法。

青春就好像春天，纵然少雨缺雨，小草还是会应时破土而出。郑顺势正值青春年华，虽然吃不饱、睡不足、穿不暖，繁重的学习任务每时每刻都挤压着他，但依然有青春萌动的情愫。

学校旁边是流年电影院。放电影的声音穿过简陋的电影院传到宿舍来，星期六、日郑顺势没有回家挑米菜，林才上便怂恿他：郑顺势，看电影去，放松一下。林才上浓眉大眼，眼珠乌溜溜，嘴唇厚实，嘴巴大，皮肤黑，身上暗藏着野性似的。郑顺势先是没理会。林才上碰了下他的肩膀问：没钱扯票是吗？郑顺势还是没理会，想：自己确实没有一点多余的零花钱，虽然一张坐票一角钱，站票五分钱。林才上猜中了郑顺势的心思，诡秘地笑，说：爬墙翻过去。电影院的四面围了道人头高的墙，上面拉了铁丝网。郑顺势小声问：怎么翻？

我仔细看过了，有些地方能翻，铁丝网刚给人毁坏了一段，还没来得及修。

不会吧？

千真万确！万万别错失机会哟！

郑顺势笑了，说：万一"万万老师"知道了呢？

林才上拍拍胸脯：能知道个屁，他是万万不可能发现的！

于是，他们便在夜色的掩护下爬墙偷看电影。

看完电影，回宿舍后，郑顺势睡不着觉，一直在自责。

流年镇最近冒出了家录像场，这个新生事物一下子让流年镇生动、蓬勃、兴奋起来。录像场不大，可坐三四十人，外围可站一堆人。竹棚看上去像蒙古包。分上半夜场和下半夜场。下半夜场简称为夜场。上半夜场大都放武打片，香港片居多。夜场呢，听说是放的很撩人、抓人、迷人的片子。

一个星期六的晚上，林才上好像在做梦，突然转身搂抱郑顺势，下面顶着他的后背。郑顺势惊醒了，把他的手掰开，一会儿他又这样，顶得更紧。郑顺势干脆起床，打着手电，假装去小便。

第二天，林才上若无其事。郑顺势觉得奇怪，吃饭的时候，林才上跟着他，洗澡的时候也跟着。回宿舍的路上，林才上突然把他叫到一边，神秘兮兮地说：看过录像吗？

录像是什么？

像电影一样的。我昨晚去看了夜场，啧啧，够刺激的！

难怪昨晚那么晚回来。

林才上把嘴凑近郑顺势的耳朵，呼出的气息把他弄得痒痒的。林才上环顾了下四周说：有那个。

那个什么？

男女在一起的那个。

不会吧，那个能放给人看吗？

千真万确的。不信，今晚我带你去看夜场。

我——我——

我什么，开开眼界，你个书呆子，要不以后男女那事都不晓得。

我，我不想看。

没钱吗？我请客。书、呆、子！林才上说着用手摸了下他的下面。

郑顺势冷不防跳了起来。

星期日那晚，郑顺势像被施了魔法似的，跟着林才上去看夜场录像。

## 第三章 宿舍

郑顺势没想到的是，竟发现有个模样像吕一笔的站在后面，挤开人缝在看，目不转睛，全神贯注。散场的时候，没看见他的身影，他像幽灵一样消失了。

吕一笔睡在下铺。下铺一整夜一直空空的，他没有回宿舍睡觉。

隔了一个星期的星期六晚上，郑顺势独自偷偷又去看了一场夜场录像。

这次放的内容更厉害，开映才几个镜头，男女缠绵的画面便出来了，天哪，不在室内，在野外的树下进行的。他觉得热血奔突，心跳加速，气息变粗，口干舌燥，下面生机勃发。他假装抹脸，透过指缝，看见全场都瞪大眼睛。年轻和中年男人居多，也有个别女人，依偎着男人，大概是露水夫妻或热恋中的情侣，不大可能有夫妻吧。

不少观看者丑态毕现，半张嘴巴，咽吞口水……万幸的是，他没有被前排的钱小才和丁观照发现。丁观照怎么会和钱小才一块来呢？钱小才家住在圩镇，丁观照住校。没等放映结束，他赶忙低头捂着脸快速离场。路上，伸手想把下面那个摆放好，发现有些黏潮。

一直到天亮，郑顺势都没有睡着，好在同床的林才上回家挑米菜还没回来。

他梦见了欧阳月云，欧阳月云穿着薄薄的连衣裙，抱着《红楼梦》在花丛中跑。他在追她，快追着的时候，不见了，然后又回头咯咯咯地对着他笑说：快来追我呀！她边把书扔掉边跑。他笑着醒来，竟发觉下面湿了一片。

他坐起来，抱着头，望着窗外，天一点一点地亮。

大约一个月后，镇上又开了家录像场，据说夜夜生意火爆。

流年镇一时间变得异常梦幻，从未有过的，被外界称为"小香港"。流年镇像一个朴实的村姑变成婀娜多姿的女郎，但也有人担心起来。

"庄公安"不管吗？

他睁只眼闭只眼。

怎么讲？

睁眼看录像，闭眼养神等着人家上门送钱。

他是公安，怎么也敢看？

唉，不叫看，叫审片！

命真好！

所有的片他都要先审一遍，爽吧。

原来他的黑眼圈,猪哥样,是审片给审的!

这段对话,郑顺势是从林才上那里听来的。星期六、日,林才上如果不回家挑米菜,他有事没事便要去圩上溜达。他说:放风,给自己放放风。言下之意,学校受的苦,像坐监。

## 4

这段,郑顺势老觉得精力集中不起来。新近举行的英语和数学考试,成绩分别下滑了两名和三名。郑顺势不能原谅自己了。睡觉时屁股向着林才上,卷曲着,使劲地拧了拧大腿,告诫自己:郑顺势啊郑顺势,你对得起父母、家人吗?郑顺势啊郑顺势,你个烂泥,糊不上壁的烂泥,"万万老师"对你一片苦心,你的良心让狗给叼走了……他惩罚自己写检讨,把这些反思的内容写进本子里。

每一次思想波动,成绩下滑,他都要剖析自己,刀刃向内,让自己快一些从泥潭中拔出来。

怎么办?躺在床上,脑海里老是播放夜场录像的画面,他强迫自己想这些情景:父亲赤膊驶牛犁田,母亲赤脚挑粪浇菜,妹妹暗中含泪辍学,奶奶目送他挑米菜返校……他努力让这些情景冲去那些画面。连续几夜强迫自己这样做了后,果然有了转机,精力又渐渐地回到原来紧张的学习状态中来。

最近,学校传出"厕所风波"。男厕所第三个蹲坑的那扇墙,灰暗的墙壁上用黄粉笔写道:杨某师与郭某娜女生干上了!有人把"干"字画个叉,在"干"下面写上"奋"。旁边有人用白粉笔写上:真的吗?还画了一个瞪眼圆嘴的表情。

这件事传得很快,比流感还快,像风一样到处吹。很快学校便展开了调查。杨某师是"豆芽"杨雷老师,郭某娜是理科班的郭倩娜。郭倩娜经常会去杨雷老师房间请教,尤其是晚上。郭倩娜成绩不好,但发育得很好,高挑丰满,爱哪儿有哪儿。杨雷老师呢,修长,斯文,戴着厚厚的近视镜,是高中部最年轻的英语老师,三十出头。

郭倩娜是"这么老师"——数学老师曹格致远房亲戚的女儿,他主动向学校领导要求,郭倩娜的思想工作由他来做。"这么"是他开口讲话的口头禅。

曹老师单独找到郭倩娜，问：倩娜，这么说是真有这回事吗？

郭倩娜低下头，声音细如蚊叫：也有，也没有。

这么，这么，什么也有也没有？

我，是崇拜杨老师。

崇拜归崇拜，崇拜就谈恋爱啦？

也崇拜，也爱他。

这么——"这么老师"一时找不到合适的话，缓了下，咽了口口水，说，你还在读书哟，倩娜，你怎么向你父母说？他很少抽烟的，这会儿他划燃火柴，点上，抽起烟来。

我考不上大学的，下学期不读了。

这么——哦，这么简单啊，想清楚哟，他离过婚，刚离一年。

我晓得。

晓得？这么——他说过爱你吗？

还没有，看得出他也喜欢我。他说等我不读了再谈吧。还是叫你叔叔吧，曹叔叔，你暂时要替我保密，还不能跟我爸妈说。

这么——哎哟，倩娜你倒挺淡定的。没干那种事吧？

没，真没。曹叔叔，我向你保证。

厕所写的大字是怎么回事？

那是人家猜的，瞎猜的。

这么——那你先回去吧，自己要考虑清楚，终身大事！记住，学校是不允许师生谈恋爱的！

我明天就不读书了。

"厕所风波"以郭倩娜辍学而平息。听说"豆芽老师"受到学校的警告、批评。

这件事引发一场大教育。学校开校会，年级开级会，每个班开班会，层层开会，最后指出：不准学生谈恋爱，不准师生搞不正当的关系！违规者，轻则警告、处分，重则开除。

"豆芽老师"虽然没有被公开处分，但这场大教育让他更难受，路上遇见人，他的表情总是不自在。

这以后,"豆芽老师"上英语课,郑顺势便觉得不舒服,像喝汤吞进一只苍蝇似的。他在心里说,好在没有再跟欧阳月云递字条。

郑顺势买了块小镜子,圆的,塑料边,装在裤袋里。别误以为他是纯粹的为照脸臭美用的,主要的作用是:每次对自己表现失望时,他便对着镜子里的自己,点着脑门,狠狠地自我检讨、自我批评,有时把自己骂哭。

在学校很难找到对着镜子自我批评的地方。他想了个遍,教室、宿舍显然不行,万一被人发现,会以为自己得了神经病!而在饭堂、澡堂、厕所更不行。在学校,根本没有个人空间。最后,他想到了教室后面山上的竹林。偷看第二次夜场录像后,他无理地埋怨自己:郑顺势,你那么快变身、发育有什么好,没一点鬼用!等考上大学也不迟啊。

读小学四五年级时,他朦朦胧胧便有这方面的好奇。上学路过菜园,吊瓜在竹架的瓜叶间吊着,开花后结果,瓜一天天一点一点地变长长粗。他很好奇地打量,触摸,心里很欢喜:等长大了,那个东西也像瓜一样吧。有一年夏天,邻居李大叔到家里找父亲喝茶。李大叔光着膀子穿大裤衩,双腿交叉坐在矮凳上抽烟,摇晃着腿。他不经意看见他的那个从双腿间露出来,让双腿压着。他第一次发现成年男人的东西,原来长大后差别那么大啊。以后,他偷偷看过公猪来村子里给母猪下种,由猪倌帮着忙。狗在路边寻乐,有捣蛋的半大小孩竟然用棍子把它们扛起来。可恨的家伙!父母从来没有给他讲过这方面的知识,老师也不会。他是自己暗中观察、偷偷学到这方面的知识。

他盼着自己长大,但现在竟对自己不满起来。

他对着镜子把自己骂得泪流满面,骂道:你也太没良心了,家里那么穷还供你读高中,你难道不清楚吗?那次回家挑米菜,要返校了,但家里米缸不见一勺米。父亲坐立不安,出门借米,从上屋借到中屋,借了几家都没有借到,直到借到下屋村才借到米,一家借了五斤,另一家借了四斤。郑顺势啊,你倒好,偷看录像,良心让狗叼走了……

5

下狠心,是第四种办法。

## 第三章 宿舍

一天两餐甚至三餐吃咸菜，天天吃，确实难以下咽。加上又经常睡不足、睡不好，一点胃口都没有。郑顺势强迫自己吃，而且不许像那些女同学那样浪费，他训斥自己：别那么娇气，你是草，一根贱草，快快吃，吃下去赶快去教室读书！又不是叫你去驶牛犁田！

吕一笔的姑姑在镇上供销社的饭堂当炊事员。吕一笔时不时会去她那里，大约一个星期一次或两次，她偷偷地给他塞两三个馒头或肉包。有一回星期六，供销社可能有些人没有回家，饭堂一样要做饭。吕一笔的姑姑约他去饭堂，他叫郑顺势去做伴。吕一笔站在饭堂门口，朝里面叫他的姑姑。不一会儿，一位大约四十岁、矮个、白胖的女人出来了，手里拿着一小包报纸包着的东西，里面大约是馒头或肉包。郑顺势礼貌地跟着吕一笔叫：姑姑好。她警惕地看了眼郑顺势，问：你同学？吕一笔说：最相好（要好）的。她的目光才温柔下来，然后对吕一笔小声说：以后注意点。吕一笔点点头。她微笑了下，说：好好读，但也要注意身体，正是长个的时候。吕一笔从他姑姑手里接过纸包，扯了下郑顺势的衣服，离开。走了一段，说：我才不管她呢。

吕一笔叫郑顺势一起去河边散步，说：边吃边背唐诗。

那阵子，"万万老师"在讲授唐诗，弄得同学们开口闭口便谈唐诗。

到了河边，在沙滩上坐定后，吕一笔给郑顺势一个肉包。

肉包真香啊！

他俩吹着清凉的河风，美得哈哈大笑。吕一笔吃着肉包，望着哗哗的河水，说：来首山水田园诗，怎样？

郑顺势说：我们去下边，离人家远一点，不然别人会认为我们不正常的。

唉，怕什么怕，就这里背，背诗又不是做贼。

总觉得不太好吧。

没什么不好，还要大声背呢。圩镇上的人大都没怎么读书的，像你我能读到高中的少得可怜，我们以后还要改变引领这里的生活呢。

如果考不上大学，连自己都改变不了，还怎么改变别人？

虽然只念了高中，但我们比他们有知识有文化有想法啊。

既没钱又没工作，连圩镇都打不进去，能引领他们吗？

能，能，不信你以后看看。

一笔，我只光顾读书，没往这方面想。

我看你都快读呆了。

郑顺势在回家挑米菜的路上背唐诗，没想到吕一笔竟也有这样的想法。他开心地说：好啊，王维的《渭川田家》——"斜光照墟落，穷巷牛羊归。野老念牧童，倚杖候荆扉。雉雊麦苗秀，蚕眠桑叶稀。田夫荷锄至，相见语依依。即此羡闲逸，怅然吟式微。"

我来首孟浩然的《过故人庄》——"故人具鸡黍，邀我至田家。绿树村边合，青山郭外斜。开轩面场圃，把酒话桑麻。待到重阳日，还来就菊花。"

哈哈哈，苦中作乐啊！顺势你再来首李白的吧。

好嘞，来啦！李白的《月下独酌》——"花间一壶酒，独酌无相亲。举杯邀明月，对影成三人。月既不解饮，影徒随我身。暂伴月将影，行乐须及春。我歌月徘徊，我舞影零乱。醒时同交欢，醉后各分散。永结无情游，相期邈云汉。"

唉，如果我们现在对饮一杯的话，那便美坏了。你李白，我杜甫吧。《春夜喜雨》——"好雨知时节，当春乃发生。随风潜入夜，润物细无声。野径云俱黑，江船火独明。晓看红湿处，花重锦官城。"来，来，来，李白、杜甫抱一下吧。

吕一笔有颗敏感的心，他总能适时捕捉到你的想法。他跟郑顺势一样高，体形也差不多，抱在一起很协调。

郑顺势被吕一笔逗得嘻嘻地笑。

他们在河边吃着肉包朗读唐诗。

这年重阳节恰是星期天，吕一笔突然心血来潮，邀郑顺势一块登仙鹤峰。仙鹤峰是流年镇最有名的山，离圩镇不远，据说因山形像飞翔的仙鹤而得名。山上有座庙，站在庙里眺望流年河，流年河像飘带一样在下面飘动。清风徐来，心旷神怡。他们俩深情地诵读唐诗宋词。吕一笔凭栏远眺流年河，说：顺势，我先吧，唐朝杜牧的《九日齐山登高》——"江涵秋影雁初飞，与客携壶上翠微。尘世难逢开口笑，菊花须插满头归。但将酩酊酬佳节，不用登临恨落晖。古往今来只如此，牛山何必独沾衣。"

郑顺势受吕一笔鼓舞了，压着他诵读的最后一个字，欢快地说：宋朝李清照的《行香子·天与秋光》——"天与秋光，转转情伤，探金英知近重阳。薄衣初试，绿蚁新尝，渐一番风，一番雨，一番凉。黄昏院落，悽悽惶惶，酒醒时往事愁肠。那堪永夜，明月空床。闻砧声捣，蛩声细，漏声长。"

吕一笔听到郑顺势的声音有些"异常"，问：你触景生情了，你哭了吗？

郑顺势不敢转过身来，朗诵完，平复了下情绪，才说：没，没有啊。

山高人为峰，就这样立在蓝天青山间朗诵，那个美啊，无法形容。

## 6

在学校，郑顺势几乎天天这样：早上六点起床，中午小休半个小时，晚修到十一点半才从教室回宿舍，往往上床后，有些同学还要说话，还要为了"巩固知识"提这问那，或议论某位同学，常常到十二点半左右才能安静下来。下半夜，还有梦呓和鼾声响起。

春、夏由于湿热，宿舍通风不畅，人又多，雨天有些同学还把洗好的湿衣服挂在宿舍里晾，地板湿漉漉，下不了脚。这样的环境容易让人生疮。疮生在大腿内侧那些拐弯抹角的地方，不抓挠不行，越挠越痒，直至流血。这样的晚上，更是难以入睡。

宿舍旁边有口水井，水井旁边有棵大树。林才上痒得不行，下半夜了还常常叫上郑顺势做伴去水井边，用桶把水提上来，脱光衣服，把衣服挂在树上，然后从头顶往下冲水。井水清凉，痒便得到缓解，然而头脑也清醒了，而肚子又咕咕叫。宿舍后面有块菜地，学校叫老师和学生种的，种的菜供应教师饭堂。有次劳动课，任务是挑粪浇菜地，下粪池挑粪的时候，同学们畏首畏尾，"万万老师"看出了大家的畏难情绪。林才上站了出来，主动下粪池，拿粪桶提粪，将粪桶上系的绳一抛，桶进池里了，提了大半桶粪，没想到脚底踩着的木板打滑，整个人掉进了粪池里，同学们一通慌乱，赶快把他拉上来。后来，他每路过菜地，就气愤愤的。菜地里没怎么空过，有茄子、番薯、西红柿、花生等。林才上说：摘西红柿去。

不好吧，万一被发现了呢？

下半夜的，谁会出来？伸手不见五指，能看见你郑顺势？不过，动作小点，别弄出声响。

郑顺势实在饿得厉害，便跟着林才上去偷摘西红柿。

郑顺势提心吊胆了好几天。好在一直风平浪静。

虽然睡眠不足，但郑顺势不体恤自己，只要还能爬起来，一定要让自己起床去教室读书。即使星期六、日也一样六点起床，晚上十一点半回宿舍。

林才上心疼他，说：顺势，像你这样拼命，我不干。看你白发都读出不少了。正正常常去读，能考上大学便考，考不上我便留级。等我父亲退下来，我便顶替上去。

林才上的父亲在镇上供销社当售货员，他不愁肥皂、牙刷、牙膏、毛巾等用品。

郑顺势苦笑，心里想：我没有像你一样的父亲，只能"非正常"地加把劲苦读。

# 7

高考的日子一个月一个月，一个星期一个星期，一天一天在逼近，同学们一个月比一个月瘦弱，像林才上、吕一笔那样的同学则表现得没那么明显。吕一笔和丁观照的心态比较放松。吕一笔不但有姑姑照应着，而且他跟丁观照一样，清楚自己挤不上万人争过的高考独木桥，除了读多一些知识，还为了拿高中毕业证，为以后的日子铺路。学校已明确表态了：高考前即使被刷下来参加不了高考，一样发毕业证。

大部分同学都是为了拿到高中毕业证。但郑顺势不一样，他读高中的目的，就是即使拼了命也要去考大学，考上大学，洗脚上田，直接改变命运，摆脱像父亲那样的命运。

郑顺势比其他同学瘦得更明显，眼窝深陷进去。但他认为就应该这样：不掉几斤肉，哪能出人头地，哪能对得起父母和家人？

读高一级时，学校有三个班。高二级分文理科，分成了两个班，中间陆陆续续有人辍学，文科班六十二人，理科班六十五人。以后又有同学辍学，到高考前两个多月，文科班剩下五十五人。上高二后第一次考试，郑顺势的排名是第三十九，然后不断往前挤。他暗中高兴：自己的四种办法——不说话、挤时间、不分心和下狠心在起作用。虽然上升幅度不大，每次往前挤一名或两名，但已经很不容易，同学们都在努力往前挤。他知道自己的基础不好，尤其是数学、英语，在清流中学读初一、初二时便埋下的隐患，除了老师上课上得不动听外，更多的原因是自己不够用功。以前上课，他凭喜好，课上得生动的老师，他便喜欢，也听得专心，这科的成绩也好；不好听的课，他则分心，打瞌睡，成绩也跟着差。他没有认识到这样不好，受伤害的最终是自己。读高中后，他才清醒。

清流中学的教学质量比不上流年中学，在清流中学是鸡头，到了流年中学便成了凤尾。他知道：自己的悟性和记性一直都很一般。比如某个知识点，尖子生听老师讲过一遍，便懂了，而自己则要反复去记。尖子生读过一两遍课文便记住了，而自己要读上十遍八遍才能记好。

他常常对着镜子提醒自己：顺势，只有比别人加倍勤奋、努力，你才有出路。你要多向尖子生"舀油"（请教），让自己上去，但又得防后面的向你"讨油"，被赶超。不能让人看出你的心计。

有时他又会对自己说，没准，其他同学也是这样提防你的。

操场边有两棵木棉树，高大，旺盛。郑顺势看书、做作业把眼睛累到模糊看不清的时候，便会从教室出来，走到树下仰望木棉树。等心渐渐地静下来，视力恢复了一些后，又赶忙回教室继续苦读。木棉树开花的时候，红了操场上的半边天空，他便期待：每次考试，成绩能像绽放的木棉花，该多好啊！花期过后，棉絮纷飞。他又期待：若能考上大学，像棉絮一样飞向远方，该多好啊！

## 8

回家挑米菜的路上，郑顺势常常边走边背书。

从流年中学到他家里，十几公里的路，有六七公里是山路，其余是沿河路，路的一边是流年河，一边是田园和连着田园的山。

他挑着米菜，背数学公式、英语单词。尤其走在沿河路上的时候，他觉得很有感觉，经常一下子就能把这些知识背牢固。

"万万老师"那段时间讲宋词元曲。他突然很兴奋，像发现新大陆一样，对自己说：对、对、对，走在河边背宋词元曲。太好了！

婉约派的代表人物中,他最喜欢李清照。他有时停下来,站在河畔吟诵《如梦令·常记溪亭日暮》——"常记溪亭日暮,沉醉不知归路。兴尽晚回舟,误入藕花深处。争渡,争渡,惊起一滩鸥鹭。"

《如梦令·昨夜雨疏风骤》——"昨夜雨疏风骤,浓睡不消残酒。试问卷帘人,却道海棠依旧。知否,知否?应是绿肥红瘦。"

也不晓得触动了内心的哪里,他读得眼眶发潮。

豪放派的代表人物中,苏轼的词是他最推崇的。尤其是《念奴娇·赤壁怀古》和《水调歌头·明月几时有》。"明月几时有?把酒问青天。不知天上宫阙,今夕是何年。……人有悲欢离合,月有阴晴圆缺,此事古难全。但愿人长久,千里共婵娟。"郑顺势背着诵着便不由自主走进词的意境里,忘了身在河边,今夕何年。

这是他一个人的世界。

元曲四大家之首关汉卿,他那篇代表作《窦娥冤》,开篇那几句便让他迷住了——"花有重开日,人无再少年。不须长富贵,安乐是神仙……"虽然背不了全文,但他能熟背其中的一些经典唱段。

郑顺势读高二,"万万老师"教语文课后,他发现了回家路上背唐诗、宋词、元曲的乐趣。近两年时间,他粗略计算了一下,在路上熟背了六十多首唐诗、二十多首宋词、二十几段元曲的唱段。

有几次,他差点这样对妹妹望月说:妹妹,你可惜了,边走边背诗去流年中学的路不远,不枯燥,不累的。唉!如果你跟哥一起边走边背诗,多好!但他每次想说的时候,看见妹妹一身泥痕,头发凌乱,忙这忙那,一脸疲惫,便打消了这个想法。

## 第四章　欧阳月云

### 1

欧阳月云把郑顺势领进照相馆的时候，欧阳景山正在二楼照相。他下楼时，跟着他一块下来的是对年轻男女，可能是来照结婚照的，他们脸上的表情是满满的甜蜜。

郑顺势立即起身弯腰微笑。

欧阳景山边示意他坐下，边将那对男女送到门口，说：记得一个星期后来取相。

欧阳月云介绍说：景叔，他就是上午我跟你说起的我的同学郑顺势。

欧阳景山仿佛看见了自己的昨天，说：呵呵，你同学文静、精神哦。

照相馆是栋四层小楼，面向流年河，河风吹来，舒服宜人。一楼待客，二楼照相，三、四楼住人。都是木棚，在楼上走动的话，下面能听见。想让脚步声消失是很头疼的事情。

欧阳景山在二楼忙活的时候，一楼待客厅经常没人照应。他听见一楼来客了，便对着一楼说：自个儿泡茶，自理吧，莫见外。来客也不计较，反倒自在，有宾至如归之感。

平时照相馆就他一人，逢年过节来照相的人多了，他的妻子刘清秀才帮帮忙。

　　欧阳景山瘦高，白净，脸长，鼻直，像从戏里走出来的一样。他已有些许白发，戴着眼镜，大约五十岁，说话声音不大，但浑厚，舒缓，动听。

　　月云，你是半个主人了，给你同学斟茶。

　　他不大喝茶的。

　　哦，你怎么知道？

　　我们学生都这样，没有条件也没有时间。

　　郑顺势颔首。

　　听月云说，你想学照相？欧阳景山问。

　　郑顺势又站起来，说：担怕学不好。

　　丑话说在前面，三个月试用期，试用期学基础，第四个月才发工资。

　　给我机会学学已很感谢了。

　　不过吃住会解决，跟我们在一起不介意吧？

　　哪会呢，已经很好了。

　　欧阳月云说：景叔，他明天可以来了吗？

　　来，来，来，明天来。什么都不用拿，除了自己的衣服，我这里什么都方便的。欧阳景山的热情，顷刻让郑顺势的顾虑烟消云散。

　　欧阳景山觉得郑顺势挺内秀的，淡淡地问：看样子，你读书读得好啊。

　　郑顺势说：读不好，便不读了。

　　欧阳景山呷了口茶，笑着说：景叔不是照相的吗？看多了相，能看出个七七八八来。你们读书人不是常听这句话吗，熟读唐诗三百首，不会写诗也会吟？呵呵……

　　欧阳月云赶紧给他添茶，问：你看我呢？

　　听好的，还是要听真的？当然，真的，也可能会被我说错的。

　　真的，听真的。

　　你比他差一些。

　　差多了呢。景叔，你看得真准。顺势，你好好学我叔照相，没准，连这方面的本领也顺势学到手的。

　　顺势这个名起得好，欧阳景山说，起得好！

郑顺势觉得很羞愧。他不敢跟欧阳景山说真话——自己是被学校刷下来不能参加高考的。他已跟欧阳月云说好,千万千万不要向欧阳景山讲这些见不得人的事情。

欧阳景山问:月云,你怎么也不读了呢?

胃不好,胃病,暂时休学。欧阳月云编了个借口。她跟父母达成默契,这段不读书待在家的理由是病休。她爱面子,她的父母更爱面子。

郑顺势找了"万万老师","万万老师"不但同意他将被、席、蚊帐等东西暂时寄放在宿舍,还拍他的肩膀一再鼓励他:一定要回来重读,你差一名就进考场的,再补一年,明年肯定能进,万万不要泄气,我相信你。说着还举起手来跟他击掌加油。

现在离7月高考还有两个多月,郑顺势不想告诉"万万老师"这两个多月不敢回家,在照相馆打工的事情。

## 2

九点,欧阳景山打开店门,发现门口站着的郑顺势,旁边搁着个鼓鼓的包。

看看,我这个记性,昨天忘了告诉你开门的时间了。欧阳景山说。

店门是由一块一块的木板拼在一起的。流年镇街上的每间店面几乎都是这样的。

郑顺势赶忙帮忙拆搬木板,说:睡不着,来早了。

每天都起得那么早吗?

读书养成的习惯。

早睡早起好习惯,我开相馆的没养成。不过照相馆不是卖日杂,店门晚一点开也说得过去的。顾客没那么早来,照相嘛,也不是什么急事,还要闲工夫,有闲心的,你说是不是?

对,锦上添花的事。

呵呵,小郑你说得对,以后叫你小郑吧。

小顺也好的。

哈哈,小顺,叫小顺,顺顺利利。以后大顺,跟我一样年纪时,是老顺,一

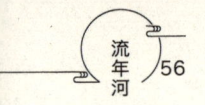

直都顺。

郑顺势昨晚一夜没睡着,心情很复杂,一波又一波的感慨像流水一样在脑海里涌动。前天晚上,他和欧阳月云在流年桥分开后,目送欧阳月云从街道边转入小巷回家后,他又折回河边的沙滩上坐,任凭哗哗的流水声在心里流淌。十二点多摸黑走回宿舍。宿舍竟是异常安静,以往这个时候仍有同学在提问、在回答,一阵一阵的。而现在,宿舍静得揪心。他突然留恋起往日的嘈杂、热闹。

他从床上摸出手电,小心地照了照,发现下铺的吕一笔和丁观照没有回来,同床的林才上也没有回来。他躺在床上,一直等他们,心慌意乱地等,到天亮了也没有回来。他们四个都是被刷下来的。宿舍三十多位同学,只有八位留下来参加高考的。

天刚亮,郑顺势赶忙起床看看宿舍的情况,下铺吕一笔和丁观照的被、席、蚊帐还在,有好多张床一片凌乱,已卷走被、席、蚊帐。他们恨不得尽快离开这伤心之地似的。

第二天上午,他和欧阳月云去了照相馆,下午回到宿舍,仍然没有看见吕一笔、丁观照、林才上。但吕一笔和丁观照的东西已经不在了,林才上的还在。林才上曾经跟他说过,再复读一年。吕一笔和丁观照不复读了。

与昨晚相比,宿舍现在更是一片狼藉不堪,除了留下来要参加高考的同学,其他同学都搬走了。人去床空!

郑顺势强忍着眼泪。

这是个悲伤的周末!

"万万老师"星期五下午给同学们做思想工作后,便立即改变了原来的模样。听说这八位留下来的同学明天将搬离宿舍,到学校为他们精心准备的新宿舍,新宿舍的条件比他们住的大宿舍好很多。学校每年都这样,用心良苦!

郑顺势想:吕一笔、丁观照、林才上不辞而别,他们回家了吗?还是像自己一样,高考前的这两个多月,没脸面对父母和家人,不敢回家?林才上说的,他们是"正正常常"地读书,而自己是"不正常"地拼命苦读,但结局还不是一样吗?有些事情,凭自己再大的努力也改变不了。上面只招录那么少的大学生,只给有限的高考名额,这个局势如一座大山,凭一己之力无法撼动。像一道墙缝,自己能做的,只有拼死拼活地往这道窄了又窄的细缝里挤。但自己挤变了形,挤走了样,都没有挤进去。这便是自己的命运,拼尽全力也不能掌握在自己的手中。好在欧阳月云帮忙引荐,照相馆接纳了他,不然眼前这道坎不知怎么跨过去。他提醒自己:一定要好好珍惜危难之中帮助自己的人。这两个多月干好了,说不定今后还能继续留在照相馆。

## 3

欧阳景山带着郑顺势从一楼看到四楼。从四楼下到一楼的时候,欧阳景山说:小顺,你以后管我叫景叔吧,跟月云一样。一般的情况,单姓的话,拿姓称呼,比如李叔、刘伯之类的。但我复姓,所以取我名字里的一个字叫好了。他想,还没正式收郑顺势为徒,称自己师父或者老师,还是不合适的。

景叔好,来照相馆照相的都是好心情的,如看风景。郑顺势说。

欧阳景山笑眯眯地想:这小伙,入眼,走心。小顺,今日起,相馆也像是你的家了。

景叔,我住一楼后面,你看好吗?方便看店门,招呼客人。

哦——那随你吧。不过,条件没那么好。

靠着厨房、饭厅,吃饭还近呢。

呵呵小顺——是近些。小顺。

一楼的后格空间大,占了一楼的三分之二,用墙和木板间隔出一间房和厨房、饭厅、浴室。楼内设有屙屎的厕所。圩镇上的楼房都是这样的格局。圩镇建了好几处公厕,瓦盖的或茅草盖顶的,低矮,连在一起,离住户有一定的距离。圩镇居民去这些公厕屙屎。屙尿,每户居民的楼内都搁有尿桶或尿缸。圩镇周边有些乡下人,经常起早摸黑挑着桶来圩镇挑粪挑尿。光天化日干这活不妥,不但招人耳目,还怕不好的气味招人指责。圩镇上住的居民即使有菜地的,或在乡下种了田的,也用不完源源不断的屎尿。粪便也联络了城乡的感情。

小顺跟他们一家同住在楼上,自己倒无所谓,但欧阳景山担心妻子和家人有意见,毕竟家里突然加入了一个陌生人。分开住,还是明智的选择。但自己开不了口做这样的安排,现在小顺自己倒先提出来了。欧阳景山说:小顺,一楼那间房里放了床,其他用品都是齐备的。夏天天热的时候,一楼凉快,有时我在那里

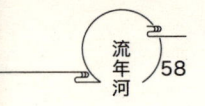

午息的。你把东西拎进去整理整理。要不,我叫你景婶下来帮忙?

芝麻小事,哪用呢。学校住宿,我都是一个人打理的。

他们正说着,欧阳景山的妻子刘清秀从楼上走下来。

景婶好。郑顺势赶忙问候。

叫清秀姨吧。听说我爸给我起了几十个名最后才取的这个名,别浪费了。

小顺,叫她阿姨就好了,别说我占了她的便宜。

已经占了。

郑顺势被逗得嘻嘻笑。他在村子里见不到像她这样的阿姨,穿戴讲究,脸白手净,身材高挑,走路轻盈,像画里的一样。他想起劳作种田、一脸沧桑的母亲。这是生活在两个不同世界的女人。

老景,你忙你的。小顺你跟我一块进去整理吧,你还不熟,不过,很快就晓得的。你还不到十八吧?刘清秀问。

二十。

二十岁,巧了,跟我女儿同龄。

郑顺势拎起包,跟着刘清秀。他们边聊边走进一楼的后面。

## 4

郑顺势第一次吃住在陌生人家里,紧张,焦虑,小心。

他不断地提醒自己:每天从睁眼起床到闭眼睡觉,每时每刻都要小心谨慎,每时每刻注意察言观色,他们一家人的面部表情就像一面镜子,尤其是欧阳景山夫妇的,从他们的表情映照出自己的一言一行。

午饭的时候,他跟他们一家围坐在一张桌边吃饭。他们一家四口。欧阳景山、刘清秀夫妇有两个女儿,大的叫欧阳雪儿,小的叫欧阳小芬。郑顺势端起饭碗,不敢举箸夹菜,双脚不知怎么放才好。

小顺,别客气,夹菜吃。欧阳景山说。

刘清秀夹了一块红烧肉放到郑顺势的碗里,说:正是长个的时候,显瘦点哦。说着也给两个女儿各夹了一块。

欧阳雪儿把红烧肉夹回刘清秀的碗里,说:我不想吃这个,要吃我自己夹,又不是小孩。

郑顺势的脸便唰地红了，说：谢谢清秀姨。

欧阳雪儿抬头看了眼郑顺势。他更加不自在起来。

郑顺势埋头轻咬了口红烧肉。哦，好吃，太好吃了。他很久很久没吃过红烧肉，有一两年了吧。以前家里逢年过节他母亲会做一小碗红烧肉，不多，每人一两块，奶奶三块。

刘清秀问：你们在流年中学读书时见过吗？雪儿去年读高二时才辍学的。

郑顺势怯生生地说：好像，好像——

欧阳雪儿夹了青菜放在米饭上，说：我理科班，你应该读文科吧？

郑顺势不敢看欧阳雪儿，看着碗，说：我是文科班的。

欧阳雪儿突然想起什么似的，说，啊——对哦，"万万老师"说文科班有位作文写得好的郑某某同学，《一棵杨桃树》是不是你写的？

郑顺势支支吾吾：可……可能是吧。他担心欧阳雪儿说出其他什么来，赶忙说：我也辍学了，清楚自己是考不上大学的。

欧阳雪儿说：考大学比登天还难！全级一百多人，考上去的才几个。

欧阳景山说：改革开放好几年了，现在比以前好八倍十倍了，政策一放宽，找活干的机会一年比一年多。

流年镇一年比一年不同，以前冷清，了无生机，除了供销社的门市有点气象外，现在做生意的逐渐多了起来，有卖衣服的，有卖鞋的，有开小商店的，有卖肉卖鱼的。照这样的势头，会越来越兴旺的。欧阳雪儿在"裁缝春"服装店学做衣服。"裁缝春"在街上开了两间服装店，一边做，一边卖。

郑顺势趁着大家不注意，又看了眼欧阳雪儿。她长得像她爸，又像她妈，眉眼好，五官好，身段好，统统都好看。

刘清秀说：小芬再读几年，多学点知识，读完高中考不考大学不着急，像她姐姐一样，自由择业吧。

郑顺势心里便羡慕起她们姐妹俩来，呆着，忘了吃。

刘清秀说：小顺，吃饭，多吃点。

## 5

郑顺势从第二天早上开始，用心观察他们一家的作息规律，以便尽快融入他们的生活，有可能的话，还可以在其中起一些作用。这是摆在自己面前的又一次考试。

第二天，他六点多便起床，像住校时那样。刷牙、洗脸后，仍没有发现他们一家起床的动静。他不敢走来走去，怕弄出动静。他又回到房里，关上门，看书，好在带了《红楼梦》。觉得自己像刘姥姥，又像寄人篱下的林黛玉。但又哪能跟她比呢，林黛玉才华横溢，而自己竟然连高考的试卷都摸不着。林黛玉高傲、尖刻，自己有资格这样吗？只是委身于人这点相似。他又联想起贾宝玉。贾宝玉的命好啊，生下来便是大观园的主人，家族显贵，万般宠爱于一身，吃好，住好，玩好，营养好，难怪早早懂得男女私情。他又翻阅其中的第六回——"贾宝玉初试云雨情"里面这样写道："袭人伸手给他系裤带时，他刚伸手至大腿处，只觉冰冷粘湿的一片，吓退回手来，问道怎么了？宝玉红了脸……袭人问道，是那里流出来的？宝玉只管红着脸不言语……宝玉亦素喜袭人柔媚娇俏，遂强拉袭人同领警幻所训之事。"贾宝玉大约十岁已出现梦遗了，而自己呢，好像是读高一那年。

他总觉得身体慢长开与自己苦闷的生活环境有关。读小学、初中时，经常饿肚子上学，上学走泥路，每逢下雨，泥泞不堪，一不小心便摔跤，滚成一身泥水，还常常打赤脚。路过有些老屋的门坪，污水横流，总下不了脚。走过田埂、草埔，老怕踩中蛇，时刻都提着心吊着胆。读高中也同样糟糕，宿舍不堪，饭堂不堪，澡堂不堪，厕所不堪，哪能让人自在、放松，身心快乐？家里一样的愁苦，没好吃，没好穿，没好住，没好屙（屙尿屙屎的景况与学校一样令人难堪）。每时每刻都小心翼翼、愁闷不乐，抑制着身心的健康和发育。好在看见了菜园那竹架下的吊瓜，路上恰遇鸡、鸭、鹅、狗在寻欢，这些生动、激动的事情就像一缕缕阳光照进发紧、沉寂、板结的身心，身心才有了些许的生机和蓬勃。

七点半，刘清秀起床了，然后是他们的两个女儿，最后是欧阳景山。他们不做早餐。刘清秀到街上买面包、馒头和豆浆，回来才洗涮。欧阳小芬要赶在八点前到学校。

吃早餐不等人，自由吃。刘清秀在郑顺势的门外小声叫：小顺，早餐放桌上了，你自己方便吃什么就吃什么。

郑顺势放下《红楼梦》回应：清秀姨，谢谢。

刘清秀欢喜了，想：要是雪儿、小芬能这样说声谢谢多好啊。

她专门留了份给丈夫，放在锅里，保温。

等刘清秀她们吃完早餐离开，郑顺势赶忙开门出来吃，吃完，他把一楼前格的店面地板用拖把拖了一遍，然后才开门，看了下墙上的挂钟，八点半。

这时，欧阳景山从楼上下来吃早餐，看见店门已打开，郑顺势坐在柜台前，正低头好像在写着什么。

小顺，早啊。欧阳景山说。

景叔，早上好。郑顺势抬起头。

拖地了？

刚刚拖的。

呵呵，清爽光洁多了。不过，四五天拖一次吧。别那么费劲。相馆不像饭店。他说着走进厨房。

郑顺势揣摩了下他的这句话，对自己说：他虽是这样说，但还是欢喜的。干净总是好的，客人来了舒服，舒服了，生意也就好做了。

欧阳景山不午休。来照相馆的人，有街上的，有乡下的，有近的，有大老远来的。圩镇上只有他这家照相馆。有些乡下来的顾客要照相，恰巧是中午来的。

欧阳景山睡得晚，全家人都睡了，他还在暗房里忙冲洗相片。

他们都在一楼洗澡，最先洗的是欧阳小芬，然后是欧阳雪儿、欧阳景山，最后是刘清秀。刘清秀等着他们洗澡换下来的衣服，用桶拎到河边洗。其实家里也可以洗的，用自来水洗，但自来水小，哪能跟河水比啊，河水大，任你怎么洗都好，不会小里小气，放不开手脚。

刘清秀问：小顺，你的衣服呢？

我等会儿洗，要不，你们的我一块洗吧。郑顺势说。

哦，难怪昨晚没见着，后来又看见已晾挂起来了。给我一块洗吧，没什么的。

学校住宿，自己洗衣服都习惯了。

哦，随便你吧。不过收衣服的时候，不用管我们的。

刘清秀手挽着桶，向流年河走去，边走边自言自语：小顺，比女孩还心细。

欧阳景山晚睡也晚起。他没有晨练，选择在晚饭后去河边散步，有时一个人，有时夫妇俩，也有跟邻居一起的时候。

一个星期过去了，郑顺势渐渐适应了他们家的生活习惯，觉得手脚自在多了，眼睛也放松多了，神经也不用绷得那么紧了，不像刚来的时候全身发紧。一个星期来，他从没有离开过照相馆。除了很在意他们评论他外——担怕给他们留下不懂规矩、自由散漫的印象，更主要的是担怕遇见同学和熟人，泄露"不敢回家"的秘密。除了欧阳月云，没有谁知道他在照相馆。

他本来想去流年中学看看的，但忍住了，打消了这个念头。晚上，他也一直待在相馆，曾萌生去看一场录像的想法，上半场的，听说播放的大都是武打片，但很快又毙掉了这个想法，一是怕花钱，二是担心回来的时候叫开门很麻烦。欧阳景山曾问他：小顺，要给你配把钥匙吗？方便出入。

景叔，不用不用，晚上我不出去的。

呵呵，要的话，说一声。

他来照相馆的第二天，欧阳月云来照相馆看他。

老同学，感谢你。也许是离开了学校的原因，郑顺势一夜之间仿佛成熟了起来，说话语调大方了不少。

谢什么谢，你好，景叔也好，大家都好。

你接下来有什么打算吗？

有了点想法。

哪点？

去流年中心小学做代课老师，我爸妈有这方面的想法。当然，我也有，这段在做这方面的准备。

预祝你成功，女孩子教书，挺好的。

还女孩子？

哦——郑顺势便笑了，说，叫老同学、女孩子都不妥，怎么称呼你呢？

叫我姓名不会吗？学校招两名语文代课老师，听说有十多人在竞争。

我相信，你一定会胜出的，你的语文好，作文好。

在你面前，我哪敢说好。

欧阳月云走后，郑顺势陷入了长久的沉思：自己今后怎么走？

6

郑顺势看着欧阳景山一家人其乐融融，有时很想家。

有天晚上，他睡不着，梦见父亲在水田里驶牛耙田，气喘吁吁，大汗淋漓，突然捂紧肚子，胃病发作，摔倒在田里，爬不起来，挣扎几次，仍站不起来，满脸泥水。他非常着急，张口想喊，但喊不出声，伸手去拉，手不见了，急得号啕大哭……他哭着从梦中醒来，捂着脸流泪：爸、妈、奶奶，我没出息，我没用，你们那么辛苦供我读书，我竟然被学校刷下来不能参加高考，辜负了你们的一片苦心，没脸见你们，我现在不敢回去。

郑顺势把苦闷埋在心里。

大约是半个月前的一天，欧阳月云又来了一次照相馆。这次她是来跟他说这件事的——慢些日子，我可能要到县城的教师进修学校培训。她站着说。郑顺势说：坐。欧阳月云说：不坐了，你忙吧。习惯了吗？

习惯了。

郑顺势望着欧阳月云远去的背影，情绪有些失落。

郑顺势每天的作息像时钟一样有规律：早上七点起床，吃完早餐后拖地板，八点开门，在一楼待客，做好记录，比如照相者的姓名、照相时间、取相日期。随时等候欧阳景山的叫唤，上二楼打下手，比如帮顾客整理衣服、照镜、拿梳、挪凳，打灯光。照相是欧阳景山的事情。

一个月过去了，郑顺势还没有碰过相机，连暗房都没有进去过。但他很乐意的样子，说：招呼客人，够我学一阵子的。莫说跟你学照相、洗相，万一照不好、洗不好，那便把客人得罪大了。景叔，我先学这些。

这样也好。欧阳景山说，先从这些小事做起，万丈高楼从底起。当然照相说不上是万丈高楼。

欧阳景山私下跟妻子刘清秀说：一个月了，小顺的表现你觉得怎样？

你招揽来的，你先说。

你从一个女人的角度看，更有说服力。

女人的角度？哦——小顺好像成天都没有离开过照相馆，心静，也心细。待人做事有分寸，不像二十岁的小伙啊！我们的雪儿，看看我们的雪儿，还没有他心细呢。

呵呵，你说出了我的心里话。小顺，话不多不少，总是恰好，善解人意。他每天八点开门，拖地，正是我想的，但我们以前做不好。

你拐弯说我？刘清秀白了欧阳景山一眼。

还有，他还做了笔记，你能想到吗？

笔记？记什么？

他将一个月顾客来照相馆照相的情况都记了下来，分了类：一个月来照相的共有四百二十六人次，照结婚照、满岁照、学生毕业照的，排在前三。老人大寿照相的，他又进行细分，六十居多，八十岁比七十岁的多。

这样呀，小顺了不得，有头脑啊！

他说这样如实记录，对今后的业务发展有帮助。

小顺呀小顺，真是有想法啊！

欧阳景山给妻子丢了个眼色，说：小顺是块好材料，所以——

所以什么？

我还不放心让他去暗房学洗相。

你，老姜，还是你这块老姜辣。

不老不辣，行吗？街上如果冒出几家照相馆，我们全家人还不喝西北风去！

## 7

郑顺势有些纳闷，欧阳景山夫妇没有问过他家的情况。他不知道，欧阳月云在他来照相馆之前，已向欧阳景山说：景叔，郑顺势的家在离圩镇十多里的山村，他的父母种田。你不问他这些也好的。欧阳景山想了下，笑着说：好的，我们不会问他这些的。欧阳月云又说：不过，这是我的想法。欧阳景山说：书读多了，懂人心，你行啊！

高考考完的第二天，郑顺势编了个借口说，父亲生病，离开了照相馆。

## 第四章 欧阳月云

离开照相馆前一天,他突然想起要去跟欧阳月云道别,但不知道她住圩镇的哪里。他曾经想过去她家,可一直没有行动。他很纠结,见了欧阳月云的父母,万一他们问起自己的父母,不知道怎么回答,他们是老师,而自己的父母是农民,没什么好说的。再说,口袋里也没钱买礼物。现在他有些后悔,责怪自己想法太多,顾虑太多。最后他鼓起勇气请欧阳景山帮忙:景叔,你见着月云的话,麻烦代我道别。欧阳景山说:小顺,好的,没关系的,我们代你表达一下吧。

欧阳景山夫妇一再挽留他,并声明了态度——今后愿意的话,随时回来,不再试用,当月发工资。

刘清秀往他衣袋里塞了三十五块钱,说:代我们问候你父母。

刘清秀又说:小顺,真觉得心里不踏实的话,让雪儿带路去跟月云道别。

郑顺势的脸立马红起来,说:不用的,哪能呢。

刘清秀见他紧张成这样,笑了,说:好吧,让雪儿和我们代转告。

谢谢清秀姨。

小顺,来圩镇的时候,记得来照相馆坐坐。小顺,别忘了,记得。

郑顺势点点头,有些伤感。

郑顺势离开照相馆后,去了趟学校,跟"万万老师"告别。他把被、席、蚊帐打了包,日用品装在水桶里,用木棍挑着,离开了在这里读了四年书的流年中学。

他的眼泪控制不住,像断了线的珠子簌簌地往下掉。

## 第五章　动身前

### 1

动身前,欧阳月云一直在犹豫要不要去照相馆跟郑顺势打个招呼。思前想后,最后放弃了这个念头。

郑顺势离开照相馆前一个星期,欧阳月云已经去县城参加培训。

流年镇这几年每年都在招民办教师,全镇二十多所小学都缺教师,有些边远的小学,连一个公办教师都没有。公办教师,除了毕业于二十世纪五六十年代的中师生外,便是这些年读师范学校出来的,但很少。不只是小学,连初中、高中仍有一些民办教师。镇教办主任李诗篇说,他一直在教办工作,对全镇的师资情况了如指掌。流年镇有六个牛人——教办主任、粮管所所长、供电所所长、供销社主任、派出所所长、信贷社主任。李诗篇是其中一个,比公社书记还吃香。六个牛人像菩萨一样被大家供奉着。

许多高中毕业,没资格参加高考的,像欧阳月云这样的,都可能选择做民办教师。由"民"转"公"成功的事例不少。欧阳月云的母亲柳青青就是五年前由"民"转"公"的。一旦实现华丽的转身,洗脚上田,端铁饭碗,吃上"皇粮",便一生无忧。好像走这条路比"万人争过独木桥"考大学还要容易似的,所以,竞争也十分激烈。

欧阳月云心里清楚：自己走这条路比郑顺势要顺畅一些，她父亲是流年中心小学的副校长。因为当民办教师，由"民"转"公"，除了个人的努力外，还有其他因素在起作用。郑顺势也明白这一点——对他来说，想走好这条路则比考上大学还难！

跟郑顺势成为同学以来，欧阳月云越来越了解郑顺势的性格。他勤奋刻苦，上进心强，既自强自尊，但又敏感自卑。自从他说最喜欢《红楼梦》里的刘姥姥，便引发欧阳月云的好奇心，她在暗中观察他。他勤奋苦读在班里是无人能及，他不断进步，也是班里无人能比的。他硬是一步一步从后面往前挤，最后挤进第二十一名。如果把复读生和应届生分开来排名的话，他排在应届生的第五名。

欧阳月云从心底里佩服郑顺势。她想方设法引荐他去照相馆，帮他"疗伤"。她不忍心告诉他自己去进修学校培训的事情，担怕打击他。

在进修学校报到入住那天，欧阳月云竟出乎意料地看见了吕一笔。

吕一笔低头填写好姓名和简历，一抬头，发现旁边站着的欧阳月云。

真是抬头不见低头见，哈哈哈——吕一笔说。

欧阳月云瞪圆眼睛，说：吕一笔！你——你，也不先告知一声。

你呢？藏得比我还深！

你是男人，我是女人，要你先说。

男人？女人？

不对，不对，男同学。

男同学不是男人吗？

那你说怎么样说？

你比林黛玉还聪明，我哪晓得你要怎么说。一般情况下，我是说一般，我们男同学是不好意思打听女同学的事情的。

我哪敢比林黛玉。你的意思是，要我们女同学探听你们男同学的事情啰？

我不是说一般情况嘛。

"描一笔"，你越描越黑。

我们这算是他乡遇故知吗？

别再描了，你。

他们俩边说边走进宿舍楼。

## 2

吕一笔家的那个村子叫秀峰村。五百多人的边远小山村，周围群山环抱，距离流年镇近十五公里。村里的小学叫秀峰小学。学校只有两位老师：宋老师和李老师。学生长期在三十个人上下浮动。一、二、三年级的学生在一个教室上课，四、五年级的在另一个教室。当老师讲一年级的语文时，二、三年级的做作业或默读，不许出声，当然也可以顺便听听。

宋老师和李老师都是男的。没有女教师的学校总觉得缺少什么似的，为此，公社和大队想了一些办法，中间请过女代课教师。但由于待遇低，加上自己的文化低，受不了小学生的气，像走马灯似的留不住。

曾经有个姓薛的女代课老师，她只读到初中一年级便辍学回家种田，来学校代课时刚满二十周岁。她教唱歌也兼职其他，那次教唱的歌叫《北京的金山上》，教一、二、三年级的学生唱了一堂课，学生还不会唱，又教了一堂课，还是差不多，便急了说：就那么几句，笨，就那么几句都唱不会，是牛都牵上树了！有个大胆的男同学唰地站起来，大声说：老师，你教的每一遍都不一样，到底要学唱哪一遍的！其他学生附和说：你不会教，滚滚滚——像唱歌一样大声嚷嚷。薛老师脸红耳赤，捂着脸边哭边小跑出教室。第二天，她便离开了学校。

前几年，宋老师退休了，教办安排了一位姓钟的女教师。钟老师的家在邻村，离学校不远，不用像李老师一样住在学校。但问题又来了，一男一女，又惹出一些闲话来。他们经常要在一块讨论教学的事，说多一些话，走近一点，也是常理。但村民们总是喜欢猜疑，甚至说得有鼻子有眼，好像不弄出些话题来，苦闷的日子不知怎么过似的。

正是越穷越"变鬼"（不像话）！

听说女老师比男老师大三岁呢。

三岁又怎么样？做起那事来都一样一样。

钟老师每天回家。

你看见她每天回家？谁"掌"（看护）她了？好笑哦！再说，真干那事也是脱裤的工夫，能用多久？

有人说李老师的老婆比钟老师好看不少。

肉吃腻了，还想吃斋饭呢。

那你亲眼看见他们那样了？

才没那么衰呢，看见了要红眼吃鸡蛋压邪的。

哈，哈，哈——

……………

当然，这些话也很难传到李老师和钟老师的耳朵里去。偶尔传来一些含沙射影的话，他们也懒得理会。钟老师还经常安慰自己：农村嘛，农村人要都是正点顺溜的话，还用老师教他们的孩子识字学文化明事理吗？再说他们也认识不了几个字，最多也只会念念"上大人孔乙己"。

村里已经有几年没出过高中生了，吕一笔成为村里的希望。村里有这方面的意思，于是，他便顺理成章地被列为秀峰小学的民办教师，参加这次培训。

那天，吕一笔因培训的事去了趟学校。李老师见了吕一笔，很高兴地说：上你的课时，好像昨天的事情，一转眼你便成才了，欢迎回来支教。吕一笔的脸便红了，说：辜负老师您的栽培，没成才，没考上大学，回来给您添麻烦了。

钟老师恰好也在，他问了她好。

钟老师看上去更像邻居的大婶。

## 3

吕一笔自从离开学校后，一直没有见过李老师，有十多年了。李老师上他的课的时候，刚四十出头的样子，里外透着一股使不完劲的样子。现在已两鬓花白，背也有点弯。记得除冬天外，他总是穿人字拖鞋，嗒嗒嗒地来，嗒嗒嗒地去。总是穿短裤，上课时不时要把腿抬起来，架在讲台桌下的横杠上。有调皮、眼尖的学生还不小心从他那宽大的裤管里差一点看见那东西。他很喜欢点名叫学生上台去答题，用粉笔写在黑板上。有些学生答不出来，紧张得拿不住粉笔，有时胡乱地写。他在一旁说：想好了，好好想。学生不敢看他，赶忙把刚写一半的答案擦掉，重写。他又提醒说：答好了，下去。有的学生写字越写越往上走。他

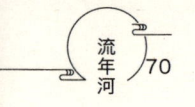

冷笑一声，说：上梯呀！

三年级的刘大力，外号叫"蛮古"。"蛮古"好搞，个大，读书不用功。他挠头咬手指，实在答不出来。李老师不让"蛮古"走，咬牙切齿，竖起食指，食指跷得又直又高，很愤怒的样子，敲"蛮古"的脑门，说：吃"吊瓜"！"蛮古"竟然嘻嘻地笑。李老师更生气，瞪圆眼睛，说：再吃"吊瓜"！这次"蛮古"不敢笑了。李老师让他站在黑板旁，看其他学生把正确的答案写出来后，才可以一块下去。不过也有些女学生写不出答案，但没吃过李老师的"吊瓜"，也许他认为女学生比较脆弱吧。

吃过"吊瓜"的学生，以后读书会惊心（用心）很多。

很多学生都吃过李老师的"吊瓜"，好在吕一笔没有"尝"过。后来李老师被学生称为"吊瓜老师"，或干脆叫他"吊瓜"。吕一笔就是从那时起喜欢上给别人起外号的，尤其是给教自己的老师。

吕一笔突然想起这一幕，忍住了，差点笑出声来。

## 4

教师进修学校在县城附近，在城乡接合部，背靠着小山，面前是一条小溪。小溪从小山那边流来，流经县城。

学校的规模虽然比流年中学小，但环境和设施比流年中学好很多。这里的教室像教室，宿舍像宿舍，饭堂像饭堂，浴室像浴室，厕所也像厕所。该安静的，该舒适的，该隐秘的，都能体现出来。欧阳月云可能感受没那么深刻，但对于住宿在流年中学的吕一笔来说，便不一样了。吕一笔急着要做的事，就是把学校走完一遍。看完后，高兴得哈哈地笑。他要在这里培训半个月。比如宿舍，每间宿舍住四个人，且不是架子床。他突然意识到：自己从现在起不是学生了，要成为成年人，成为光荣的教师了。这个转变来得太快了，他激动地在宿舍瞎转圈。

吕一笔好像看见新的生活正在向他走来。

他和欧阳月云都是下午报到的。饭堂在宿舍边。从六点开始吃晚饭。八人一桌，凑齐一桌便开饭，四菜一汤，两素两荤。吕一笔和欧阳月云是第一拨去吃的。吕一笔边吃边感慨：自己真不是学生了。他看着四菜一汤，偷偷地拧了下大腿，确认不是做梦。他美滋滋地吃着。

他有生以来第一次这样吃饭，吃得很惬意。吃完饭，跟欧阳月云来到小溪边散步。沿溪有条小路，像飘带一样绕着小溪。小路这边是小溪，那边是农田。

喂，我们俩似乎是第一次一起散步。

喂什么，我没姓没名吗？当然是啊。在流中（流年中学），你住校，我走读，能凑一起吗？真这样，别人会怎么认为？

那，叫你欧阳月云吧。

连名带姓，长了。

月云同学。

你是我的老师？

那怎么叫才好。嗯——

叫月云好了。

会不会觉得有点那个？

有什么那个？我还不是叫你一笔吗？

一阵阵清凉的溪风吹来，吹得欧阳月云的长发飘呀飘。还有鸟叫，像是溪边的树上来的，又像是从不远处山上传来的。还有淡淡的香，像是路边的花香，又像是来自欧阳月云身上的。

吕一笔突然心血来潮，说：你那么喜欢《红楼梦》，莫负了眼前的好景色，请你来一首里面的诗词，好吗？

欧阳月云以为自己听错了，问：你说什么？

请、你、诵一首《红楼梦》里面的诗词。

我？哦——清汤寡水的，开不了口。

还要配音乐或伴奏吗？

欧阳月云想起自己曾经给他传过字条，问他喜欢《红楼梦》里的谁，便暗笑了，说：终于轮到你考我了。

吕一笔笑了笑。

好吧，来一首写林黛玉的诗——"半卷湘帘半掩门，碾冰为土玉为盆。偷来梨蕊三分白，借得梅花一缕魂。月窟仙人缝缟袂，秋闺怨女拭啼痕。娇羞默默同谁诉，倦倚西风夜已昏。"

吕一笔拍手鼓掌，说：来而不往非礼也，我也来一首短的——"满纸荒唐言，一把辛酸泪！都云作者痴，谁解其中味？"

欧阳月云说：吕一笔你是十足的文青呀。

吕一笔指了指自己的头发，说：不像吗？像吗？他的发型为四六分向两边梳去。

不是像，就是，正是。

郑顺势他们背诗是为了考试，把作文写好。

你呢？

不全是，主要是喜欢、开心。

难怪，我们是在教室里才能读诗背诗，你在野外，在天地间。

你怎么看《红楼梦》？

丰富深刻到很难读全、读懂。

今后我不鼓励小学生读它，即便是四、五年级的。看了也白看，家长里短，拐弯抹角，无边无界的，估计学生也看不下去。不像《西游记》的神话故事、《水浒传》的农民起义、《三国演义》的"拥刘反曹"打打斗斗，不用老师太过强调，小孩们拿起书便放不下。《红楼梦》要上一定年龄，有一定阅历，有一定闲工夫的，才能读好。

我也有这方面的感受。

你信吗？我还跟郑顺势一块到流年河边背过唐诗呢。

不会吧。郑顺势放得开？

我先来啊，他可能受我感染了，便跟着我来。不过，他那个样子，表情严肃，正儿八经的，还是为了考试。

看得出来吗？

你也是。

我不会没一点文青的样吧？

这方面你比郑顺势好多了。

以后，我教学生读唐诗，不光是为了考试的。

## 5

欧阳月云捋了捋被风吹散的头发，问：你回村子里去当民办教师，不会是你父母的想法吧？

怎么不是呢？我老早就跟他们说实话，我是考不上大学的，流年中学每年就考上三五个人。我爸说，尽力了考不上也认，但不能回来耕田，你没看见我和你妈、你哥、你姐耕田种地苦成牛累成狗，农民是最底层，累、苦、穷还不算，连鬼都不认识你！我说现在不是分田到户了吗？日子以后会好起来。他很气愤，说你不要跟我讲这些，我吃的盐比你吃的米多！

读了十几年的书，回去当农民，你也不甘心吧？

换了你，你说呢？

我没田没地。

哦，我忘了。你是城镇居民，父母又是知识分子，品尝不到耕田种地的滋味。我当然不甘心做农民，我不是看不起农民。我这个人心直口快，心里想一不会说出二来。回家当小学的民办教师也不是我最初的想法。

你现在不是来培训了？

但现在没办法啊，一时找不到更好的路子，先这样吧。村里学校希望我回去，因为一直缺少老师。读一年级时教我的李老师一直还在，走不了，"山高皇帝远"，山旮旯没有人愿意去。

不会瞧不起小学老师吧？

哪有资格！哪敢呢！我现在像狼狈的落水狗。你知道吗？自从我读高中那天起，我父母就一直很兴奋——老盼着我离开村子，出人头地。我现在回村里当民办教师，也不是他们当初的心愿。不过能当民办教师，也比村里其他人强很多了。

欧阳月云望了望小溪，又望了望远处的小山，说：你能说说心里话吗？你怎么看小学老师的？我如果由"代"转"正"（代课老师转为正式老师）了，便可能是做一辈子小学老师，像我父母一样。

吕一笔停下脚步，说：这纯粹是我个人的看法啊，跟别人没关。

别卖关子了。

女人当小学老师是比较理想的职业，是修炼成贤妻良母的好途径。

怎么说？

教书育人，既育人又提升了自己的修养。

男人教书不也是这样吗？

男人教书，好是好，但是接触社会面窄了，除了跟学生、家长打交道，就很难跟其他人打交道。男人嘛，要在社会大舞台上历练、表演的。

女人也想跟男人一样的。

做女人，命好，怎么要像男人那样去社会摸爬滚打，跟三教九流混呢？男人的责任是撑起这个家，女人的任务是在家里相夫教子小鸟依人靠着丈夫的肩膀。

哎呀呀，吕一笔，你才走出学校几天，就变成这样，像中年男人了。

有那么老了吗？

我指你的思想。

俗语说，娶了一个好女人，最起码旺三代。

嘀，怎么说？

孝敬老人，体贴丈夫，造就孩子。好女人从哪里来？从教师这个行业里来。所以呀，成功男人的妻子不少是女教师。我吕一笔，不会是越描越黑吧？

怎么会呢？今天越描越清。我领教了，你做民办教师只是暂时的。

说不定会很长久呢。不过回家当老师，不是玩游戏，万万不敢误人子弟！以我们的"万万老师"为榜样。

"万万老师"年轻的时候，肯定是文青，你有他的影子。

哪敢，他是我的目标。喂，听说丁观照回去当"赤脚医生"，跟他父亲学行医，他父亲是"赤脚医生"。他这段也在县城进修。

他也不复读了？

成绩比不上你呢，他自己知道复读肯定没戏。

欧阳月云没有跟吕一笔说郑顺势不敢回家，在照相馆打工的事情。她觉得吕一笔跟郑顺势是两个不同类型的，吕一笔在她面前，就是同学的样子，而郑顺势，好像还有其他一些什么似的。

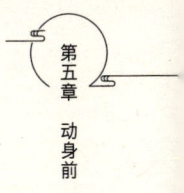

## 6

丁观照回家当赤脚医生。

他的奶奶宋福娘是流年镇远近闻名的接生婆，大家喜欢称她为福婆。他父亲丁定胜是赤脚医生，人家叫他丁医生。他家是医学世家。

那天，丁观照把被、席、蚊帐、水桶、衣服等挑回家，喘着气，流着汗，才踏进家门，东西来不及放下，碰上了挎着药箱正要出诊的父亲。

丁定胜阴着脸问：考完了？

他平时是慈眉善目的。

丁观照知道父亲是明知故问。他知道高考要两个月后，他曾不止三次问过他高考的时间。

丁观照觉得很累，挑着比"死佬"还重的那些东西走了一个半小时的路，从里累到外。

他恨不得把这些东西全扔了。他放下担，抹着汗说：被学校刷下来了。

丁定胜把挎着的药箱掂了掂，里面装着急救药、日常用药、消毒药、针筒、血压计等。他又问：刷下来？今后呢，垫高枕头，想想清楚。

丁观照的奶奶宋福娘帮忙把他的被、席放一边，说：先让孩子歇口气。出你的诊去。

丁观照的眼泪差点出来了。

这一带有几位接生婆，流年镇有近二十位。但他奶奶是最受人敬重的，大家尊称她福婆，送子送福的意思。

宋福娘端了杯开水给丁观照，说：你妈下菜地去了，不知你要回来。

丁定胜又折回家，从药橱里拿碘酒和黄连素，说：再复读一年吧。

丁观照咕噜咕噜地喝水。

你爸问你话呢，观照。宋福娘抚摸了下他的脑袋。

不读了，再复读，还是考不上的，这几年，学校每年考上的才三几个。

有多少人考啊？丁定胜问。

今年文理两个班，有一百二十多人，能参加高考的才四十人，八十多人被刷下来了。几年来，都这样。

丁定胜问：去年考上大学的，几个？

四个，文科三个，理科一个。

今年呢？今年老师预计几个？

虽然还没考，不过有传闻，预计五个。

宋福娘说：比生孩子还难啊！

丁观照嘻嘻地笑。

你给我说实话，努力了吗？努力了还挤不上去，没话讲。丁定胜说。

丁观照又咕噜咕噜地喝水。

你爸问你话呢，观照。

我脑瓜就这样，但已尽力了。我对天发誓。

发什么誓，不复读就算了。又不是考不上大学就活不下去！宋福娘突然发现了丁观照有几根白发，心疼地说，你看都读出白头发来了，面黄肌瘦的。

丁定胜把药箱合上，重新挎到肩上，说：要不，跟我行医？总不能读了十几年书，读到二十岁了，还回家种田，你的脸不要，我的脸还要呢。

好，好，好，这样最好，有你爸带着。宋福娘说，现在就跟着你爸去，舀舀油。

莫打卵（蛋）见黄！这几天想清楚。

你爸小时候也经常跟奶奶一块去接生，尾巴一样甩不掉。你爸只读到初中，还不是把医行得好好的。

丁定胜觉得母亲说多话了，便赶忙说：妈，你还是让观照自己想想吧，他已经不是小孩子了。

跟着我出门去接生有鸡酒吃，我一碗，你不也一碗。

丁观照捂着嘴，不敢笑出声来。他七八岁的时候跟着奶奶去，也吃过。

宋福娘说：假若是让观照当兽医，我便反对。不是看不起兽医，总觉得有你带着是天底下最好的事情，子承父业，书上讲的。

我不当兽医，打死也不当。丁观照说。

没让你当，你紧张"脉介"，人家张兽医，年纪轻轻的，干得顶呱呱的。行行出状元。丁定胜说着挎起药箱出门。

张兽医家在邻村，他还不到三十岁，身材不高，但长得周正，听说读过高中一年级。那次，丁观照回家挑米菜见过张兽医，他的母亲曹翠英叫他来阉鸡和阉猪。

张兽医拎个小布包，里面是刀、钩、钳、线等一些简单的工具，比起他父亲的药箱来，便很不起眼。

丁观照想：毕竟是鸡、猪，哪能跟人比呢？

曹翠英热情地叫他喝杯茶再干，他拿了张矮凳坐到鸡笼前，好像受不起热情似的，说：不渴，端盆水过来。

丁观照便用脸盆装了半盆水端到他跟前。张兽医也没看他，打开鸡笼，伸手抓出一只，关上鸡笼。他把鸡的翅膀反着交叉在一起，用脚踩住鸡爪，把鸡腿内侧那地方的毛扒干净，从包里取出小刀，在那部位划一道口子，然后用小钳把口子往两边撑开，再用线和细长的小勺把睾丸钩出来，将手指头一样大小的睾丸和阉鸡用的工具一块放到水盆里。盆里的水红了一片。

阉一只鸡，也就眨眼的工夫。

丁观照小时候看过阉鸡，但看得马虎，这次看得很仔细。

张兽医阉了五只鸡。

曹翠英对那五只刚阉过、无精打采的鸡说：调皮，明天便不会学啼了。

这五只鸡刚想生育，便被阉掉了，再也长不成精瘦雄壮、引颈高歌的雄鸡，成了不断长肉的阉鸡。

阉完鸡，曹翠英又带他去猪栏阉猪。张兽医把阉鸡的工具洗干净放进包里，才歇口气喝茶。

张兽医看不出半点要让人重视他的样子。前村后寨的人都叫他去阉鸡阉猪。他的手艺好，又面善，易招待。阉猪，他从来没有过没阉好的。鸡呢，偶尔会出现一些没阉好的，但他会回来"补一枪"重阉，不再收工钱。有人说，张兽医可能比较重视猪吧，除牛外，猪往往是一个家庭最大一笔财富。

7

丁观照把书扔了。

"万万老师"给刷下来的同学做思想工作后的第二天，丁观照便离开了学校。

他情绪失落，虽然清楚自己是会被刷掉的。他挑着被、席、书、资料等物品，低着头，快步走过村镇，像做了见不得人的事似的。以前回家挑米菜的时候，他是走大街的，现在他不想走大街，从下街、中街、上街这样走，这是最短的路线了。但现在他改走小路，躲躲闪闪，觉得还是有人在看他笑话他，在背后指指点点。

他刚走上河畔那条通往家里的土路，整个人已快要虚脱了。郑顺势回家的路在河的对岸，他回家的路在这边。

也许刚才走得太赶了，袋子里的书和资料滑了出来，捆绑的绳子也找不到。他蹲下来，重新整理这些书和资料，汗如雨下，眼睛被汗弄得睁不开。他生气了，骂道：该死的，见鬼去吧！他站起来，大步走向河边，把书和资料扔到河里：你这冤家，索命的冤家，见鬼去吧。

书和资料抛得又高又远。

他本想把这些书和资料留给弟弟的。他弟弟丁观山在读初中二年级。因为这些书里，有他花了不少心血做的批注，或知识要点，或注释说明，或心得体会，资料也是精心挑选的，他认为这些书和资料留给弟弟，对他有帮助。此外，还有第二层意思——复读时还可留用。他虽然不打算复读，但担心父母不同意，一定要让他复读。

他不管这些了，把书和资料统统扔进河里，什么都不用考虑了。

他望着漂在河水上的书和资料，号啕大哭。他曾经有过这个一闪而过的念头，但不是他真正的想法。从懂事那天起，他便知道奶奶做接生婆的不易、父亲做赤脚医生的艰辛。但眼下，没有更好的办法，只有三条路供他选择：复读，回家种田，跟父亲行医。这三条路，他只好走第三条路。

他望着父亲挎着药箱远去的背影，像看见自己的明天，心里五味杂陈。

8

流年镇有二十多个行政村（以前镇称为公社、行政村称为大队），几乎每个行政村都有赤脚医生（以后叫乡村医生）。赤脚医生大约是二十世纪七十年代出现的，亦农亦医，农忙时务农，农闲时行医。他们行医由大队准许，受当地卫生院直接管理和指导。

那个时代国家贫穷，医科专家奇缺，一时培养不出那么多医学方面专业的医生，只有培训一批略懂医术的赤脚医生来应急。那时候贫穷落后，生病的人尤其多，赤脚医生便应运而生。

丁定胜二十九岁那年做的赤脚医生。他虽然只有初中文化，但他的母亲是接生婆，大队认为他是理想人选，他本人也有这方面的意愿。

丁观照小时候对父亲的那个药箱十分好奇和向往。药箱不大，人造革的，在两边侧面系着一条扁长的帆布带，挎上肩，药箱便在腰的位置。盖呢，从那边拉过来可将对面那边四分之一盖住，中间有个活动的开关按钮，也可上锁。打开药箱，里面有好几个格。最醒目的是正面印有"十"字。"十"是红色的，外面是白色，椭圆形，这样一来，"十"便非常凸显了。

丁观照回家后的第三天吃完晚饭，他的父亲丁定胜把他叫到他房间里去。丁定胜让他坐在桌子对面。桌上放着药箱，药箱的正面向着他。

丁定胜问：决定跟我学行医了？

丁观照说：就这样了，想清楚了。

丁定胜指着药箱说：你奶奶给人接生拎着的是布包，爸挎着出诊的是药箱。你晓得里面装着什么？

父亲明知故问。

丁观照说：药和打针的工具。

你和你妹、你弟小时候很好奇，老想央求我打开来看看，我是绝对不允许的。能随便看看吗？你们渐渐长大了后，不问了。当然，后来你们也知道里面装着的是药，是治病救人的药，不是玩具。

你每次回家总把药箱拎到我们够不着的地方，还再三叮嘱不要碰它。不听话的话，要吃竹鞭。你边说边把竹鞭抽到椅子上，叭叭地响，把我们吓坏了。

就是要让你们长记性。

丁定胜站起来，把药箱挎在肩上，讲述1973年夏天他第一次单独出诊的情景：那次，邻村一位姓徐的大叔生病，他儿子打着火把从几公里外冒夜赶来，说他父亲发烧烧得厉害，像筛糠一样全身发抖，盖了两床棉被还说冷。我挎起药箱便跟他出门。一路,狗汪汪地吠。赶到他家时已快十一点了。我翻开棉被,摸摸徐大叔的额门,烧得烫手。徐大叔缩成一团,牙齿咯咯地响,嗯哼嗯哼不停地叫。我慌乱了。徐大叔的儿子在一旁说:丁医生,给我爸打一针吧,吃药慢了。我才记起来竟然忘了给徐大叔量体温。大叔确实烧得厉害。他儿子又催促说:赶快打一针吧。

我是第一次给人打针。

卫生院的吕医生刚教会我打针,我的手在抖。我走到门口,深呼吸,让自己镇静下来。回到房间,才理清打针的步骤:从药箱里取出针头、针管,把针头、针管放到铝盒里,再倒进水,把铝盒支起来,在下面的托盆里倒一些火酒,划火柴点燃,将水烧开,给针头、针管消毒。这时心才定下来,手也不抖了。治病救人的自豪感从心里升腾起来。我轻轻地把大叔的裤子褪下一点,边轻声地安慰大叔,边用手按在他大腿外侧,找准了要打针的部位,用蘸了酒精的棉签来回轻轻搽抹,然后用右手持针筒,食指固定针栓,针头斜面向上,与皮肤成三十五度角,快速将针梗的一半刺到皮下,推进针栓注射。拔出针头,用干棉签轻按一会儿打针的部位。不一会儿,大叔便不再哆嗦、发抖、呻吟了。大叔全家人也舒了口气,脸上露出了笑容。回家的时候已经是深夜快一点了。路上,狗还在汪汪地叫,但我觉得好听。

我是第一次觉得医生真有作用。这一干快二十年了。

丁定胜又把药箱重新放回桌子上,指着上面那个鲜红的"十"字,说:你现在能体会到它的重要了吧?

丁观照点点头,伸手摸摸那"十"字,像抚摸金贵的物品似的。

丁定胜从橱里捧出两个厚厚的本子放在桌子上,然后拿出其中一本说:这是1973年至1980年的。接着拿第二本:这本呢,1981年至现在的。

丁观照好奇地看着本子,心想,父亲也像我们学生读书一样吗?问:本子干什么用的?

丁定胜笑眯眯地说:你猜猜?

丁观照想了一会儿,说:我猜不出来。

这两个本子啊,记录我从当赤脚医生那天起,每天给病人看病的情况。

丁观照瞪着圆眼睛,出乎自己的意料。

丁定胜说：十多年来，我看病近一万六千人次，除邻近病人上门来看病外，出诊近七千次。我们大队里的每个地方、每户人家都去过，有些人家去过很多次。有时候大年三十晚也得出诊。病情如军令！爸虽然是赤脚医生，不是正规军，但不能降低态度，降低标准，每个病人都要好好对待。刚开始的时候经验不足，病人不太信任我，那时没那么忙，白天跟大家一块种田，挣工分。每天看一两个病人，生产队里也给爸算工分，所以叫赤脚医生。后来，积累的知识多了，那些感冒、发烧、头疾、肚痛等小病，爸一看一个准，开始忙不过来了，几乎没有时间下地劳动，天天给病人看病。

丁观照第一次听父亲这样讲述他当医生以来的这些经历。

当然，大病爸看不了，但要学会诊断啊，别误了大事。得了大病的，爸建议病人及时去卫生院。所以，爸从来没有看死过病人。丁定胜说到这里露出欣慰的笑容，说：自吹一下吧，你爷爷真会起名啊，定胜，一定能胜！

丁观照暗暗地佩服父亲。

流年镇像爸爸这样的赤脚医生有三十多人，几乎每个大队都有一位，比较大的大队有两位，有一次，卫生院召集我们培训，院长说你们别小看自己，虽然是赤脚医生，但肩负起二十几个大队人的健康重任，看的虽然是发烧、感冒、肚痛、脚疾这些小病，但小病不及时看好，会积累成大病的，甚至丢性命。所以啊，你们要打起十二分精神，把工作做好，把病人当作自己的家人一样看待。做到小病不出村，你们就是他们心中的神。院长这番话，把大家说得神清气爽啊！既然选择要做医生，爸便给你多念叨几句。你读的书比爸多，文化比爸高，以后一定能做个好医生，比爸强。

丁观照赶忙说：爸的口碑远近出了名的好，我哪里赶得上？

一定要超过你爸！再说现在的药品、医疗技术一年比一年好。一代胜过一代嘛。长江后浪推前浪，前浪拍在沙滩上。只要你足够努力，爸就是死在沙滩上也心甘情愿！丁定胜说着，从橱里取出一个崭新的药箱，鲜红的"十"字上面还有一行字——为人民服务，庄重地说，这个药箱是爸送给你的礼物。观照，你起来。

丁观照站起来，像受检阅的士兵。

丁定胜把这个崭新的药箱挎到丁观照的肩上。

丁观照顿时觉得一股热血在全身沸腾，激动得热泪盈眶。

## 9

丁观照小时候,他奶奶宋福娘经常出门去接生,他父亲丁定胜几乎天天出门去看病,但他呢,总爱缠着奶奶,而放过父亲。他人小鬼精,跟奶奶出门每次都有荷包蛋和鸡肉吃。

坐月吃卵酒、鸡酒是他们那一带的风俗,酒是黄酒,自制的,浓度不高,有点甜,口感好。煮卵酒、鸡酒的时候,往往还会加点糖,吃着吃着,便上瘾了。

父亲是不愿意带他出门的,一个大男人,带着小屁孩去看病不成样子。再说,丁定胜也清楚,即使带他去了,也几乎是不可能蹭到荷包蛋和鸡肉吃的。有时出诊到了饭点,病人的家属留他吃饭,虽然饭菜可口,但也不一定是杀鸡、煎蛋。

妹妹和弟弟也像他一样,吵吵嚷嚷争着跟奶奶出门。宋福娘想了一个好办法:他们三兄妹轮流着带。

他母亲曹翠英每次看到这情景,便掩着嘴笑,心里说:你们看看,我这一家子。

她用手指轻轻地点丁观照的脑门,说:去,去,还不赶快跟你奶奶去,"粘背狗"(像狗一样跟在主人的后面)。然后望着他们婆孙的背影,欢喜着,操起农具下田干活。这日子真是有滋味。

因为婆婆当接生婆,丈夫当赤脚医生,他们家是村里最受人敬重的,一年从头到尾,总有人送鸡、鸭、蛋,甚至番薯、香芋、水果、青菜,送到家里来。不领他们的这些"心意",他们会很失落,甚至难过。碍于情面,只好笑纳"心意"。他们把这些礼物称为"心意"。

跟随奶奶去接生的丁观照哪里知道,这可口的鸡酒,是产妇家对奶奶的感谢和奖赏。

那次,丁观照真切地体会到奶奶吃这碗鸡酒的不容易。邻村的李家媳妇生小孩,奶奶掀开门帘进屋后,老半天一直没有出来。他守在门外——小孩子是不能看人家生小孩的。男人也不许靠近,连产妇的丈夫也不能。

产妇在里面大声叫喊。产妇的家人在门外坐立不安。疼痛的喊叫一声紧似一声,产妇的丈夫隔着门帘问:福婆,孩子快出来了吗?奶奶透着门帘说:没那么快,头都还没露出半点。

三个钟头了。

第一胎,弄不好十多个钟头的。

哎呀,怎么办?怎么办好?

不会有问题的,生孩子又不是鸡生蛋是吗?鸡生蛋还要一会儿哟。等等吧。

那时快到午饭时间了。

丁观照跟奶奶是吃完早饭赶来的。奶奶拎着布包,包里放一条毛巾、一把剪刀、一瓶消毒碘酒和几片抹草。抹草(又叫仙草,学名小槐花)是用来祈求平安的。

丁观照好奇地问:奶奶,剪刀是做什么用的?奶奶露出慈祥的笑容,说:剪脐带。丁观照问:脐带在哪里?奶奶把他的衣服撩起来,指着他的肚脐眼说:脐带原来长在这里,像肠一样,你没出生还在你妈肚子里时,连着你妈,你从你妈的肚子里出来,用剪刀把它剪断,这样你便分离了。

奶奶匆忙扒拉几口稀粥。她总是这样,一旦有人叫她去接生,她便吃不下饭。

一路上,奶奶小跑似的,他在后面跟着跑。奶奶笑着对他说:如果是十里的路,奶奶要跑成五里。

丁观照似懂非懂。

产妇声嘶力竭的叫喊声慢慢变成了缓慢的呻吟。产妇的丈夫一直在门外,既焦虑又无奈,蹲着,抓挠头发。这时,产妇的家公也等候在门外。他对着里面问:福婆,福婆,快了吗?

奶奶掀开门帘一角露出脸,满脸是豆粒大的汗珠,说:羊水没破,还是没出来的迹象。我明明检查了胎位,听了胎心音,一切都正常的。要不,唱唱,只好用这个土方法了。

好,好,好。产妇的家公冲着门内叫他妻子,让她把所有带盖的家具统统打开。

奶奶放下门帘,唱催生歌——"大柜小箱开了扣,娃子才敢往外走。"奶奶一直这样唱,唱了几遍,边唱边鼓励产妇:放松,放松,用力,用力。

一会儿后,奶奶在里面说:怎么回事,脚先出来了?

产妇的丈夫和家公蹲在门外吓得瑟瑟发抖。

奶奶在里面自言自语说：乖乖，小乖乖，婆婆把你的脚先弄回去，你的头要先出来的。小乖乖，别急，好吗？

大约过了二十分钟，奶奶说：这下好了，脚回去了。哟呵呵，我看见头了，这小家伙真顽皮，你以为是捉迷藏啊。

产妇的丈夫和家公立即站起来，嘻嘻地笑。

奶奶大声叫产妇用力，再用力，用尽一切力气，好像自己在生小孩似的。奶奶提高嗓门说：羊水破了，破了，小家伙滑出来了！

产妇的丈夫正要掀开门帘进去的，被他的父亲拉住了衣襟。

恭喜啊，生了个带把的。奶奶像打了一场胜仗似的。

这时候，已是傍晚吃饭的时候。

丁观照想到了自己的母亲——母亲生自己原来那么难。他是第一次觉得母亲的不易。

晚饭，李家高高兴兴地请奶奶坐上位吃鸡酒的时候，奶奶说：你们这个小调皮，叫李来旺吧。

李家一家人笑哈哈异口同声地说：福婆，真会起名！来旺，来旺，好，好名字！

村前村后就奶奶一位接生婆。奶奶从二十六岁那年开始学接生，一直没有歇息过。她说：村里不少人家的父子都是她接生的。村里人都那么说——只要看见奶奶，产妇便像吃了颗定心丸，不再焦虑、紧张了。

奶奶喜爱给小孩起名，村里许多人的名字都是她起的。她虽然文化不高，但她搜肠刮肚把最有吉祥意义的词拿来命名，比如：财、旺、贵、福、仁、义、礼等。

奶奶身材不高，微胖，圆脸，眉弯，眼善，爱笑，耳长且厚，看上去很圆润，活像观音娘。村里人都说：奶奶名如其人，见了她，如送福来，福来了。

丁观照十多岁后渐渐明白了事理，便不敢再缠着奶奶带他一块出门接生。

妹妹和弟弟很高兴。他们还是原来的样子。

# 第六章　开学

## 1

开学的那一天9月1日,郑顺势重回照相馆。

他选择这天去照相馆,是要告诫自己——从这一天起,正式走向了社会。

欧阳景山夫妇见了他,开心得笑呵呵,像好久没见到的亲朋好友似的。

欧阳景山给他配了把开门的钥匙,这次他没像上次那样推拒。那两个月的努力得到了回报。郑顺势从欧阳景山手里接过钥匙,觉得沉甸甸的。

刚踏进圩镇,郑顺势觉得眼前的流年镇跟以往竟是那么不一样。流年桥上、大街小巷的自行车多了起来,开店做生意的多了起来,来来往往的人也多了起来。买卖声不绝于耳。流年镇好像一朵含苞待放的花蕾一夜之间便开了似的。

郑顺势有些振奋。也许以前自己的心思不在这里,像匆匆过客。读书那几年,照相馆打工的两个月,都没有怎么好好看过、留意过这里。而现在,他已断了重读、考大学的梦想,打算在这里找到落脚点,站稳脚跟,谋求发展。面前的街巷比以前明亮了许多,连街上的气味、声音、颜色都那么有吸引力。

上次他离开照相馆回家后,倒头睡了两天两夜,实在饿得难受,才起来马虎吃几口。他父母以为他可能是读书和考试太累的缘故,也没有问他。两天后,他突然变了个人似的,天天跟着他们种地干活,还央求父亲教他驶牛。他惩罚自己，强迫自己，硬是学会了驶牛犁田。

高考放榜的第一天，他去了趟学校，打听高考的情况——文科班上线（录取分数线）三人，理科班上线三人。回到家里，他便向父母表明了决心。

郑之初问：成绩哪天出来的？

就在今天。郑顺势说。

没考上？

没。

郑顺势一直鼓不起勇气跟他说被学校刷下来、没有参加高考的实情。

考上几个？

三个。郑顺势只说文科班的。

三个？陈一枝以为听错了。

是三个。

多少人考？陈一枝问。

全班五十多人。郑顺势没有直说文科班参加考试的只有二十人。

太难了！比皇帝选妃子还难！陈一枝感叹。

还想复读吗？郑之初问。

不想，再复读，还是考不上。

陈一枝像路过一棵树，突然被掉下来的一根树枝击中脑袋似的，愣在那里。

还是再复读吧，搏一搏。

爸，我……我——我尽力了。郑顺势说着喉咙发紧，差点哭出来。

郑之初掏出烟袋的烟丝，卷烟，点燃，吸上。

二十岁了，由他自己拿主意。看，顺势都学会驶牛犁田了。陈一枝心疼起儿子来，心里想——还能叫儿子去搏吗？再搏会丢性命的。

郑顺势一直在等学校的高考成绩，知道这个结果后，便死了复读的心思，然后去了照相馆。

第二天，郑顺势跟父母谈了自己要去流年镇照相馆学照相的想法。

郑之初说：你妈讲得对，二十岁能自己做主了，学点技术，总比回家耕田种地干死活强，强十倍，强百倍！陈一枝说，一块泥巴，翻来翻去，翻了几十年，也没有翻出个响屁来。

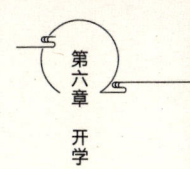

街上只有一家照相馆，学得顺利的话，我也想开一家。今后照相的人会越来越多。郑顺势说。

郑之初知道妻子话中有话，嫌弃自己一辈子种地没出息，便不出声。

陈一枝说：我和你爸没照过一张合照呢，你今后开照相馆的话，给我们补照一张。全家也照一张全家福，可惜……她是指郑顺势的爷爷"过番"后再也没有音讯。

郑之初觉得又有话要说了，说：家里这点田地，经不起我和你妈、你妹干的，你放心，我和你妈计划好了，入秋后起间新屋，说不定你回来过年便能住上新屋。

郑顺势说：我把照相馆发的工钱攒起来，留作起新屋用。

哪用！不用，我和你爸把起新屋的钱已准备得七七八八了。你出门在外，买点衣服，加点菜，已不是学生娃，是后生了，别过得太寒碜，让人家瞧不起。再说，穿戴体面，寻老婆也容易呢。

郑顺势的脸唰地红了起来，说：妈，你把话扯远，扯没谱了。

怎么没谱？我二十岁时已嫁给你爸。不信，你问你爸。

郑之初装作没听见，低着头卷起烟来，他也觉得妻子把话扯远了——陈一枝，我看你想抱孙子都想急了吧，我不是二十八才娶你的吗？再说，男人跟女人也不一样的，男人要先干出点样子来，才能讲娶妻生子，先立业后成家。再说，顺势刚踏出校门呢。

## 2

欧阳月云被教办安排到平湖小学当代课老师。

开学前一个星期，她才接到通知，当下她便惊愕了——事先明明不是说去流年中心小学的吗？突然被调了包，欧阳月云一时想不通，把自己关在房间里，也不出来吃饭。一家人急得团团转。

妈，我头疼，让我睡一觉。

起来，先吃一点再睡。

我没胃口。

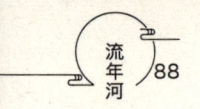

没胃口也要吃。

我不饿,不想吃。

不想吃也得吃,会饿坏身体的。

没事的,我再睡一会儿。真的没胃口。

柳青青在门外唉声叹气,然后冲丈夫欧阳文锦喊:赶忙去找校长,弄个水落石出,太冤了。

欧阳文锦以为是谢校长那里搞的鬼,立马去学校找他。谢校长一家住在学校,以校为家。谢校长朝欧阳文锦拍着胸脯说:你是副校长,我是校长,我敢这样不顾情面吗?

情面?

我现在跟你一块去找教办的李主任。

免了吧。

什么免了吧?欧阳,你还在怀疑我。

哪敢,我吃豹子胆了。

我也觉得奇怪,怎么会弄成这样,你不找李主任,我也要找呢,你不方便去,我去。

谢校长是个急性子的人,他当即去了教办。

教办离学校不远,走路也就十五分钟左右。

欧阳文锦还在猜疑谢校长动了手脚,谢校长回来了。他把欧阳文锦叫到一边,把门掩好,说:欧阳,原因清楚了。然后,又不直接说出原因,只是很生气的样子。

什么原因?

有教办的,也有学校的。

快说嘛,老谢。

有人向教办反映你女儿要是在我们中心小学当代课老师的话,加上你和你妻子,便是一家三口,学校不是成了你们家的吗?

扯淡!胡说!我和我妻子是学校相识结的婚,月云也只是代课,还不是正式的,怎么能这样瞎说呢?

但是——

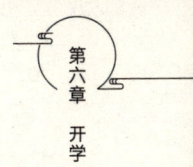

但是什么？老谢你直说。

但是再怎么解释，如果你女儿来中心小学的话，就是这样的事实。

你也这样认为？

我跟李主任解释了老半天，还挨了他的批评，说我糊涂，外人只认事实不管那么多的，反正看见的是他们一家三口在中心小学教书，还是回避的好。再说，平湖小学也不远。现在的年轻人别一下子就到中心小学也是有好处的，到下面先锻炼锻炼。

欧阳文锦心里的气才稍为平顺了一些，说：那是教办把包调了？

是的。李主任说这不算什么事，本来想跟中心小学打打招呼的，开学前事情一多，便忘了。谁去哪间学校代课，原则上是就近安排，也就是说家在哪里便在哪里代课，中心小学缺的代课老师只有两个，但想去中心小学的人多，所以教办便进行了统一调剂。他说我既然找了他，他还要我向你转告事情的来龙去脉，等开学后，再来学校说这件事。

欧阳文锦没想到女儿欧阳月云那么通情达理。他把这些情况告诉她后，她平静地说：爸，没什么的，我只是一下子有点想不通，缓不过来，想通了，没什么的。

欧阳文锦还是担心，问：真想通了？

欧阳月云笑了笑，说：这样也好呢，天天在你和我妈的眼皮下被监督着，我还担心不会上课。

欧阳文锦这才把悬得高高的心放下来。

去中心小学代课的两个老师，一个是"庄公安"的女儿庄小倩，另一个是粮管所郑所长的儿子郑重。他们两个是理科班的，与欧阳月云一样都是被学校刷下来、没资格参加高考的。

欧阳月云从父亲口里知道这个消息后，又一下子缓不过来，吃不好，睡不着了。特别是父亲那句感慨——没办法啊，他们的父亲都是我们这里的大红人，谁叫你爸是个小如蚂蚁的小学老师，谁会理会路边的小蚂蚁？

还有一件事，欧阳文锦没有向欧阳月云说——教办李主任的妻舅就是那间录像场的老板，他通过姐夫讨好、巴结"庄公安"。至于粮管所的郑所长，不是谁要不要看他面色的问题，是全圩镇的都要照顾好他的喜怒。

欧阳景山说起欧阳月云这件事时，郑顺势的心情一直平静不下来。他没想到，欧阳月云刚步入社会，便经历了这种无常、变故。学校读书时面对的是升学的竞争，社会的竞争将会更激烈、残酷。

## 3

平湖小学在圩镇对面，从圩镇去平湖小学，走路大约半个小时。

流年河这边也是圩镇，河那边是平湖大队。郑顺势的姑姑家就在平湖大队。在流年中学读书时，一个学期他总爱去她家几次。姑姑有时会把地里种的菜、家里养的鸡鸭鹅拿到圩镇上去卖。

平湖小学虽然离流年中学不太远，但是郑顺势从来没有去过，既没有去的时间，也没有去的理由。

郑顺势去到平湖小学时，欧阳月云刚下课从教室回来。欧阳月云拿着书、备课本，书和备课本摞在一块，上面搁着一个小纸盒，装着几支粉笔，有白的，也有红的。她手上存留着粉笔末，上衣也有一些。她看见郑顺势，有些意外。跟欧阳月云同室备课的马老师见欧阳月云下课刚回来，便礼貌地闪了出去。

欧阳月云说：你不会是先去中心小学再来这里的吧？

郑顺势说：当老师快一个星期了，祝贺你啊！

代课，有什么祝贺的！

本来前两天要来的，担怕你刚开学事多。

我是新兵，心里有些紧张，来不及去照相馆找你。

坐在台下听跟站在台上讲，一百八十度大转变，很不一样吧？

不怕笑话，我上第一堂课，刚开始手脚在抖，虽然是上一年级的，面对的是八九岁的小孩。上完课后，竟忘了刚才讲了什么，脑袋一片空白。

已很了不起了，换了我，还怕讲不下去呢。上语文吧？

一年级的语文和数学，校长还让我教唱歌。

哇，厉害啊，一专多能。

厉什么害，万金油，哪里需要抹哪里。

说不定明年你便转为正式的老师了。

明年？哪敢想啊！先尽力把小孩哄好吧。欧阳月云想起这段经历的事情，眼里的天空已不再是一片晴朗。

你爸你妈是老师，你现在也当老师，名副其实的教育世家了。

世什么家啊，都是哄小孩的。喂，吕一笔也回他村里当代课老师。听说丁观照跟他父亲学行医。你呢，学照相，看来这段陆续有我们同学走出校园后的消息。听说，还有些同学去珠三角找工作。

哦——真替他们高兴。他们原来早便想好了走的路。

上课铃响了起来。

欧阳月云从案桌上拿起另一本书和教案，说：这堂是我的数学课。

郑顺势赶忙从袋里拿出那本笔记本，说：这个，送给你。毕业的时候，你送给我本子和笔，我还没有回赠呢。

毕业前，班里的同学纷纷在私下里准备一些小礼品，互相赠送，留作纪念。每届毕业生都这样。

都过去了，不用了吧。欧阳月云说。

你不喜欢吗？不过，这不是一本新本子。

那我收下了。欧阳月云赶忙说。她把本子装回袋里，放好。袋子很精致，牛皮纸的，很有书卷味。

上课铃响完，欧阳月云拿起书和教案说：我上课去，要不你再坐坐？

郑顺势跟着她一块离开。

郑顺势为了选好这个装本子的小袋，去了趟百货门市，又去了趟新华书店，再倒回百货门市，最后在新华书店才选中。本子里写的是他读高中以来摘抄的名言警句，从书刊、报纸上摘抄的。尤其是"万万老师"上他们的语文课以后，他摘抄得更勤更用心。读书的时候，他像捕猎的鹰一样，两眼炯炯有神，专注地"捕捉"那些好词好句。本子里有四百五十六则名言警句，按照摘抄的顺序一直排下来。他本来想把这些名言警句分成励志篇、真理篇、青春篇、友情篇、亲情篇、爱情篇、修养篇的，但由于时间都花在没完没了的读书、做作业、考试上，一直没有工夫重新编排整理。现在离开学校，永远没有机会考大学了，也不用写作文了，这本子对他而言，已不再有实用价值，欧阳月云当老师，教书育人，对她而言，也许还有点作用。

## 4

照相是项技术活,又不只是技术活。这句话,欧阳景山对郑顺势说过好多次。

起初,郑顺势不太理解这句话,慢慢地便好像懂了一些。

照相讲究光影,找准角度,捕捉瞬间。郑顺势从学拿相机到按下快门,便要将这些融会贯通在其中。欧阳景山在一旁指导他。

郑顺势给顾客照相,照完后,欧阳景山接着照。为什么这样呢?为了确保不失误。郑顺势照的相,也不用冲洗出来,冲洗出来的是欧阳景山照的。郑顺势觉得这样已经很好了——上次那两个月,自己连相机都没有摸过,别说真刀真枪给顾客照相了。不过,这样持续了大约一个月后,他便生自己的气了——真没用,郑顺势,都那么久了还让景叔不放心。

欧阳景山也看出了他的心思,说:明天,就明天吧,将你照的相洗出来看看。

真的?郑顺势脱口而出,但一会儿又说,要不,再等几天?

怎么,不自信?

担怕增加成本,又浪费了你的精神。

冲洗出来了,你才能从中发现什么。跟我照的对比对比,说不定灵光一现,你照的比我的好呢!

就是做梦也不敢。

不是敢与不敢的问题,照相就是那么一门奇妙的艺术。初学者出大作品的事例有时会出现。光影、角度、瞬间等这些元素,谁敢说每次照相都能高度统一了,完美结合了?

这段,郑顺势开始有些入迷了,连晚上睡觉,满脑子想的都是白天照相的情景,反反复复地琢磨欧阳景山的教导。比如:欧阳景山说照相,顾名思义就是照脸,脸就是相,相貌。照相,当然不是说穿着打扮不重要。如何把脸照好呢?两个字——舒服,看了舒服,照相的人本人看了舒服,别人也看了舒服。年长者、年轻人、小孩子的相怎么照,男人的相怎么照,女人的相怎么照,长得好看的怎么照才能照得锦上添花,长得不好看的怎么照才能照得雪中送炭,这些都要因人而异，但最终的目的，是把相照出来后看得舒服。要做到这样，学问便深了，要充分利用光影、选准角度、捕捉时机等。拿鼻子来说吧，高鼻梁的，矮鼻梁的，长鼻梁的，短鼻梁的，鼻头多肉的，鼻头少肉的，鼻孔大的，鼻孔小的，要把不同的鼻梁照好看，看了舒服，都不容易，还要考虑脸上其他部位的协调。脸型呢，嘴巴、耳朵、额头，都一样要这样考虑。最最难照的便是眼睛，眼睛是心灵的窗户，照眼睛，讲究的是形和神，而眼神又是关键。

郑顺势听得耳朵一点一点竖起来，生怕听漏了一个字，心里想：天哪！原来照相的学问比大海还深比天空还大啊！比考上大学还难！难怪圩镇上只有景叔这家照相馆。

按照欧阳景山的说法，郑顺势开始用心地观察来照相馆照相的每个人的脸。

照了十几年的景叔，原来是这样看相的——相由心生，看一个人的相，然后顺藤摸瓜，推测这个人的性格。

郑顺势一步一步地走上欧阳景山引导的道路。他想：自己一年半载能把相照得像那么回事就心满意足了。至于冲洗相片，那是以后的心愿，一切听景叔的。

他开始体会到从师当徒的感觉。

郑顺势走在街巷里，细心地观察起这里的一切，不再像过去在流年中学读书时，偶尔上街买些纸、笔、牙膏等用品匆匆来匆匆走，像过客一样。中街的人气比下街、上街的旺，开的店铺也多，日杂店、成衣店、鞋店、农具店、熟食店、饭店、洋锡店、银饰店、金店，这几年一间一间地冒了出来，像雨后春笋。景叔的照相馆也在中街。最惹人注目和心动的是圩镇上的理发店和发廊。原来不叫理发，叫剃头。剃头师傅拎着一只小木箱走村串寨，小木箱里装的是推剪、平剪、牙剪、剃须刀、梳子、围布等。剃头师傅大约一个月来一次村里，他去到哪座屋便是哪座屋的人剃头。他借来一个脸盆，盛着半盆水，便开始剃头。先来的先剃，各人自带"面帕"（毛巾），没什么发型，只是把头发剃短、把脸刮干净而已，挖耳朵、剪鼻毛也不玩花样。剃一个头，不用多少工夫。吃饭时间到了，剃头师傅心中有数，这餐轮到哪家吃饭，他会事先打招呼。剃头不收钱，用稻谷折算成工钱，半年收一次稻谷。剃头师傅挑着箩挨家挨户去收。而现在圩镇开了理发店，大家想什么时候去理发便什么时候去理。理发比剃头时髦多了，有洗脸，有吹发，有喷定发水或抹发油，弄得油光可鉴。掏耳朵的手艺也花哨。顾客想理什么发型便理什么发型。还有揉肩推背。工钱呢，也有钱多钱少之分。更生动的是发廊，里面大都是穿戴诱人的姑娘，耍手花在洗洗、揉揉、捏捏上，讲的是舒服。剃头则是其次了。圩镇上的理发店和发廊霓虹灯闪烁，已不再是乡下的那模样了。上了年纪的老人感慨——改革开放真有那么神奇吗，新生事物层出不穷，这几年圩镇一年一个样！

郑顺势觉得街巷里藏龙卧虎，有太多像景叔一样的人。四户万元户、"三所两社"（粮管所、供电所、派出所、供销社、信用社）、公社干部（包括教办主任）等都聚集在圩镇里，有明的智慧，有暗的计谋。圩镇原来跟老家的村子那么不一样。村子里的人好像都一样似的，这一家跟那一家差不多，这个人跟那个人也差不多，干的活一样——耕田种地，处的事一样——家长里短、鸡零狗碎。而圩镇就不是这样了，这人跟那人差多了，这家跟那家也差远了，这事与那事藏着弯弯曲曲，忽明忽暗，虚虚实实。欧阳月云刚走向社会便挨了一刀。

## 5

流年镇圩镇上的住户分成两个类别：居民户籍（简称"居民"）、农业户籍（简称"农民"）。大部分的住户都是"居民"。

街上的"居民"，国家有粮食供应和分配，而"农民"没有。上面安排就业，"居民"优先，而"农民"则望眼欲穿。

圩镇后面是山，前面是河，几乎没有一块田地。生活在圩镇上的"农民"成了没有土地的"农民"。这些"农民"是怎样生活在圩镇的呢？流年镇是个移民圩镇，街上的住户大都是从四面八方搬迁过来的。本地人只是其中的一部分。这些离乡背井来到圩镇的移民便失去了耕地。也有一部分是流年镇的乡下农民搬到圩镇的，他们也离开了原有的耕地。这些"农民"大多数住在上街、下街和小巷里。下街被称为"农民街"。中街位置好，住的几乎全是"居民"。

圩镇上的"农民"要吃饭，怎么办呢？只好瞄准圩镇周边的村庄，在那里开荒种地。

郑顺势的姑姑郑丽英的家与圩镇隔着流年河。她家所在的那个大队——平湖大队，是离圩镇最近的村庄之一。圩镇上的"农民"便向平湖村要田种地。平湖

## 第六章 开学

村那些边边角角的荒埔地，还有容易被洪水淹没的低洼地——平湖村人喝剩的"汤"，他们视为宝贝。

下街有户姓曹的人家，他家的两丘耕地就在郑丽英家门前不远的那片低洼地里。流年镇一年总要发几次洪水，尤其是春夏多雨季节。洪水从流年河涨上来。洪水浸街时，平湖村的不少农田也跟着浸水，洪水通过水圳、沟渠涌上来。有时圩镇明明是风和日丽，但一顿饭的工夫，洪水竟然从河里涨上来——水浸街。原来是流年河的上游下了暴雨，水浩浩荡荡地来，流年河立马水位上扬。但半天工夫，洪水又退下去了，这"不速之客"把圩镇上的住户气坏了，慌慌张张刚收拾好东西，洪水又走了，还留下一地的垃圾和腥臭的泥浆，清理起来，谁不叫苦连天。流年镇有一大怪：日头辣辣，洪水浸街。

在低洼田耕种，就像赌博，输赢靠运气。常常是辛辛苦苦地把秧苗插下，又是除虫又是除草，又是施肥撒尿素，禾苗长得绿油油时，一次洪水便被淹没，让稀泥糊死。常常谷粒饱满差一阵就要收割了，一次洪水又给毁了，洪水退后，稻谷已长出了新芽。不知碰上什么好年景了，才能种瓜得瓜种豆得豆。

每年春、秋两季，莳田或割禾之时，曹先旺和他父母荷锄戴笠经常出现在那片低洼田里。有时，他们把农具寄放在郑丽英家。郑丽英一家很热情，给他们斟茶倒水。久而久之便熟络了，郑丽英上街卖菜也会去他们家坐坐。郑丽英的大女儿洪春秀比曹先旺小五岁。洪春秀读完小学五年级便回家帮父母种地，曹先旺也只读到初中二年级。洪春秀十九岁那年认识曹先旺。

洪春秀长得标致，公认是村里的"村花"，成为村前村后的后生追求的对象。曹先旺则长得一般般，身高一米六多一点，皮肤黝黑，五官呢，也只是看了顺眼而已，比起那些追求洪春秀的后生，唯一的优势是他家在圩镇。他是"街路人"（家住圩镇的意思），那些后生是乡下人。圩镇与乡村的差别，就是"街路人"与乡下人的差距。如果说圩镇是少爷的话，乡下便是仆人。"街路人"看乡下人眼睛是向下的，而乡下人则是抬头仰望"街路人"。

一直以来，世世代代以来，远近的乡下人以变成"街路人"为奋斗目标。在交通不便、信息闭塞的过去，圩镇在乡下人眼里是闪闪发光的。流向韩江、汇入南海的流年河让流年镇生机勃勃、发光发亮。二十世纪六七十年代，流年河上船只来来往往，不断穿梭。流年镇的码头热闹非凡，停泊着很多装货卸货的船只，圩镇上的鱼虾、布匹、油粮和日常用品，都是通过流年河运进来的。外来的商人带旺旅店、餐饮、娱乐行业，流年镇被誉为"小香港"。邻近公社的人都赶流年圩。每逢三、六、九流年圩，大街小巷人声鼎沸，一派繁荣。

每逢圩日，圩镇看上去虽然是人来人往，买卖声不绝于耳，很热闹的样子，但这些都是生活愁苦的集中反弹，日子还是过得紧巴巴的。倘若经济宽裕的话，天天都是圩日。这是物质层面的事情，而流年镇人精神层面的真正愉悦，是每年正月十五的元宵迎灯民俗活动，连过年都比不了。这项传统的民俗活动已有五百多年的历史。

年初一一过，大家便把心思放在迎灯这件大事上，甚至年前已在准备了。圩镇上迎灯，分上街和下街两个方阵进行比赛，称为赛灯。中街以流年桥为界，把中街暂时分成两部分，桥上边的划为上街，桥下边的划为下街。赛前，双方都严格保密。比赛，比谁的彩灯花样多，谁的节目精彩。元宵那晚，刚至黄昏，便开始"洗街"。"洗街"并非用水冲洗街道，而是由十几名小伙手擎汽灯敲锣打鼓从街头至街尾，穿街走巷，预告迎灯活动即将开始。夜幕降临，迎灯正式开始，一直迎到午夜。数百人组成的迎灯队伍，在领队的指挥下，按既定路线徐徐步入，圩镇上的男女老少全体出动已不在话下，还吸引了附近村庄的村民。大街小巷两边，人山人海，店铺向街道的阳台上也挤满人，小孩被抱着或骑在大人的肩膀上，兴奋得哈哈大笑。迎灯队伍在锣鼓声、乐曲声中款款而行。化装文艺队伍、龙狮班、武术班、弦乐班、锣鼓班、踩街游行，轮番表演。"貂蝉戏吕布""水漫金山"等民间传说现场演绎。民间绘画、剪纸、书法、对联等在游行中呈现。最吸引人的是令人目不暇接的花灯，有火箭灯、葵花灯、龙宫探灯、走马灯、莲花灯、鲤鱼灯……一个比一个精彩，让人叹为观止。手拎和肩挑花灯、身穿戏服、化了浓妆的姑娘，看不出平日的模样，个个像仙女下凡，惹来了滔滔不绝的品评，让正在恋爱中的意中人又急又美。参加迎灯的，个个脸上洋溢着迷人的笑容，人人像脱俗入戏，很陶醉很梦幻的样子。

观众看个不停，也说个不休，竟然忘了身份，即便平日再苦闷再卑微再沉默寡言，今晚都成为口若悬河的点评老师。因为上街和下街同时迎灯，便苦了、急了、乐了观众。看看上街的，又看看下街的，看一会儿下街的，又起紧要看一会儿上街的，整夜不停地赶场。

元宵迎灯，是流年镇人的欢乐盛宴，精神大餐。流年镇有这种很悠久的传统说法——"一迎迎三年"。迎灯如果今年办了，便要连着三年办，不能办一年歇一年。流年镇人年年都盼着迎灯，因为乐了今年连着乐三年。

　　流年镇在"文革"期间沉寂、冷清了一段，圩镇上了无生机，店门只敢开道小缝，人们警惕地往外张望，你防着我，我盯着你，心像关上了门，阳光照不进去。晚上，狗昏昏欲睡，看不到行人，只有猫在哭叫。圩镇下边有一片竹林，偶尔会传来谁在竹林里服了毒药死了，说谁又在竹林里自杀的消息。有一块荒地，曾在那里枪毙一些冠了罪名的人，场面骇人。后来，圩镇扩大发展，把竹林砍掉，将荒地平整利用起来，新建了一栋栋楼房，但因为曾经不好的名声，影响了销售。这是后话。

## 6

　　郑顺势十一岁那年的暑假，去他姑姑郑丽英家住了半个月，这是他的奶奶曾菜娘和母亲陈一枝的意思——让他姑姑多带他去圩镇逛逛，开开眼界。

　　那时，流年河上还没有建流年桥。平湖大队去圩镇要坐船过流年河。撑船的姓杜，大家叫他杜叔公，撑船撑了四十多年。不少坐过他的船上学的小孩，做作文时便想到他，把他写进作文里。有一次，一位姓朱的女老师坐船，她主动跟杜叔公搭话，说：我学生写作文，说长大后，也要像你一样摆渡，助人为乐。这话恰巧被从船舱里出来的杜叔公的妻子听见。他妻子说：叫他长大后干其他去吧，撑船没日没夜苦死人的。杜叔公的妻子是挑米菜来给杜叔公的，杜叔公没回应，低头撑船，水哗哗响。

　　杜叔公年轻时候喜欢唱山歌，传说他的老婆就是给他唱山歌唱进船舱，被他唱成老婆的。有一次，有位调皮的后生当着他的面唱他最爱唱的那首山歌。杜叔公撑着竹篙低头笑眯眯地说：你这个后生，唱是唱对了，但没唱出味来。我来教你唱吧。然后他对着欢笑的河水唱道——"要唱山歌只管来，拿张凳子坐下来；唱到鸡毛沉落水，唱到石头浮起来。"

　　直至流年河建了桥，杜叔公才回家养老。

　　船是竹篷船，不大，一次过渡坐十多人。把河这边的人带到河那边去，又把河那边的人带回河这边来，便是杜叔公每天干的活，不分白天和黑夜，不分晴天和下雨。郑顺势跟着姑姑坐过他的船。杜叔公慈眉善目，也许是成天吹河风的原因，皮肤黝黑发亮。他光着脚板。他说，这样走在船上瓷实，不容易滑倒。

坐一回船，大人两角，小孩一角或八分均可，忘了带钱的也不要紧，坐了，以后再补上。小孩给多少钱，他不在意。拿不出钱的小孩，免费坐船。

有一次，洪春秀的弟弟洪春宝晚上去圩镇看电影，看完后要回家，坐在沙滩上等船。恰是夏天，他坐了一会儿，经不过沙滩的诱惑便躺了下去。夏夜的河风清凉，沙滩绵软，结果睡着了。杜叔公发现了，才把他叫醒。这件事郑顺势是听他姑姑郑丽英讲的。他听得一脸神往。

平湖村那片农田连着的竹林，连绵不断，长满了流年河两岸。因此，流年镇有竹乡之称。有了竹林，竹乡人生活很踏实：男人没烟抽、没酒喝了，镰刀一响，去竹林砍根竹子扛到圩镇卖去；女人要添新衣、想糖吃了，镰刀一响，去竹林砍根竹子扛到圩镇卖去。他们的生活离不开竹，坐竹凳，睡竹席，用竹筷。男女老少几乎都精通竹编。用竹编织的竹篮、竹箩、竹篓、竹筐等竹制日用品、工艺品丰富多样，这些竹制品挑到圩镇去卖，或通过流年河运输出去，销到外面。

捉笋蜂，挖笋虫，剥竹壳，耙竹叶，割竹笋，一年四季总有忙不完的乐事，玩不完的乐趣。

郑顺势的姑姑全家下地劳作回来，便见缝插针忙竹编。他在一旁看得新奇。他最开心的是跟表弟洪春宝去竹林捉笋蜂、挖笋虫。笋蜂用针线拴住后腿，放长线让它飞，能飞得很高，扇起的风，像吹凉风一样舒服。

洪春宝很会挖笋虫。进入竹林，他先给郑顺势传授挖笋虫的常识——竹笋的尾部被笋蜂叮咬后有一个小洞，几天后那部位变黄转枯，然后被洞里的笋虫咬断，掉在地上，竖起那里，拔掉它，下面是一个小洞，然后用铁锹挖开泥洞，笋虫便被挖出来了。有些笋虫很鬼精，打了直洞又转向打横洞，藏得又深又诡秘。洪春宝对郑顺势说，如果遇到这种笋虫，就别费力气了。早晨是挖笋虫的最好时机，往往一个早晨能挖三四十条笋虫。把笋虫放进水里，"养"干净了，炸了吃，真是美味。洪春宝夸张地说，啧啧，连舌头都会吞下去！

郑顺势每天的心思都在竹林里。郑丽英任由他自由自在。郑顺势家见不到这样一望无际的竹林，偶尔在山上看见的，也只是东一撮西一丛的。

这些竹林如此绵延兴盛，是因为流年河经常发洪水，竹子喜水，更主要的是洪水退后留下的稀泥，是竹子最好的营养。

但洪水带给流年镇人更多的是灾难。洪水像可怕的魔鬼一样，张开血盆大口，侵吞人们的财产，夺走人们的性命。尤其是地处低处的村庄，人们辛辛苦苦种植的水稻，或是长势喜人之时，或是正在灌浆之时，或是快要收割之时，突遇暴雨山洪。山洪退后，水稻让稀泥"吃"掉了，甚至生根发芽，惨不忍睹。哭天天不应，喊地地不灵。一家面临的日子，又将是吃了上餐找下餐的艰难。

7

郑顺势在姑姑家住的这半个月，碰见了山洪暴发。

暴雨下了三天三夜后，山洪像猛兽一样来了。奔腾的洪水如脱缰的野马，嚯嚯嚯地很快淹没过来。先是淹没低洼地，后是淹没农田、竹林、道路。半天工夫，眼看着汹涌而来的洪水见什么吞噬什么，像拉过来一张无边无际的黄布，把一切掩盖住。水位不断上涨。大家望着揪心的惨状，无可奈何，心慌意乱，手忙脚乱。很快便是一片泽国，很多熟悉的场景不见了，都淹没在洪水之下。洪水之上，只见一些农舍、楼房、远山，像一张巨画，画面的内容竟变得如此简单。

郑顺势紧缩着身体，看呆了，吓蒙了，他老家的村庄是山村，地势高，从没闹过山洪。

流年镇一年要闹几次山洪，要出现几次水浸街。随着洪水而来的，一些虫、蛙、蛇等从水中游上岸来，慌忙逃生。郑顺势和其他小孩一样，赶快躲闪。洪水中还漂浮着杂物，也不知哪里的房屋倒塌了，木梁、木柱、木板还有衣服随着洪水沉沉浮浮。还有农作物，比如花生、西瓜等也给洪水挟带着。有些人突然乐了，用木棍、竹篙、锄头等想方设法把这些东西引上来。小孩忘了虫、蛇，忘了洪水滔天，笑呵呵地吃从洪水里捞上来的西瓜。最意外的是，竟然还漂来了几只猪，远远地看见猪头。猪快到来之时，便引来一阵骚乱，人们争相抢夺……洪水来得快，也去得快，一夜之间洪水又退了下去，变回原来的模样。但一切都不一样了，留下的稀泥让人叫苦不迭。不过，也有些意外，那些来不及随洪水而退的鱼虾留在低处的水塘里，成了瓮中之鳖，很容易捕捞。还有那些蚯蚓和虫子，因留恋湿润、松软的泥土，成为鸡鸭的美食。

郑顺势亲历了山洪暴发的苦楚和乐趣。

流年河两岸村庄的小孩从小便学会氽水，不然，会被人笑话。氽水是容易上瘾的事情，玩玩便喜欢上了。流年镇人把氽水称为"洗溪身"。每年夏天，流年河的沙滩随处可见赤条条的小孩。清凉的河水和柔软的沙滩是他们的乐园，还有竹林的诱惑。从河里氽水上来，先是在沙滩追逐，后便进竹林捉迷藏，一丝不挂，边跑那个边晃荡……

在鱼虾活跃的季节，流年河边有许多人在垂钓。不只是贪玩的小孩，还有不少大人。他们劳作回来，尤其是农闲之时，视钓鱼为一大乐趣。戴着斗笠或草帽，蹲在水边，一钓往往便是老半天。他们大清早已守候在河边了，傍晚也是如此。有三三两两一块垂钓的，但更多的时候是一个人一个地方。他们钓不钓得到鱼也不太在意，当然钓越多越高兴。他们钓的是心情，要的是独处，修身养性。有时鱼上钩了，但又让它跑了。有时正在打盹，突然手中的渔竿一动，慌忙一提拉，钓到了鱼。鱼活蹦乱跳在草地里滚，边捉边在心里笑：不是自己的，别强求；是自己的，终归会来的……由此及彼，对生活、人生又悟到了些道理，比听别人说教，来得真切、受用。有些人把渔竿插在地上，竟欣赏起自己来，甚至脱了衣服，看看这，摸摸那。这时候，是他一个人的世界，只有河水吟唱，清风作伴，竹林守护。不垂钓者，哪能体会其中的情趣？

郑顺势跟着表弟洪春宝去河边学钓鱼。洪春宝人小但老练，选了一处竹林茂盛的地方，太阳不容易晒到。洪春宝说，分开一点来钓，大人都这样的。郑顺势是第一次钓鱼，先是紧张兴奋，等半天鱼没来吃钩的诱饵后便松懈，最后打起瞌睡来，醒后，渔竿不见了，估计被鱼拉到河里去了。洪春宝钓了五条鱼，其中三条是鲫鱼，一条是草鱼，一条是鲤鱼。郑顺势非常懊恼。

## 8

郑丽英一家，尤其是她和女儿洪春秀，像大多数乡下人一样，想成为"街路人"。

曹先旺看中洪春秀，郑丽英高兴得晚上做梦都偷笑。

## 第六章 开学

照相馆离曹先旺家不远。那天,郑顺势悄悄地去观察曹先旺家。他家的小楼只有两层半,店门洞开。他家与照相馆一样,店门是由一块一块木板拼在一起的,里面摆放着锄头、铁铲、畚箕等一些农具,还有一辆板车。与其他住户相比,他家里显得冷清、寒碜。

有两次,郑顺势在街上遇见曹先旺。两次他都是赤膊。一次他拉了一板车蜂窝煤,吃力地拉着,像河边的纤夫,汗流浃背,脸上有汗渍,因融化了乌黑的煤屑,成了一张花猫脸。另一次,拉了一板车红砖,一样满身大汗,喘着粗气。他看上去不像年轻人,俨然像上有老下有小的中年男人。这样的后生像是圩镇的"乡下人"。

郑顺势的姑父洪玉树是画眠床的,拎着一个画箱经常给人家画眠床。谁家的后生要讨老婆了,往往要先做一张新眠床,然后把新床画得又好看又喜庆。洪玉树二十几岁开始画眠床。郑顺势的姑姑郑丽英是洪玉树到她村里画眠床时,被洪玉树"画"成老婆的,郑丽英有事没事喜欢去看洪玉树画眠床。

洪玉树画花、画鸟、画山、画水、画五岳,尤其喜欢画黄山的迎客松,画"甲天下"的桂林山水,画渔翁披蓑戴笠,腰间别着鱼篓,鸬鹚立在尖尖的船头……他画的比真的还有味道。郑丽英看了便迈不开腿了。

一张眠床画好后,那一幅一幅的画连起来后,才感叹洪玉树画的是富贵、如意和吉祥。尤其是画戏水鸳鸯,郑丽英百看不厌。后来,她经常偷偷地跟着洪玉树去画眠床,就这样,郑丽英被洪玉树"画"上了自己的眠床。

洪玉树画眠床在流年镇是出了名的画得好,圩镇上很多人请他画。他对圩镇上的情况了如指掌。他不盲目崇拜"街路人"。当然,"街路人"总的要比"乡下人"有优势。但他们也有些不体面的地方。比如晚上屙尿吧。全家人都住在同一栋小楼里,摆放好几张床,人口多的,摆近十张。也放了好多尿缸、尿桶,陶瓷的叫缸,木的称桶。棚呢,是木棚,走在上面,叭啦叭啦地响,想干什么都能听见响声。尿缸、尿桶只用木板或布帘来掩饰,没有更好的隔音措施,屙尿声此起彼伏,不绝于耳。洪玉树说,这方面比"乡下人"还要不体面。再比如,夫妻晚上做那事,父母和儿子、儿媳住在一块,如果儿子多、儿媳多的话,又住同一层楼,或楼上楼下,隔音又差,干那事很怕弄出动静,尴尬得要死。

圩镇上的"农民"大部分人的生活也很艰难,像曹先旺家。

圩镇上的婚姻状况大致是这样的。一般情况下，"居民"与"居民"谈情说爱，"农民"与"农民"结婚生子，泾渭分明。当然也会出现这种情形："居民"里的凤尾与"农民"中的鸡头结合。但拥有"居民"户口的姑娘即使长相再差也不愿嫁给"农民"，因为她们有优势：就业优势，生小孩小孩户口随她的优势。

洪玉树一再提醒妻子郑丽英，女儿洪春秀与曹先旺的事情要考虑周全。他说：除了曹先旺家住在街上外，他还有什么好的地方？

郑丽英说：勤力，本分，身体结实。

头脑呢？

脑瓜里面你看得见啊？

谁叫你敲开他脑袋了，我是说灵活吗？

这话要我来问你呢，眠床你都画得好，这你看不出来？

嘻，画眠床跟这个是两码事。

我不管是两码事还是三码，你才晓得。

曹先旺一个后生，口里镶了颗金牙，你不觉得有些那个吗？

牙坏了，能不镶不补？

金牙，我是说金牙。

春秀没嫌，你急什么。

我还觉得，曹先旺跟春秀在一起时没什么话。

你在一旁，他们能叽里呱啦？我比你还担心呢。我问过春秀喜欢曹先旺什么，春秀说喜欢他家在圩镇。我又问她，人呢？春秀便不乐意了，她说不好意思讲出口。

春秀读书少，又没怎么见过世面。

我读书比春秀更少呢。

好、好、好，春秀中意你中意就好！不过，我也觉得曹先旺勤劳，身体好。

春秀嫁到圩镇总比嫁到乡下好，买东西、逛街都方便。春秀能嫁到圩镇便烧高香了，莫非你还想让春秀嫁"居民"，你癞蛤蟆还想吃天鹅肉啊。

谁这样说了？

你没这样想，难不成我这样想？

春秀嫁的是人，不是圩镇。

我和春秀不晓得？

我就知道你有这个想法。

这个想法不好吗？春秀嫁给先旺就是"街路人"了，你呢？乡巴佬。

哈哈，我是"街路人"的岳父了。

谁跟你讲"牙舍"（笑话），你只会画眠床。

洪玉树不说了，笑了笑。

笑什么？春秀一个乡下姑娘能嫁到街上，命好过观音娘了！

洪玉树笑出了声，心里笑郑丽英——没文化，观音娘能嫁人吗？没文化！

你没听说吗？下街的一个农村户口的姑娘，想嫁给中街的一个"居民"户口的后生，那个后生的父母死活不同意姑娘嫁过来，姑娘的肚子已有那后生的"细人"（孩子），最后姑娘上吊自杀了。你看，那姑娘已经是"街路人"了，还这样。不就是"农民"想嫁"居民"吗？你瞪大"目珠"（眼睛）看，春秀能嫁"街路人"，是我们的上辈积来的福了！

好了，好了，别拿别人讲事。我欢喜，我已经在偷笑！

你就是在心里偷乐，心是口非，净讲风凉话。别以为我不认识你。

洪玉树嘻嘻地笑。

郑顺势来照相馆前，听父母说——表姐洪春秀与圩镇上曹家的儿子对上象了，可能年前"摆桌"（结婚的代称）。没想到，曹家距照相馆不远。这次他来照相馆还没几天，不太了解曹家。上次那两个多月，他几乎没离开过照相馆。他想欧阳景山肯定熟悉曹家的底细。他远远地打探曹先旺。他问景叔：很少见街上的后生拖板车干活的。

你是说曹先旺吗？这个人出了名的吃苦。

跟街上的那些后生一样学技术干软活，不是更好吗？

他是农业户口的，居委会首先考虑的是那些居民户口的。

不晓得自己去找找？

他父母老实巴交，不善求人。他可能随他父母的性格。

哦，这样啊。

他家人多，又没田没地，一日三餐要吃饭怎么办？除了干苦力外，他家还到周边的乡村去把别人不要的烂田拿来耕种。不过这也是一种过法，不求人，靠双手，本本分分过日子。

郑顺势记下景叔这番话，找了时间，去了趟姑姑郑丽英家。

郑丽英见了郑顺势，惊喜地说：半年不见，顺势，不到半年是吧？

大概是这样。

哇，你像蘑菇一样突突地长高，也胖了些，这下便像后生了。

也就这几个月，高了点胖了点，原来一米六不到。照相馆吃得好睡得好，学校住宿哪能比？

现在过一米七吧？

呵呵，差点。

难怪快高出姑姑一个头了。听你爸你妈说你在圩镇的照相馆学照相。哎，对了，你春秀姐跟曹先旺的婚事过几天要定下来。"拣日"的师傅说"摆桌"要等明年入秋后才有"好日子"（结婚的日子）。你先给他们照张合影，照好看一些。

正说着，洪玉树拎着画箱进来。他还来不及把箱子放下，就说：照相馆跟曹家很近，你帮忙打听打听他家的情况。

郑丽英说：唉，还打听"脉介"，过几天都要定日子了。你就是多心。

还有几天，最后再把把关，春秀结婚是人生大事，不到最后一天还不能马虎。

马虎？就你不马虎？顺势，你读书多，你晓得做父母为孩子操的心。

郑顺势请他们坐下来，把自己从欧阳景山那里听到的情况如实说给他们听。

洪玉树说：好吧，过两天赶快去扯证（结婚证）。

郑丽英说：还不是听你的。

好，好，是听我的。

郑顺势说：我一定把春秀姐姐的结婚照照得靓靓的。他想：春秀姐的五官好看，她只要自然、放松地坐在那里，或站在那里，照出来的相肯定不错，看了肯定舒服的。但曹先旺怎么摆弄便有点伤脑筋了。不过，有景叔的"火眼金睛"和高超技术，把他照得好看，也不是难事。

## 第七章　郑之初

### 1

郑之初三月底生日。父亲的生日，郑顺势记得很牢固。

农村人一般是不大讲究生日的，除了是大生日，一般的生日顶多是吃两个鸡蛋，便没有其他了。

郑顺势给父亲买生日礼物——三双鞋，一双人字拖鞋，一双有后襻绊的凉鞋，还有一双是人造革的皮鞋。皮鞋呢，他估计父亲是过年的时候才舍得穿。

春节前建新房时，郑之初把人字拖鞋穿坏了，布鞋（又称解放鞋）也穿脱了底，磨破了鞋帮。春节回去过年时，他无意中从母亲陈一枝嘴里听到的。他非常自责，建新房自己一点忙都帮不上。

他顺带也给母亲和妹妹郑望月买了一双拖鞋，她们建新房时也把鞋穿坏了。建新房，他家除了请两位泥水师傅外，其他的活由父亲、母亲、妹妹郑望月三个包揽，比如挖土、挑土、挑砖、挑沙、挑石头等。

新房子建在四合院左边，原来是他家的一块菜地和连着菜地的荒埔地。先建一间，以后肩搭肩可以建三间。光是把新房子后面的缓坡劈出一块平坦的地方，然后紧贴着土坡，筑上一道石头垒的围墙，便要花巨大的精力。挡墙是为防止下雨山体滑坡。挡墙与房屋的后墙之间要拉开一米左右的距离，后墙才能保持通

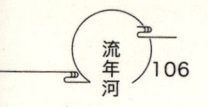

风、干爽、坚固。

郑之初夫妇和女儿郑望月三个人没白没黑干了半个多月，才把缓坡砍削下来，将泥土挑走。接下来，准备沙、砖和石块。他们又忙了二十多天。房子每扇墙的下半部分是用石块和砖头垒的，上面才是用沙土混合石灰捣杵。挖石块最艰难，要到几公里外的那座石山去挖石。石山上的石头尖牙利齿，赤脚爬不上去。石块用铁锹挖，锄头钩，三几块挖下来，已是喘大气，流大汗，精疲力竭。只挖了几天石块，郑之初便把人字拖鞋穿烂了，又过几天，布鞋也破了。然后便借妻子陈一枝和女儿郑望月的鞋。因为全部鞋都穿破了，他们只好赤脚挑沙石，咬紧牙，忍着疼。上了岁数的郑之初和陈一枝的脚皮厚一点，但也磨起了水疱。郑望月的脚皮薄，不但起了水疱，还流血。

妹妹郑盼月偷偷告诉他说：哥，那次爸给妈搽紫色药水，妈疼得差点咬破嘴唇。郑顺势问：为什么搽药水？

妈的肩膀担石头烂掉，给衫粘住了，那地方全是血，爸小心地把粘着的衫揭开，边用嘴巴吹气边搽药水。他们把门虚掩着，给我看见了。

郑顺势眼泪吧嗒地掉了下来。

我跟哥哥放学回来也去扛石头，用畚箕装几块，我在前面，哥哥在后面。几块石头便沉得像死佬。我姐的肩膀挑石块也挑红肿了，后来爸妈不让她去挑石块。

郑顺势轻轻地摸了她的脑袋说：好好读书。

郑之初以前也做过鞋。全家人穿的鞋都是他晚上挑灯夜战做的。做一双鞋，工序多，很费劲。家里有一只箩筐，至今还装着他们每个人的鞋模，木制的。郑顺势四兄妹经常把鞋模拿出来玩。那时候到处喊"割资本主义的尾巴"。郑之初只好躲进木棚偷偷做鞋。木棚很局促，只能弯着腰进去，站起来的话，屋瓦会被顶掉。郑之初蹲在木棚里做鞋，常常一干就是几个小时，下来后，腰都酸疼得直不起来。他主要做布鞋和人字拖鞋。人字拖鞋的鞋底是木块做的，走起路来特别响。这种拖鞋也叫木屐。

郑之初把这些穿坏的鞋修补了几次，勉强穿十天八天。他为了省钱，不舍得扔掉，不舍得花钱买新鞋，要把钱用在建房买砖瓦、木料和付师傅工资上。

郑顺势把照相馆给他发的工资全部积攒起来。春节回家过年，他给奶奶、父

## 第七章 郑之初

亲、母亲各发三十块钱红包,弟弟和两个妹妹每人各发十块压岁钱。全家人高兴得合不拢嘴。

他奶奶拿了红包,翻来翻去地看,脸上的笑容如盛开的鲜花。

郑之初笑眯眯地说:顺势能自己挣钱了,强过你爸我当年。

陈一枝捧着红包说:那还用说!

郑顺势说:一点心意,我都那么大了,还没孝敬过你们。如果早些不读书的话——

不能这样说的。陈一枝不让他说下去,读不读书太不一样的,你看,人家现在招收你去照相馆学照相,不识字没文化的话,谁要?还不是一样要回来耕田。

郑顺势拿了一沓钱给父亲,说:这一百五十块,建新房添用的。

郑之初说:顺势,那么多钱你怎么省下来的?

顺势,你不能太节俭,该花的还是要花,别饿坏了自己。陈一枝心疼地说。

我这不是比以前长高长胖了不少吗,照相馆的伙食好,他们一家待我好。

郑盼月说:哥,我正想问你呢,才几个月,这下你看起来真成大后生了。过了年二十一,爸妈正在寻思给你做大生日。

爸去年五十一都没做,我更不能做。郑顺势赶忙转换了话题说,没想到新房几个月便造好了。我想回来帮手的,但开不了口向老板请假。

建房说难也难,说不难也不难,有我和你妈、你妹能对付得了。人多,手脚多,弄不好反而浪费人工的。

我们三个人帮两个师傅,不多不少刚好。你爸是主力。

哥,爸妈说的是你要回来帮手的话,就是浪费。

我和你爸怕你分心,没告诉你什么时候建新房,你怎么知道的?

我们村的大兴叔说的,那天我去街上买牙刷刚好碰见他。我很想回来看看的,后来便编了个借口,跟老板请了两天假。

你冬至前一天回来的那次?陈一枝问。

我说奶奶身体不好。

郑之初说:要是老板知道真实情况了呢?顺势,你以后还是少分心的好,这份工作一定要好好珍惜。

陈一枝说:老板哪能知道?他又不是如来佛。不过,顺势,老板对你那么

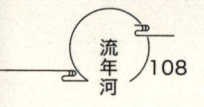

好,还是不要请假的好。

郑盼月把哥哥给父亲的那沓钱摸了摸,说:哥,要不我帮你捎话?这样我便有理由去圩镇逛逛。

父亲生日那天,郑顺势把三双新鞋作为礼物送给父亲。

郑之初从郑顺势手中接过新鞋,激动得双手在抖,嘴唇在颤抖,说不出话来。知父莫如子啊!

陈一枝让郑之初赶忙穿上新鞋。

郑之初先穿上人字拖鞋,合脚,然后凉鞋,合脚,最后皮鞋,合脚。郑之初再也控制不住情感,眼泪哗哗涌了出来。

陈一枝接着也穿上郑顺势买给她的新鞋,合脚。

郑望月也把新鞋穿上,往前蹭了一下,又往后挪了一下,真合脚。

陈一枝和郑望月的眼泪也跟着流了下来。

这情景,让郑顺势没有想到——自己只是向父母和妹妹表达了一点心意,竟让他们这样高兴和感动。

## 2

郑顺势送给父亲的鞋是在街上来记鞋店买的。

来记在中街的中间,最旺的地段,跟照相馆相距不到二百米。

来记的老板叫李来记。李来记近六十岁,戴了只大大的金戒指,加上长得又胖,人家叫他"本地华侨"。那时候能胖的人很少。他父亲有三兄弟,两个叔叔是泰国华侨,戒指和这些衣服是他们回来探亲时给他的。不止他一个人,全家都穿得像华侨,都穿喇叭裤,走在街上,非常醒目。他家有一辆男装摩托,是去年他叔叔从香港运回来的。这样一来,他家成了圩镇上第一个有摩托的人家。这些呢,是看得见的,听说他两个叔叔还给他家不少"番钱",有泰铢,有港币,有美金。

去年冬,李来记开了间鞋店,也是街上首家鞋店。鞋店由他第二个儿子李旺盛经营。大儿子在竹编工艺厂上班。鞋店门面很气派,由两间店铺连在一起。摆卖的鞋种类丰富,五花八门,春夏秋冬穿的鞋,男女老少穿的鞋,应有尽有。

李旺盛二十三岁，他雇了一个比他小两岁的后生张一定看店面，负责卖鞋。李旺盛的母亲负责收钱，这既是他父亲的意思，也有他的想法。

张一定的家在上街，他家开打铁铺，由他父亲和哥哥操持，打镰、打刀、打锄头、打犁耙等用具和农具，从早到晚，叮叮当当，"火屎"灿天（火星四溅的意思）。张一定看见父亲天天乌头黑脸，手掌老茧未除又起新泡，不愿学打铁。他又读不好书，读到初中二年级便辍学，终日在大街小巷瞎逛。

李旺盛跟张一定是在打桌球时认识的。录像场旁边开了间桌球室，里面摆了三张球桌。他们经常一起打桌球。张一定打不过李旺盛，说要拜他为师。李旺盛很有成就感，两人便称兄道弟起来。张一定比李旺盛矮半个头，看上去也就一米六三左右。但他很机灵，能揣摩李旺盛的心思，像李旺盛肚子里的蛔虫。

李旺盛开着摩托车去进货载鞋。这些鞋是通过流年河由船运载到圩镇码头的。摩托车突突地飞驰在圩镇上，威风得不得了。大街小巷里都在传，来记这两年"吹南风"（家里有亲戚是华侨的意思），看架势又要出万元户了。有人不满说，何止万元，光是这辆摩托就值很多钱了，还有那间大大的鞋店，还有看不见的"番钱"，圩镇上的四户万元户哪家的穿戴能像他那样"春车"（风光）的！以前，因"海外关系"身份不好，他家像缩头乌龟，像霜打的菜叶。现在好了，飞上了天。三十年河东三十年河西，风水轮流转啊！

## 3

欧阳景山一家刚端起碗吃饭，张一定找上门来。

他一家人都认识来记鞋店的张一定，也认识张一定他家人，尤其是他打铁的父亲和哥哥。圩镇不大，只要你有心，住上十头八天，便熟知街巷里的许多人家了。

欧阳景山请他稍坐一会儿。但他没坐，站着说：不打扰你们吃饭了，其实也没什么事情的，来看看你们家的小师傅在不在的。

刘清秀一时没反应过来，吞咽着饭，问：小师傅？

欧阳景山说：你是说郑顺势，小顺子吧？

没错，那个叫什么顺什么势的。

欧阳雪儿学做衣服的裁缝店的斜对面是来记鞋店。

欧阳雪儿说：张一定，你事先也不问我，郑顺势上午回家去了。

张一定诡谲地笑着——他来的目的就是有意让欧阳雪儿和她父母知道这件事的。

欧阳景山说：他请了两天假，明天可能会回来。

刘清秀问：小张，什么急事吗？

张一定还是站着，说：这件事还是见了他再说好。

刘清秀看着张一定，问：小张，不会是什么事吧？

张一定说：他买了五双鞋，忘了还钱。

欧阳景山将端着的碗放下来。

刘清秀瞪大眼睛问：小顺去你那里买五双鞋？他要买那么多鞋干吗？他没说啊。她问欧阳景山和欧阳雪儿：他跟你们说了吗？

欧阳景山摇头。

欧阳雪儿说：没听他说。

欧阳景山好像在问自己：小顺拿走了鞋，忘了还钱？

欧阳雪儿说：不会吧？

刘清秀说：小顺心思很细的，这种事，他会忘？

欧阳景山说：好的，小顺回来后，我帮你问问。

张一定说：他，他好像是昨晚大约八点来买鞋的。他把鞋拎走后，我才发觉他没还钱，但又疑惑自己可能记错了。十点关店盘点，盘点一天的营业情况，才确定恰恰是少了那五双鞋的钱。

张一定说完便匆匆离开。

第二天上午，欧阳雪儿找张一定，说：你这事怎么当着我爸我妈的面说呢？

张一定慌忙说：我一时情急，没考虑周全。我本想找他出来单独问问的。

郑顺势，他不会真忘了还钱吧？

那是我冤枉他了？

我不是这个意思。也有可能他真忘了，但不会是故意的吧。郑顺势做事很细心的，我爸我妈经常在我面前这样夸他呢。

张一定不爱听下去了，说：雪儿，你也这样认为的？乡下人来我们圩镇，想扎下去，那是装的。

欧阳雪儿说：张一定你忙。说后转身就要离开。

张一定赶忙说：我这就叫旺盛下来，他在楼上，你再坐坐，喝喝茶再走吧。

李旺盛喜欢睡懒觉，每天要睡到十点多，吃完早餐，十点半左右才从楼上优哉游哉下楼来，转一转，看一看，老板的模样。张一定知道他非常喜欢欧阳雪儿。他们仨一块去看过电影《牧马人》。后来李旺盛再邀请欧阳雪儿去看电影，欧阳雪儿便说有事。

圩镇有两位公认长得漂亮的姑娘，被称为两朵"街花"——欧阳雪儿和欧阳月云，而欧阳雪儿又排在欧阳月云的前面。街坊都在说欧阳家出美女。

李旺盛跟张一定说过，很想欧阳雪儿坐他的摩托去竹林里那条公路兜风。李旺盛想多了欧阳雪儿后，便疑神疑鬼，认为欧阳雪儿不愿意跟他走近的原因是郑顺势。

## 4

郑顺势回来后，没说他父亲过生日的事情，他也不打算跟欧阳景山说，觉得不说比说要好。

欧阳景山问他：小顺，来记鞋店的张一定你认识吗？

认识，见过两次。不过，还没怎么说过话。

他昨晚来找过你，说有事问问你。

景叔，他没说什么事吗？

嗯，没说。欧阳景山跟他妻子刘清秀、女儿欧阳雪儿已经讲好，假装不知道他买鞋的事情。

我这就去找他。

去鞋店的路上，郑顺势一直在想——第一次见张一定，还是欧阳雪儿介绍的，那次来记鞋店刚开业第二天，欧阳雪儿叫他一块去看新鲜。第二次便是前天去买鞋。张一定找他会是什么事呢？莫非是说买鞋的事，这有什么好说的？但除了这件事，再也想不起有其他什么了。这个张一定，真是多嘴多舌。他本来不想让欧阳景山他们知道自己买鞋的事情，因为他觉得说出来没什么意思。父亲因为建新房挑土挖石把鞋穿坏，穷得没鞋穿打赤脚，自己买鞋作为父亲的生日礼物，这样说出来有什么意思呢，也说不出口啊！穷有什么好宣传的，又不是想请求他们帮忙。再说这些也不算什么天大的困难，乡下人哪家不会遇到这样或那样的困难，喊穷叫苦反而会让人家反感，让人家瞧不起。现在的政策比以前好多了，只要勤力，日子会一天一天好起来的。本来是不值得说、不想说出来的事情，如果张一定真是跟他们一家说了的话，那真是烦人了！景叔一家会认为自己见外的……他这样想着，便紧张起来，差点返回照相馆向景叔说买鞋给父亲的事情，但想了又想，觉得还是见了张一定再说吧，万一，万一不是这件事呢？

张一定远远便望见郑顺势向鞋店走来。

郑顺势刚进店，张一定假装刚抬起头看见他的样子，说：你前天来买鞋，忘了还钱。

郑顺势以为听错了，问：你刚才说什么？

我说，你前天来买五双鞋，忘了还钱！

什么，我——我忘记还钱？张一定，你记错了吧，我当着你的面把钱拿给你的。

我没拿你的钱啊！谁看见了？

当时就我们俩，还能有谁看见？我把钱交给你，你把钱放一边，压在水杯下面，我才拿了鞋离开的。

不可能！我拿了你的钱，怎么会忘记，怎么会找你还钱？每天有多少人来买鞋，我都不会记错，唯独记错你，谁会信？鬼才信！

千真万确的！我付了钱，你拿了我的钱。

我说不可能就是不可能！难不成我堂堂张一定诬赖你？

张一定，你不如干脆说我偷你的鞋好了！

是你说的，我没有这样说。

郑顺势想起老家这种说法——要是谁诬赖你，你便跟他对天发誓。他要是敢对天发誓，便没好的下场，不得好死！于是他大声说：张一定，你敢对天发誓吗？

张一定愣了下，他没想到郑顺势会来这一出，然后梗着脖子说：发誓就发誓，你以为我不敢啊！

郑顺势昂首挺胸，庄重地望着天说：我郑顺势对天发誓，要是我买鞋没有还钱的话，天打雷劈，不得好死！来，你来！

张一定憋红了脸，说：你真以为我不敢吗？我发誓，我要是拿了你的钱，不得好死。

张一定，你要说"对天发誓"，大声点，像我刚才一样！

对天就对天。我对天发誓，我要拿了你的钱，不得好死。

不能说"拿了你的钱"，要说"拿了郑顺势的钱"！

我要是拿了郑顺势的钱，不得好死！

郑顺势这下说不出话来，说：你——你——

你什么！买鞋的钱赶快拿来！

郑顺势摸摸裤袋，掏也不是，不掏也不是。

张一定得意忘形了，挤眉弄眼歪着嘴巴，说：郑顺势，你现在给我乖乖还钱！

你去照相馆跟他们说这事了？

你在照相馆，我当然要去照相馆找你，找了你没找着，当然要跟他们说了。

你，你——太过分了！郑顺势把快溜出嘴来的"欺人太甚"四个字硬生生地吞了回去，觉得不能在张一定面前示弱。

对天我都敢发誓！我过分？我还没说你偷呢！郑顺势，你我都不容易，你从乡下来打工，我也是跟老板打工的。我还是"街路人"呢！你还不还钱，难道要我垫上吗？

张一定，你太过分，我找人评评理去！郑顺势手脚发抖。

这时鞋店那边、正在整理鞋架上的鞋的李旺盛的母亲听到这边高声说话，走了过来，外面有几位顾客正朝着鞋店走来。郑顺势担怕被别人看热闹，强忍着委屈，离开鞋店。

郑顺势没有回照相馆，有气无力地向流年河走去。路上，他再也忍不住委屈，眼泪夺眶而出。他神情黯然，觉得眼前街上的一切都是虚幻变形的。他小跑似的，摇晃着来到流年河边，自言自语：张一定，你明摆着是欺负人，你欺人太甚，你为什么要这样？我跟你无冤无仇，没有做什么对不起你的事啊！我虽然穷，但我本分。你是想钱想疯了疯狗乱咬人，还是看我不顺眼？张一定，你明说啊！你这个小人！

他坐在河坎上，百思不得其解。五双，二十五块五角，我是亲手拿给你的，你睁眼说瞎话。你不分青红皂白竟然找上门去告诉景叔一家。景叔会怎么看我，景叔一家人会怎么看我？你这样贬损我，你心肠够歹毒！退一万步，就算我真的忘了还钱，你找我说啊！何况根本没有这回事。你够歹毒！张一定。原来景叔一家人已知道这件事了，原来景叔是假装不知道的。不好，这事一定要如实告诉景叔一家，不然他们会误会的。对，现在不能不说了。他这样想着，霍地站起来，赶忙回照相馆。

## 5

郑顺势把买五双鞋作为家人礼物的事情一五一十地告诉给欧阳景山和刘清秀夫妻。

刘清秀听后受感动了，说：小顺，你真孝顺。

欧阳景山说：小顺，你很懂事。不过，你跟我们说说也没有什么好顾虑的。你来这里不久，鞋店你不熟，买五双鞋也不少了，你要是说出来的话，你清秀姨和雪儿说不定会陪你一块去砍价的。

是，是的，那还用你说吗？我会跟小顺一块去，顺便还可以挑双自己合意穿的呢。

景叔、清秀姨，对不起，我当时觉得这不是什么事儿，不好意思说出来。

欧阳景山说：既然事情到了这种地步，你刚才说当时就你们俩，没有第三个人在场可以做证，张一定对天都敢发誓，你认了吧。他铁定要打你的主意的！张一定在圩镇是好吃懒做出了名的，他父母也拿他没办法。有一次他父亲被他气得操起正在打造的铁锹满街追赶他。后来来记鞋店的李旺盛雇用了他。小顺你别见外，买鞋的钱我们替你还上。

景叔，我小顺虽然穷，但我不会因为穷赖着不还钱的！张一定他血口喷人，我真的已付了钱的！不能再给他付钱了。要是这样，他还真以为我是这样的。

郑顺势默默地流泪。

刘清秀轻轻地拍了拍郑顺势的肩膀，安慰他说：小顺，我们知道你受委屈欧阳景山说：唉，小顺，摊上这样的人，怪自己的运气不好，当作撞了鬼吧。下次当心点。

郑顺势擦掉眼泪说：景叔、清秀姨，谢谢你们的好心，我会照你们的好意去做的。

第二天，郑顺势跟他姑姑借了十块钱，加上口袋里的钱，把钱还给了张一定。

他将钱扔给张一定，愤愤地离开。

张一定阴冷地笑了笑。

## 6

这一个星期郑顺势的情绪很低落。

他试图摆脱、忘记这件事。他像不明不白地挨了记重拳，留下了余伤和难以消除的心理阴影。他在努力地挣扎。

他觉得自己不像以往的自己，欧阳景山他们也不是以往的他们。他老在自责没有做好，对欧阳景山他们一家不够诚实，买鞋的事情没有什么见不得人的，当时为什么不跟他们说呢？郑顺势，你对他们这样，他们也可以对你这样的。这一切都是你自己造成的，你活该啊！活该让张一定欺负，你又能拿他怎么样？你一个从乡下来的，无依无靠的穷小子！

这件事后的一个星期，圩镇暴发了洪水，先是下了一天一夜的暴雨，歇了一天，接着下两天两夜的大暴雨。紧接着山洪像被激怒的猛兽咆哮而来。流年河的水位噌噌噌地上涨，只半天工夫，流年桥被淹没，铺天盖地的洪水攻城略地似的，哗哗哗叫得欢的洪水从四面八方涌上圩镇的大街小巷。

圩镇的居民紧张地收拾东西。好在他们见惯了洪水，也知道山洪像泼妇性急的脾气，应对起洪水来，忙而不乱。洪水改变了圩镇的模样，一片汪洋。地势稍低的地方，眼看着洪水就要淹没店铺的一楼。这时街巷成了航道，有船只、竹筏在上面穿街过巷，救助的锣鼓声掠水而起。洪水来了，圩镇上的住户一下子空前地团结起来，暂时放下往日制造的恩怨，你帮助我，我帮助你，把财产转移到安全的地方。老人被搀扶着、背驮着。猪被安全地运送到圩镇后面的山包上。那些船只、竹筏便是救护生命财产的希望。

这次洪水来得比以往凶猛，洪水很快漫上照相馆的二楼。欧阳景山一家人一下子措手不及。多年来，圩镇闹洪水，洪水都没有上过二楼。每次洪水来，他们都会在墙上画一道最高的水位线，洪水每次退去后，也会留下痕迹。

照相器材都在二楼。

郑顺势第一次感受洪水浸街的紧张气氛，上十多岁那年在姑姑家那次看见的洪水不大一样。以前的洪水是站在高处看，而现在洪水就在眼皮底下。他有些害怕。

他小心翼翼地将照相机递给欧阳景山。第一台照相机安全转移了。接着拿第二台，他抬手把相机递给欧阳景山。欧阳景山刚接过相机，突然左脚打滑，一个趔趄，相机咚地掉进了水里。

郑顺势目瞪口呆，吓蒙了。

欧阳景山说：快、快、快，小顺，赶紧打捞。

两个人一阵忙乱，终于把相机从水里捞了上来。

欧阳景山的脸由晴转阴，像晴空突然飘来一团乌云。

洪水第二天退了，但那台从水里捞起来的相机失灵了。

欧阳景山沮丧地说：死机了！

郑顺势怯生生地不敢看欧阳景山，小声说：不好意思，景叔。

小顺，不关你的事，是我这个"生死佬"没拿稳，脚打滑。欧阳景山的心隐隐在疼，相机很昂贵。

景叔，真的对不起。

没有什么好对不起的，又不是你掉下去的。

要是我不递给你的话，相机就不会掉下去的。

小顺，你不用多心，我没责怪你的意思，你也没做错什么。

景叔，我给你添乱，给你添堵了。

别再说了，你静一静心吧，你怎么会给我添乱，给我们添堵呢？

景叔——

欧阳景山用手示意他不要说了。

景叔，要不我买部新的相机补偿我的过失吧？

小顺，我说你没什么过错更没什么过失。再说，相机又不是十块八块的东西，你也不用补偿我。

当天晚上睡觉，欧阳景山和刘清秀夫妇说的话题便是相机掉到水里这件事。

欧阳景山说：这个小顺子，他竟然说想办法买台新的相机来补偿，他买得起吗？他父母连鞋都穷得穿不上，哪来钱？我一再说，是我没拿稳，相机才掉下去的，叫他不用多想。

他就是紧张和害怕，随口瞎说的，你也以为是真的？那么贵重的东西，人家当命来保护。

该死的，脚偏偏在这时打滑。

刘清秀有些烦躁，说：欧阳，你看我们跟小顺的缘分是不是要完了？

怎么说，你是指相机的事吗？相机是我没拿好才掉到水里的。

我相信你的话。

你再往下说说。

我是隐隐约约地觉得，先是鞋的事，今天又是相机的事。为什么连着来呢？

你那么一说，我也觉得奇怪了。

欧阳你看，自从出了鞋的事后，小顺便像变了个人似的，成天忧心忡忡似的，整个人的魂魄像跑走了。

他没那么严重吧。

你好好回想一下，当时他给你递相机时是不是心事重重，心不在焉？

嗯、嗯——似乎，似乎有那么一些，但是是我没拿好相机的。

总之我觉得难再续缘分了。

你是要劝他离开吗？

不用劝，我怎么会这样做呢？小顺，很好的一个小伙子，要不是出现鞋的事的话。

## 7

相机掉水里坏掉后，郑顺势吃睡不宁，坐立不安。他看见欧阳景山和刘清秀夫妇，便赶忙挪开眼睛，不敢看他们，好像做了天大错事的孩子一样。

欧阳景山和刘清秀暗暗叹气。

郑顺势看见欧阳雪儿，更是躲闪得厉害。他像受伤的惊鹿。

又过了一个星期，郑顺势主动向欧阳景山和刘清秀提出——他想离开相馆，离开流年镇。

欧阳景山挽留他，说：小顺，是不是上次买鞋的事情你觉得委屈？还是相机的事情？如果是相机的事，你没必要自责，更没必要离开。鞋的事呢，我们虽然帮不了你，但一生长长的被人误会甚至欺负了，还是想开一些吧，自己对得起自己的良心就好。

刘清秀说：你景叔说得对，想开一些，我和你景叔一直认为你很懂事、聪明、勤力。你还是把心里的疙瘩解开，没必要走。

郑顺势流着眼泪，说：景叔、清秀姨，这段感谢你们收留了我。我也说不好我离开的原因是不是你们刚才说的这些。但我……我再也不能像以往那样子，我想静静心、顺顺气，努力尝试了，还是做不到。

欧阳景山和刘清秀摇头叹气——原来的小顺回不来了。

欧阳景山说：小顺，既然这样，我们还是尊重你的决定吧。不过景叔送你几句话：你才二十一，正是好年龄，不要心事重重，顾这顾那，看远一些，该甩下的包袱要甩下，才能走得远。你读的书比景叔多，这些道理你比景叔懂。也好，照相馆小，流年镇也是小地方，离开了到外面去搏一搏，能搏出一片天地。其实在流年镇做事、生活也是提心吊胆的，你都看见了，一年总会闹洪水，浸大水，水浸街。洪水不讲情面的，它要吞没你的财物就吞吃掉，不小心的话还搭上性命。我们这一辈人和上辈的人，只能守在这里，以前没地方去啊。现在多好，开放了，你们年轻人只要有能耐，可以到处闯。现在的年轻人如果还死守在流年镇，肯定不是最好的选择。你知道景叔会看相的哟。

欧阳景山这番话让郑顺势的精神放松了一些。

刘清秀说：你景叔看相还看得挺准的。

欧阳景山说：小顺，景叔看好你，日后你一定大顺！

欧阳景山拿了五十块钱给郑顺势，郑顺势推拒不肯收下，最后刘清秀把钱塞到他的口袋里，把口袋压实。

郑顺势让欧阳雪儿捎话给欧阳月云，代他向欧阳月云告别。他想——如果见

## 第七章 郑之初

了欧阳月云，他不知说什么话好。

第二天，郑顺势离开了照相馆，离开了圩镇。

郑顺势离开照相馆后，欧阳雪儿才觉得事情有些蹊跷。以前天天见面的时候，反而不会去思考这些，也许是因为郑顺势还没有离开。有一天，欧阳雪儿独自去找李旺盛。张一定看见她主动来鞋店找李旺盛，暗自得意，说：雪儿，今天什么风把你吹来了？

欧阳雪儿说：你说什么风呢？

春风。

你说春风就是春风？春你的头。李旺盛在吗？

楼上，你等等，我叫他下来。

不用，我上去。

楼上是会客厅。没事的话，李旺盛都在那里看电视、喝茶，等着人来聊天。

他家是流年镇最早有电视的。电视机是他华侨叔叔从香港买回来的。他家的电视成为圩镇居民关注的热点。

李旺盛果然在看电视，看见欧阳雪儿，赶忙起身迎她。

欧阳雪儿说：刚好没有其他人在，有两句话问问你。不坐了，我们店里还有事。

问两句？问二十句也好。

郑顺势来你店里买鞋，忘了还钱的事你知道吗？

什么时候？

原来你不知道这件事啊！

前段他来你店里买了五双鞋，张一定说他忘了还钱，还到我家照相馆来找他。

啊——有这回事吗？

你不会是装的吧？

雪儿，我什么时候在你面前装过？你说，我这就叫张一定上来，当着你的面，你问他，莫认为我们演双簧。

别，还是我走后，你再问他。

我明人不做暗事。李旺盛走出会客厅，低头伸长脖子冲一楼喊张一定。

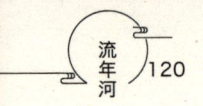

一会儿，张一定上来了。

李旺盛把刚才欧阳雪儿说的话跟张一定说了一遍。

张一定说：哦，我还以为什么事，雪儿，是啊，我没跟旺盛哥说。郑顺势来买鞋忘了还钱，是我们之间的事情，也是我的失误，这种事不应该交给旺盛哥来处理，惹他心烦。

欧阳雪儿说：这么说来，李旺盛你还真的不知道了？

你现在亲眼所见的，雪儿。

郑顺势离开照相馆了。

什么时候？张一定说，他暗暗高兴——郑顺势你一个乡下穷小子想来圩镇抢饭碗占地盘，跟我旺盛哥争女朋友，没门，从哪里来滚回哪里去！滚蛋！这下你知道我张一定的厉害了吧！

什么时候？你那么关心他啊！欧阳雪儿话中有话。她心里想：你这个张一定，就是不怀好意，怎么能把这件事告诉我爸我妈呢？他一个年轻人脸往哪里放啊！

听说郑顺势在你家照相馆干得不错，你爸你妈对他挺好的，怎么离开了呢？李旺盛说。

郑顺势都让雪儿她家养得一天一个模样呢，才多久啊竟长高长胖那么多，都快赶上我旺盛哥了。张一定油腔滑调，说，雪儿，他离开了，你家不会不习惯吧？

张一定，你——

雪儿，张一定就是嘴巴痒，好说话。你再坐一会儿，喝喝茶。

你俩喝。欧阳雪儿说着起身下楼。

李旺盛紧跟在欧阳雪儿后面，小声说：明晚请你看电影，那个担片的傻货说叫"三个字保卫四个字"的电影。

欧阳雪儿嘻嘻嘻地笑出声来，回头纠正说：《瓦尔特保卫萨拉热窝》，南斯拉夫的。

原来这个傻货前面三个字不认识，后面四个字也不认识。张一定告诉我的，张一定不会是故意这样说的吧。

李旺盛跟着欧阳雪儿，一直把她送到门口。他望着欧阳雪儿的背影想：好想好想请她一块去看一场录像，最好是夜场的，但现在只能赔着小心邀请她去看一看电影。

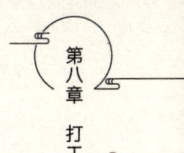

# 第八章 打工

## 1

打工,只有去外面打工了,郑顺势反反复复这样想。

从照相馆回来,郑顺势像一头困兽一样,浑身的劲使不上,像哑巴一样,满腹的话没法说。

他没想到,在照相馆没干一年便打道回府,本来想学好了照相技术,以后也在圩镇开间照相馆的。他想:不能在家久待,能早一天离开便早一天离开,父母也希望他出去,不要像他们一样一辈子耕田种地当农民。连建新房这样的大事,他们都没有叫自己回去帮手,家里的事情,他们一再说不用自己分心。一定要干出点样子来给弟弟、妹妹做个榜样……他这样想着,出门的想法便更为迫切了。

郑顺势回家当天下午,去上村钟家打听他儿子的情况。钟家两个儿子去年都出去了,大儿子钟远胜在深圳一家电子厂,二儿子钟近胜在东莞一间玩具厂。他们俩没上高中便辍学回家种了几年地,然后出去打工。他不问不知道,问了吓一跳——原来深圳要凭边防证才能进去!办边防证三五天还不一定弄得好。听说先去村委会,然后去镇派出所,最后到县公安局才能把证办下来。说不定在办事的过程中还要点头哈腰,求爷爷拜奶奶,碰一鼻子灰。他这样一想,便放弃了去深圳打工的念头,决定去东莞找钟近胜。

郑顺势找好时机，等晚饭快吃完的时候，他跟父母说了去东莞打工的想法。离开照相馆的原因他没有如实地告诉他们。他把欧阳景山说的话加工了后，说：流年镇地方小，每年还要洪水浸街，没多大意思。听说这几年珠三角很好赚钱，大家都往那里去，我已辞掉了照相馆的工作，想去外面搏一搏，闯一闯。人家说，搏一搏，单车变摩托，我现在连单车都没有，要出去搏！

哦——哦——你也……你已把照相馆的工作给辞了？他母亲陈一枝本想说"你也没事先跟我们通一通气"的。

他父亲郑之初也觉得意外，放下碗，不知说什么话好，卷起纸烟来。

来不及讲，昨天辞掉的。郑顺势说。

陈一枝说：才回来又急着要走，住一段不好吗？

郑顺势说：我想明天走。

郑之初停下了卷纸烟，说：去哪儿？

东莞，东莞一家玩具厂。

东莞在哪里？不是说去珠——珠什么三角吗？陈一枝有点慌神。

我也不知道在哪里，没去过。东莞在珠三角里面，珠三角有很多城市。

他爸，你知道吗？

我还不是跟你一样。去过最远的地方是流年镇，去过最大的地方也是流年镇，连县城长什么样我都不知道，死田螺唔（不）晓动。

陈一枝便担心起郑顺势一个人出远门来，说：顺势，那里有熟人吗？

郑顺势把下午去钟家打探到的情况一五一十告诉他们。

郑之初说：顺势，你读了那么多年的书，也二十一了，自己做主吧。

陈一枝说：不能后天走吗？

妈，明天是走，后天是走，都一样要走的。

郑顺势对妹妹郑望月说：哥哥自私，出门后家里的事你辛苦点。

他弟弟郑顺时说：哥，过两年我也跟你去大地方看看"大蛇屙屎"（开眼界）。

他妹妹郑盼月也嚷嚷：长大了，我也要去。

陈一枝说：没你们俩的事。然后把他们赶出去洗澡、读书。

第二天，陈一枝大清早便准备好了早餐。她煮了一大碗米粉汤，米粉下面窝了四只荷包蛋。荷包蛋金黄金黄。郑顺势吃了两个，没想到还有两个，便把这两个夹出来放到一个碗里，端给母亲陈一枝。陈一枝又把这两个荷包蛋夹回他碗里，送到他碗里时还暗暗地加了点劲——意思是让他一定要吃下去。

郑顺势端起碗，赶忙背过身去，差点流下泪来。

陈一枝给他口袋里塞五十块钱，说：你一个人出门在外，别太节俭。

郑顺势吞咽着米粉说：妈，不用，留在家里用，我有钱。

郑之初说：拿去用。在家靠亲戚，在外靠朋友，你就认钟近胜作兄弟朋友，遇事也有人好商量商量。

吃完早饭，郑顺势拎着红白相间的塑料袋上路。

郑之初和陈一枝坚持要送他到村口。郑顺势说：你们不是说我二十一了吗？我不是小孩子，别送，人家看见会笑话。

郑顺势走了近一个小时的山路，八点半便到了公路边，等候从流年镇开往县城的客车。客车八点从流年镇开出，大约九点到这里。流年镇去县城，每天只有一趟车。

清晨，弯弯曲曲的山路很冷清，只有他一个人。当经过翠山窝的时候，他又想起去年夏天在这里驶牛犁田的情景。他望见流年河边的那棵松树。当时小黄（牛）就拴在这棵树上，小黄被他打了几道伤痕，他发现后非常心疼和后悔。

## 2

远远望见尘土飞扬，郑顺势心情兴奋，尘土越飞越近。郑顺势不停地挥手示意停车。客车停在了面前，他上了车，长舒了一口气，心踏实了。

车里已坐满人，他只好站着。司机手握方向盘，回头说：收你站票的钱。郑顺势说：现在交钱吗？司机说：到了再给你票。

到县城大约还要两个小时。虽然是这样，但他还是满意的——毕竟上了车，不然又要等一天，等一天说不定还是站，再说还省了钱，站比坐的钱少不少。

一路走走停停，停停走走，一路摇摇晃晃，一路尘土飞扬，但这丝毫不影响他向往外面的好心情。心情一好，思绪便活跃。他想起在流年镇听过的一个笑话——外面的企业叫"三来一补"（来料加工、来料装配、来样加工，补偿贸易），外面来流年镇叫"一来三补"（补轮胎、补鞋、补肾），暗讽道路凹凸不平，上下抖动。他是第一次离开流年镇，眼睛不停望着车窗外，虽然飞起的尘土让窗外的一切模糊得看不清，尘土通过车窗的缝隙钻进来，车里面依稀可见黄色的尘灰。很少有一段长长的平平整整的路面。客车在行前中咣咣作响，但车里的乘客谈兴不减，人声嘈杂。不过也有闭目养神的，但深睡是不可能的。后来便有人受不了颠簸晕车了，赶忙推开车窗，把头伸出去，哦哦哇哇地呕吐。呕吐几回后把头退回车里来，已改变了模样，头发吹乱，一脸尘灰，活像古时候被充军发配的犯人。

郑顺势没想到坐车原来也是那么不容易，但比起他被张一定诬陷他买鞋不还钱，这不算什么。他望着窗外朦胧的村庄、远山想：这次出去，不干出点动静决不回来，决不，决不，决不！

到县城时已是午饭时分。郑顺势不舍得花钱去饭店吃饭，他在车站附近买了两个面包，然后回到车站候车厅，拿出自带的开水吃面包。他没想到，县城去东莞没有直达的客车，最便捷的路线是——坐车去广州，然后坐车到东莞，广州与东莞挨得近。他站在乘车的提示牌前，认真研究了一番，去广州的客车班次有几趟。从这里到广州坐车要十几个小时，最合心意的是去到广州后刚好是天亮的。如果半夜去到广州的话那麻烦就大了，也就是说晚上在车上睡到天亮是最理想的。这样一计算，他便紧张起来，担怕那趟去广州的车的车票卖完了。于是他赶紧去卖票的窗口排队。还好，前面才站了几个人。他踮起脚伸长脖子，不停地往小小的窗口望，不断地在心里面默念：上天保佑，让我买到晚上九点那趟客车的票。

他从售票阿姨手里拿到车票时，把车票送到嘴边亲吻了下，将车票小心地放进衣袋里，按了按，然后又掏出来再确认一遍，再放进衣袋，再按了按，暗自发笑。

郑顺势没想到，现在离坐车去广州还有八个多小时，这么长的时间怎么打发？他又来到候车厅，坐在长条凳上，在心里对自己说：去旅店开房休息吗？这是万万不可以的。他突然笑了下，一念及"万万"两个字，便想起教他们喜欢唐诗宋词元曲明清小说的语文老师——"万万老师"。生活不是唐诗，"万万老师"你知道我郑顺势现在在哪里吗？"万万老师"，我让你猜，你猜啊，你可能猜很多遍都是猜不中的。我要去外面打工了，现在在县城，在县城车站的候车厅等八个多小时后的车去广州。广州,你也许也没有去过广州吧。广州是省城,听说是很大很大的城市。想想我便很兴奋,但是呢,也紧张。兴奋什么呢?兴奋没见过大城市。紧张呢,又生怕迷失方向,像小时候学游泳一样,整个儿淹没在流年河里,露出个头,望见的全是大片大片的水。

"万万老师"的花名是"调皮鬼"吕一笔起的。吕一笔,你也想不到我现在在哪里吧。我已经离开流年镇,要到外面去闯,我不想做代课老师,当然也做不了,没有谁会引荐我的。我爸我妈是没有人会拿他们当回事的老实巴交的农民。欧阳月云,你爸你妈是小学老师,你爸还是副校长呢,比起我的家庭已经好很多倍了。丁观照,我也想像你一样当乡村医生啊,但你不一样,你有你爸带着、罩着,手把手教你,我找谁学去?……郑顺势的思绪像风一样吹来吹去。

候车厅不是很多人。郑顺势坐了半个小时,他看见有些跟自己一样等车的旅客在打瞌睡,困意便上来了。他将塑料袋放在长条木凳上,半躺着靠紧塑料袋,眯起眼睛来。眼睛一眯,睡意跟着来。他迷迷糊糊,似睡非睡。他坐的这张长条木凳可以坐几个人的,但一直就他一个人。他又把塑料袋推向一端,干脆将脑袋枕着塑料袋,躺下去睡。好像快睡着的时候,上来一个保安把他叫起来。他的脸立即红一阵白一阵,赶紧坐起来,被保安那么一叫,睡意全无。

对面墙上的挂钟显示四点十分。他突然被脑海里蹦出来的想法兴奋了下,去县城的街上逛逛,反正还有一大段时间。于是他背起塑料袋,去厕所屙完尿,然后才走出候车厅。

县城比流年镇大多了,街路明显比流年镇宽阔,店铺比流年镇多,人流量也比流年镇大。时不时可见六七层的楼房,这在流年镇是见不到的。不时有摩托车突突突地从身边飞奔而去。流年镇哪能比呢,李旺盛家一辆摩托车便风光了整个流年镇。他想起父亲讲的那句话——州是州,县是县,鸭嫲大一半。东莞是州,那里的"鸭嫲"比县城肯定"大一半"!他大步走在街路上。广州是省城,比东莞的"鸭嫲"又要"大一半"了。广州、东莞的模样很快可以看到了,明天早晨到广州一定要好好见识见识超级大的"鸭嫲"——广州。

县城的发廊比流年镇多。他想:县城就是县城。他上前凑近一间发廊,突然从里面走出一个打扮得很艳丽的小姐,嗲着声问:请进。他赶忙离开。小姐看见他肩膀挎着塑料袋,哈哈地笑:山古佬!

郑顺势将塑料袋由挎改成拎,但拎了一会儿手有点酸。他又担心塑料袋不小心划拉在地上划破,又改为用肩挎。

饭店比流年镇多很多。饭菜的香味不断飘过来。他的肚子经不住香味的撩弄,咕咕地叫,但他舍不得花钱,口袋里的钱实在是少得可怜,一定要等到万不得已的时候才花钱,比如买车票。他把少得可怜的钱,分装在两个裤袋里,时不时便用手感受检查一下。

他不逛街了,越逛越难受。

听说县城有处公共温泉浴池,就在城区里,不用花一分钱可以"洗身"(泡温泉)。当地人叫"洗汤"。这里很多温泉。他便一路打听,终于在不远处找到了"汤池"。这时六点多了,不少人手捏着衣服,脖子系着"面帕"(毛巾),穿着人字拖鞋,或说或笑着从低矮的围墙的那道门进去"汤池"。这边是男"汤池",那边是女"汤池"。天哪!大大的池子里,全是一丝不挂地在"洗身"的,那东西各有模样,晃荡着,有人用手拨拉着水在洗……有老年人,有中年人,有年轻人,也有小孩子。他顿时脸红耳赤,心跳加速,赶紧转身离开"汤池"。后面传来夸张的笑声,好像是在嘲笑他。他坐在"汤池"围墙外的一张石凳上,稍稍平复下情绪,笑自己——郑顺势,难怪发廊那个小姐骂你"山古佬"!他拎起塑料袋,重新走进"汤池"。刚跨进门,又退了出来。他自言自语:不"洗身"了,挨一个晚上,等明天去了东莞再洗吧。

他背着塑料袋,又回到了车站的候车厅。这时候车厅的灯亮起来了。等车的人比中午多了许多。他望了下墙上的挂钟,刚过七点。他突然想起袋子里放的那本书《钢铁是怎样炼成的》。他只带了一本书,就是这本小说,据说是本很鼓舞人的书,一直没来得及看。这本小说还改编拍成了电影《保尔·柯察金》。这本书是毕业前丁观照送给他的纪念品。丁观照开玩笑说:听说有人记错了书名,把这本书叫成了《怎样炼钢铁》。郑顺势笑得前仰后合。这个丁观照,听欧阳月云说他回家跟他爸学行医了,大大咧咧的一个人,能把病人看自在吗?

没想到,这本由苏联作家所著的长篇小说让他一看便看进去了。里面的人物——青年革命战士保尔·柯察金把他吸引住了。郑顺势忧他之所忧,愁他之所愁,乐他之所乐,喜他之所喜。郑顺势看得津津有味,时间很快过去了。起初他是看一下书,抬头看一下挂钟,后来竟忘了看挂钟。待觉得脖子有点酸时抬头再看挂钟，吓了一跳，快八点了，他才想起没有吃晚饭。他赶忙把书放回袋子里，去买了两个面包，就着开水吞咽，这时，候车厅热闹起来。广播不停地播报乘车提示，乘客走来走去。坐夜班车的人好像比日班车的人要多。

郑顺势随之激动和紧张起来。他挎着塑料袋，里面装着高中毕业证和户口本，又摸了摸裤袋，里面装着车票和钱。这四样东西现在是他去东莞打工缺一不可的宝贝。

## 3

郑顺势去到东莞那间玩具厂时，已经上午十一点多了。他守在厂门边的保卫室，等着钟近胜下班。

郑顺势一直悬着的心终于放下来，踏实了。昨天早晨七点多从家里出发直到现在来到这里，已过了二十八个小时。这二十八个小时，他心里有百般滋味。

保卫室这位保安姓钟，看上去五十岁左右，不肥不瘦，也不矮不高，皮肤黝黑，面相和善，像农民大叔。郑顺势毕恭毕敬地掏出毕业证和户口本给他看。钟大叔说：刚来的吧？

郑顺势小心地笑着，点头说：刚来。

钟大叔给他端杯水，说：第一次出门的？

第一次。郑顺势点头说。钟大叔是怎么看出来的，他突然拘谨得手脚不知怎么摆放才好。

他们要十二点才下班。他知道你来吗？

没来得及写信告诉他。

他叫什么？

钟近胜。

钟近胜——他跟着他重复了句，厂里打工的男男女女他大都不认识。他说：他们一下班，你就去饭堂找他。饭堂在那边。他用手指了指。

钟大叔看见郑顺势这模样，想起了乡下老家正在为考大学没日没夜苦读的儿子。他说：你像刚从学校毕业出来的。

郑顺势点头说：出来不到一年，考不上大学出来找工打。郑顺势这会儿放松下来，觉得钟大叔很随和，便打听说：这段厂里招工吗？

说不准，不过，有时有人来找工，像你一样的。

招进去了吗？

不清楚。

车间那边的门一直关闭着，郑顺势没有看见有人进出。

昨晚郑顺势坐了一夜的车，到广州时已是清晨六点多。车上的样子很像学校的宿舍，也是上、下铺，比宿舍还拥挤。上铺、下铺有坐（或躺）单人和双人的。他和一位看上去四十好几的大婶躺在一起，尴尬得要命！好在困得不行，他昏昏沉沉地睡觉。大婶倒大方，也许是认为郑顺势是小伙子吧，便问起他的情况来。这样跟大婶"睡"在一起要"睡"一个晚上，他以前是根本想象不到的。他是第一次坐这样的客车，但一想到终于上车去广州了，心情还是很不错的，眼前的尴尬也便可以接受了。他没有表现出对大婶不耐烦，虚虚实实地回答大婶。他从大婶的口中，知道她家是栽种蘑菇的，她家的蘑菇还卖到了广州。大婶姓徐。

客车大约开了两个小时，突然停了下来。有些乘客以为是中间休息让大家屙尿，结果不是。车停在前不着村后不挨店的野外，有人急着想下车去屙尿，但车门没打开，说：司机，开门呀。司机说：车坏了。

我以为叫大家下车屙尿呢。他又补上一句。

司机边说边打着手电下车检查。刚才在一旁睡觉的另一位司机也跟着下车。但车没有熄火。

车一停下来，车厢便闷起来，乘客们纷纷从浑浑噩噩中醒来，原来此起彼伏的鼾声也不见了。

司机，开门放我下车吧。有乘客说。司机在车外面可能没听见，没理会他。

大约过了二十分钟，车厢里开始躁动，纷纷叫司机开门。这时司机才把车门打开。

郑顺势跟着他们从车上下来。

四周一片漆黑。路的一边是山，一边是田。风飘忽不定地吹来，还有若隐若现的鸟叫、远远近近传来的虫吟蛙鸣。

乘客一个个在路边树下屙尿，有的干脆不用遮挡，对着野外屙"风流尿"。有人确实尿急了，也不怕别人笑话，因为有黑暗做掩护，就在车附近的树下屙了起来,你在树这边,我在树那边,哗哗哗比赛似的屙得山响。女乘客呢,走到离车远一些的地方,在山脚下的树丛里。有人便好心地提醒说:野外有虫蛇,小心点。弄得她们屙得提心吊胆。

郑顺势先是不敢屙,后来又担心一旦车修好了没机会屙尿了,于是也选了一棵刚才别人屙过尿的树,把尿屙了。

乘客们屙完尿重新回到车边,有人喝水,有人吃零食,有人抽烟。两个司机还趴在车底下忙。这时过了大约半个小时,有些乘客重新上车。这时车熄了火。

郑顺势蹲在车旁,一直蹲着,跟他同"睡"一块的大婶走过来说:小顺,上车去。

刚才在路上,大婶问过他的姓名。郑顺势说:叫我小顺吧。

郑顺势说:你先上去。

大婶说:小顺,你是第一次出远门吧?

郑顺势点了下头。

大婶安慰说:还是在车上等好,说不定一会儿便修好了。

郑顺势问:万一修不好呢?

大婶说:不会吧,以前我也遇到过这种情况。

修不好,怎么办?

司机会想办法的。

大婶见他不上车,便陪在他身边。

又过去半小时,司机还趴在车底下。

郑顺势越来越担心今晚到不了广州,身上的钱不够用怎么办。这样一想,便焦虑起来,急得快哭了。

大婶问:小顺,你怎么啦?

我,我担心——

你担心在路上过一夜吗?

嗯。

不会的,不会的,不会这样吧。

郑顺势蹲在树下,把头埋得低低的,眼泪流了出来——景叔(欧阳景山)你叫我小顺,你看,你看见了吗,我连乘车都不顺!

正在这时,车启动了,嗒嗒嗒地叫得欢!

郑顺势破涕为笑,觉得客车嗒嗒嗒的启动声竟是那么悦耳、动听!

大婶说:小顺,我说不会有事的。你看!

路上,郑顺势不再觉得跟大婶"睡"在一起尴尬了。

郑顺势实在太困了,坐上车后,在摇晃中一会儿便迷迷糊糊,然后便睡着了。他好像做了个梦,梦见自己被人带到一处山野,那里花树遍野,许多小鸟在欢飞。他想去追小鸟,有人伸手过来从后面抱他,抓他的那个,他啊啊啊地欢喜着……这时他醒了过来,车厢内一片漆黑。旁边的大婶在熟睡中。他将手探进裤里,那里湿了一小片。

他望着漆黑发呆,刚才做梦了,哪里有手啊?

他想起爷爷。爷爷当年"过番"只比自己现在大两岁,他孤身一人漂洋过海,肯定尝尽了千万般的艰难。爷爷一去再无音信。奶奶日盼夜盼,盼星星盼月亮,盼了一年又一年,盼着他回家。妹妹郑望月、郑盼月的名字就是奶奶起的。父亲一直想出去找他,但打听不到一点线索。父亲没有文化,没有走出流年镇,加上生活又艰辛,至今都没有成行。奶奶和父亲、母亲希望他多一些文化长大后去寻找爷爷。这些年陆陆续续有"番客"回来探亲的消息。特别是看见圩镇的李旺盛骑摩托、穿"番衫"后,他的心情变得更急切了。

在车上躺了一夜,从车厢里出来,郑顺势哈欠连天,整个人像散了架似的。他在车站的厕所慌乱地漱口、洗脸,又从口袋里掏出镜子,对着镜子梳了头,走出车站。这次他不吃面包,改吃馒头了,喝了一杯豆浆。这会儿才定了神,缓过神来,重新回到车站,买票,等车,乘九点多到东莞的那趟车。现在他最急切的是早点去到东莞那间玩具厂,广州这只"大鸭嫲"以后再回来好好看吧。

当车从车站驶出广州城区的路上,他趴在窗口向外张望——天哪,那么多高楼大厦,像小山一样耸立在天地间。县城的楼是六七层,而这里的是十几二十几层。大街上车辆来回穿梭。他看呆了。白天鹅宾馆在哪里呢?外形像天鹅吧。他想问问同车的乘客,但又不好意思问。白云山在哪里?没望见山啊!他多么盼望车开得慢些再慢些,广州真大,楼高,车多,人多。他越望越兴奋,乘车的疲倦一扫而光。流年镇小,真是小哦!但一会儿他又担心,这么大的地方,自己能适应、生存吗?一会儿后他训斥自己——郑顺势,你一穷二白,趴着只剩一个屁股,躺着只有"那条",已没有什么输不起的,出来你便是赚了!

直至来到玩具厂的保卫室,郑顺势的思维还忽东忽西,时喜时忧。

钟大叔看出了郑顺势的倦意,说:坐车累了吧,闭目养养神吧。

大约十二点的时候,员工们从车间里涌了出来,他们统一穿着蓝色的工作服,看上去像蓝色的海水一样涌动,"蓝色海水"涌向了饭堂。郑顺势从来没见过这样的场景。

他瞪大眼睛,想快速地从"蓝色海水"中发现钟近胜。钟近胜他妈给郑顺势看过钟近胜的照片,但这会儿,根本无法从茫茫的人海中辨认钟近胜。

郑顺势拎着塑料袋,赶忙去饭堂。

他在排队打饭的队伍中,一列一列地找,惹得员工们好奇地看他。找了好一会儿,终于找到了钟近胜。

他原来见过钟近胜,五六年前他们一块在流年中学读书,钟近胜比他高一年级。

钟近胜拍他肩膀的那刻,郑顺势激动得差点流泪。二十几个小时的奔波,就是等待钟近胜这轻轻的一拍。

他偷偷地亲吻了下红白相间的塑料袋。

## 4

下午,郑顺势待在钟近胜的宿舍。宿舍只剩他一个人,其他人都去上班了。宿舍住十二个人。床是架子床,摆了六副床,每个铺位睡一个人。

郑顺势把塑料袋塞到床底,想:学校的宿舍是架子床,客车车厢是架子床,现在这里还是架子床。他摇摇头。现在还没有找到工作,暂时只好搭钟近胜睡了。好在这里的床比学校的要宽一些,勉强可以睡两个人,不然的话,麻烦便大了,晚上连睡哪里都成了问题,去外面住旅店谁不想啊,可自己是花不起钱睡觉的。

下午钟近胜下班回来,叫他一块去饭堂吃饭。吃饭的时候,钟近胜说,他跟拉长请了明天的一天假,带他去找厂里的人事部。

郑顺势问:拉长是什么?

钟近胜笑了下,说:这个,这个拉长其实就是组长,他是管我们这组的。

请假难吗?

这个,难时难,易时也易。要找人临时顶你的位子,如果找不到人顶的话,便请不了。拉长说只能请一天。

下班的时候,我看见那么多人,你们厂好大。

听说,这个听说有七八百人。钟近胜说话带口头禅——"这个"。

做什么玩具?

十二生肖,男工分组十二组,做塑料的。女的也分十二组,做布艺的。我这组是做塑料猪。

呵呵呵。郑顺势被逗笑了,说,我想做牛的。

这个,怎么说?

我属牛。

呵呵。这回轮到钟近胜笑了,说,要是那么巧的话,这个,那就合你"心水"(心意)了。

晚上洗澡,也是一个很大的澡堂,里面是一排排一间挨着一间的,不过还好,每个浴室有门,能保证隐私。洗完澡,钟近胜带他去散步。玩具厂不在市中心,要走一段路。钟近胜不时指给他看,说这个是什么厂,那个是什么厂。郑顺势望见远处的高楼,虽然没有广州的高楼那样林立,但也很可观的,还望见许多建筑工地的脚手架。钟近胜说:要是有一小段没来的话,说不定这里又起一栋高楼了。

郑顺势想:流年镇就是小,哪能这样呢。

晚上睡觉,郑顺势躺在钟近胜的身边,怎么也睡不着——明天能进厂吗?要是进不了的话,怎么办呢?就这个问题在脑海里重复千万遍。

钟近胜起初也没睡着。郑顺势想:他可能不习惯两个人睡吧。他们是屁股对着睡的。他想翻过身去看钟近胜的,但又生怕他难为情,因为这样的话,那个部位可能会碰到他。后来钟近胜发出了均匀的呼吸——睡着了,他才心安。

他没想到好像是下半夜,钟近胜转过身来,他那东西碰到了他,有些硬和挺。他想:钟近胜确实睡进去了。

郑顺势一夜没合眼,早上起床后头昏脑涨。

宿舍里的其他舍友看见郑顺势，也不觉得有什么，有些人还礼节性地问这问那。郑顺势想：大概他们也接纳过像自己一样来找工的老乡或朋友吧。

第二天，钟近胜和郑顺势去找了工厂的人事部。路上郑顺势心里像吊着十五只水桶——七上八下。"水桶"终于掉了下来——人事部的负责人说，暂不招工。

郑顺势垂头丧气地走出人事部办公室。钟近胜说：等会儿再去附近的工厂看看吧。

郑顺势问：这个时候是不是招工的季节？

招工季节？这个，你是说春节后那段吗？不全是这个原因吧。我当时也不是春节后来的。如果有人走，便会新招。一个岗位一个人，一个萝卜一个窟。不过你说的招工季节也有道理。

你是找一个厂就进去的吗？

不是，哪能那么顺？这个，我是找了三家后才进这个厂的，当时都快心灰意冷了。

郑顺势听了钟近胜这些话，心里才没那么难受了。

他们接着去了一家电子厂。电子厂就在玩具厂旁边。电子厂人事部负责人的回答跟玩具厂的一样——暂不招人。

郑顺势跟着钟近胜低头走出工厂，心里在无端埋怨自己：郑顺势，你怎么一直都不顺？别说大顺、中顺，连小顺都还没有碰上。

上午的时间眼看快用完，要去找第三家厂的话，已经来不及了。

钟近胜说：下午再找，这个说不定，下午要找中了呢，像我当时一样。中午我们吃饱饭鼓足精神早点出门去。

找什么厂？郑顺势低声问。

下午去找那家饮料厂，听说那家厂不时有人进有人出，不过离这里远一些。这个，去碰碰运气吗？

听你的，现在都这样了。

那我们坐摩托去吧，也不贵，我还没坐过摩托呢。郑顺势觉得已拖累钟近胜了，想尽可能表现得不难过些，轻松一点。

中午吃饭，郑顺势实在没有胃口。影响胃口的原因——昨晚没睡好，上午又碰了两次壁！但他强迫自己吃，吃给钟近胜看的。远远望去，饮料厂比玩具厂的

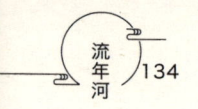

厂区要大一倍。这次郑顺势被招进去了。钟近胜好像比他还要高兴似的，走出工厂大门时，钟近胜说：这个，来，一块击个掌庆祝一下吧。

郑顺势伸出手掌。啪的一声脆响，两个人都把手掌击红了。郑顺势心里感叹：真是应验了那句话，好事不过三，坏事也不过三啊！

## 5

当晚，郑顺势睡在饮料厂的宿舍。宿舍跟钟近胜的宿舍一样，一样的格局，一样的摆设，连睡的人数也一样。他躺在床上，跟昨晚一样睡不着，不同的是可以翻来覆去，不同的是因为兴奋而难眠。他默默地流眼泪——他对自己说：郑顺势，你明天终于可以打工了！他拍了下床，是睡在床上。他拧了下腿，是自己。他的眼泪又要掉下来了。他骂自己：男儿有泪不轻弹！这几天老是流泪，从明天起不许流泪了，不管是苦还是喜，即使有泪也要憋回去，你看人家保尔·柯察金，那么坚强！

睡前，心情大好的他一直笑眯眯，主动地礼貌地跟其他舍友打招呼。其他十一位舍友来自六个省区，四川、湖南、贵州、广西和云南，还有跟自己一样的广东。他睡的这个铺位原来是个叫阿甘的四川人。舍友阿东说：他被工厂炒鱿鱼了！

什么叫"炒鱿鱼"？郑顺势第一次听到这个词。

就是被工厂辞掉，你们广东人的说法。你不也是广东的吗？来自湖南的阿东说。

舍友们用名字里的一个字来称呼，叫起来也很顺耳的。阿东全名是宋小东。

我那一带没有这种说法。郑顺势说。

那可能就是珠三角的说法。这里靠近香港，经济发达，新鲜说法也多。他们这里讲白话。你会讲白话？阿雄问。他是云南人。

郑顺势摇摇头，说：我那里讲客家话，你们听过吗？

阿东和阿雄摇摇头。

郑顺势说：除了普通话外，广东人大致讲三种话——粤语，也叫白话；潮汕话，又叫学佬话；还有客家话。

# 第八章 打工

阿东说：白话好难听明白，也不好学，阿雄你来这里两年，模仿能力强，是我们宿舍学得最好的。

阿雄便有些得意，说：是吗？好像是有这回事。

阿东说：你教我们几句。

阿雄说：请我喝汽水。

阿东说：还喝汽水啊，我们厂天天生产汽水。教会一句，请你喝一瓶吧。

阿雄说：我们生产给别人喝的，种瓜没瓜吃，打鱼吃鱼屎！听好了，教三句，教多了也记不住的。第一句，你叫什么名？你叫咩名（呀）？第二句，晚上好，瞒香侯！第三句，你吃饭了吗？你食咗饭未？

郑顺势说：只记住第一句。

阿雄哈哈地笑。

阿东说：阿顺你将这三句话"翻译"成客家话，让我们饱饱耳福。

郑顺势先是一怔，然后说：我试试吧。客家话有很多接近普通话的。第一句，你叫"脉介"？第二句，"暗埔"好。第三句，你吃饭吗？

阿雄说：第三句听懂了，第二句听懂了一些。

郑顺势说：学佬话比白话更难学，学佬学佬，学到老！

阿东说：这样啊！好在我们厂和宿舍都讲普通话，不然就像鸭子听打雷。

郑顺势第二天很早便起床，他像新兵一样，干什么都跟着舍友学。上班前，拉长给他发工作服。他穿上工作服走进厂间，流水线的厂区里看见的都是绿色的身影，他们好像是同一个人似的。

拉长是位三十几岁的大姐，身材高大，长得一副男人相，五官有点粗，表情严肃，目光如炬，背着手走来走去。他想：女人怎么能用这种目光呢？

他干的活是拉长派的，把插在汽水瓶里的塑料吸管拔掉，扔到旁边的纸箱里。这些回收的汽水瓶还有不少存留着吸管的，而有些瓶子是没有吸管的。他专注地看着插着吸管的瓶子。漏拔了，会挨拉长批评，甚至扣工资，被炒鱿鱼。

他和一个叫阿仙的女孩专干这项工作。阿仙叫宋仙，贵州人。他们一人站一边。他想：为什么不可以坐着拔呢？可能坐下来的话，工作效率不高，也容易犯困吧。

郑顺势觉得干这种活太简单了，心里便涌现出许多话——"万万老师"，你知道吗？我郑顺势读了那么多年的书，竟然在这里给空瓶子拔管。爸妈你们想不到吧。景叔、清秀姨你们也想不到我大老远地跑来这里，干的是这种活。欧阳月云你如果看见我站在这里现在这个样子，你会笑话我吗？……郑顺势边拔吸管边这样取笑自己。拉长一走过来，他便很正经地干活，她一离开，他又这样笑话自己。这样的事，连三岁小孩都会的，干吗要我这个读了高中、二十多岁的年轻人来干？难道这就是现实？宋仙不也跟自己一样吗？她虽然没读完高中，但有文化有知识，也是后生人。

宋仙跟他同岁，她是去年来的。

他们开始一起干这活时，觉得不知说什么好，像机器人一样，机械地拔吸管、扔吸管，谁也不说话。慢慢便有了眼神交流。几天后开始说话了，聊着聊着，竟能聊到一块去了。没想到，她读书的时候作文也写得好，喜欢读金庸的武侠小说，读汪国真的诗。

郑顺势问："汪诗"（汪国真的诗）哪首你最喜欢？

她说：《热爱生命》。

巧了，我还将这首诗抄到本子里了。

尤其是其中那两句。

是不是那两句——既然选择了远方，便只顾风雨兼程。

宋仙猜测——拉长也许认为郑顺势是新来的，又长得像刚出校门的学生样，先是让他干这样的活，熟悉厂里的情况吧。这种活，一般是女的干的。

宋仙长得既有点像欧阳月云，又有点像欧阳雪儿。郑顺势多看了她几眼便会恍惚，看来看去看了半天后觉得她更像欧阳月云。

郑顺势第一天站着拔吸管，认为是很轻松的小活。第二天、第三天后他便开始改变看法，上午从八点站到十二点，没有特别的事情中间不能擅自离岗，他站得腰酸脚疼。下午从两点至六点又这样站。如果找借口小便的话，拉长会给你拉长脸，脸色臭得很，甚至挨训。原来站着给空瓶子拔吸管还是挺累的。除了一直站着外，还要重复一样的动作，单调乏味更累人！好在有宋仙做伴，趁着车间嘈杂的声音可以说说话。拉长每走过来一次，便会提醒说：干活不许说话，厂里的规定，给我抓现行的话，罚钱！

一说到罚钱，员工们都害怕！

宋仙看见拉长走远，有时扮鬼脸说：那么凶，难怪没人要！老女人！老女人不是我起的，是工友们背后送给她的绰号。

郑顺势问：拉长还没结婚？

凶巴巴的，活该！

你没给她说过吧？

说？是大声训斥。有一次我漏拔一个瓶子的吸管刚好被她看见，她当即训斥了我足足五分钟。这里谁没给她骂过？

这样啊。

老女人不许我们上班抹口红。

抹了又不妨碍干活。

对啊！她不抹也不让我们抹。老女人如果抹的话，呵呵可能会好看些，看起来没那么凶。

郑顺势没有再往下说。拉长可能也想抹吧，再怎么她也是女人，不是说女人天生都爱美吗？但她是管人的，不敢抹吧，一抹的话可能会没了管人的样。其实每个人都不容易的。他想起自己的出身和这段经历。

## 6

转月发工资，郑顺势领了第一个月的工资一百五十元。吃和住已由厂里负责了。其实他只上了二十二天班，因为他是上个月初进厂的。拿到工资时，他的手在抖，右手拿，右手抖，左手拿，左手抖。他控制不住地激动——他从来没有见过那么多钱，没想到就那么站着给空瓶子拔掉塑料吸管、干不足一个月能挣那么多钱。

他立即实施已经计划好怎么花第一个月工资的想法。没拿到工资时，他心中没底，现在好了，超出了预期，他原以为除了吃和住，一个月能挣个八九十块钱便可以了。

吃水不忘挖井人。他首先要请"挖井人"钟近胜吃饭。来饮料厂快一个月了，一直没去找他，因为厂里连星期六、日都要生产，员工只能轮休，所以每个人一个月里的休息时间要根据生产情况来定。上个月，他休了两天假，夏天转眼便来了，他们天天都在生产赶货，听说有人一个月连一天休息都没有。不过加班不吃亏，厂里会补发加班工资。钟近胜说过他经常也不休星期六、日。这里的工厂几乎都这样。工厂不是学校，不是机关单位。老板办厂的目的是挣钱，出门打工的目的也是挣钱，好像志同道合，你不放过我，我也逮住你不放，不惜一切手段。

还没有来得及请钟近胜吃饭，第二天郑顺势便开始花工资了。他去邮政局寄了八十块钱给家里，还寄了三封信。一封是给父母的，进厂的第二天他已写过一封信给家里报平安，这是第二封，因为他在信里要说一件事，托父亲代他还十块钱给姑姑。这十块钱是他向姑姑借来还买鞋的钱，一想起这件事，他便憎恨张一定。他一直没有跟父母说这件事。一封信是给他弟弟郑顺时的，他在信纸里夹了五块钱，在信里他一再叮嘱郑顺时要好好读书，别老想出门打工。还有一封是给欧阳月云的。现在工作定了，工资也领了，已快一个月了，他想告诉她现在的信息。

寄了信，请了钟近胜吃饭，郑顺势整个人放松了下来。上个月休息两天他什么地方都没有去。其实从饮料厂走十分钟路，便是一个很热闹的古镇，听说这个镇有十多万人，比流年镇大好几倍。更吸引人的是古镇毗邻香港，这里有不少人家有家属或亲朋在香港。香港的"风"很快能"吹"过来。不少"港客"来这里办工厂，做生意，花钱消费，还有包二奶、养小蜜的。据说他们这间饮料厂是由两个老板合资办的，其中一个姓谢的老板便是"港客"。

那两天他待在宿舍看没有看完的小说《钢铁是怎样炼成的》。舍友阿东买了台录播机，他向阿东借来听歌。歌曲是香港"四大天王"的歌，白话歌，虽然听不明白，但旋律好，很好听。舍友们一回到宿舍，便听这些歌。他们以听白话歌为时尚。他们都很努力学讲白话，以会听白话歌会讲白话为时尚。来了这里几年的舍友们会不断地提醒说，不会听不会讲白话和唱白话歌的，这里的人统统称为外地人或"北佬"。

郑顺势待在宿舍看书听歌的真实原因是口袋里没几个钱，出去怕花钱。

两个月后郑顺势调整了岗位。原来干的是生产饮料的准备、开端工作，现在干的是收尾、末梢工作，即是将从运输皮带出来后生产好的一瓶瓶饮料，每十二瓶为一打拢一下，然后装箱。装箱是机器干的活了，他只是数好十二瓶，再归拢到一起而已。这项工作还是一样简单,但比拔吸管重要,因为是最后的工序,不能出差错。运输皮带源源不断将一瓶瓶饮料送到你眼前,不等人的,它是机械,没的商量,所以不能走神。难怪机器那么让老板喜爱!

监督他的是姓严的拉长,四十岁左右。他的神情跟他的姓一样严肃。

宋仙干的活没变,她去年进厂以来一直干这项工作。郑顺势要去见她,需要绕过几条生产线。走的时候,他特别跟宋仙说了句话——想想拉长也是不容易的,他指的是被她称为"老女人"的拉长。宋仙冷不丁怔了下。

他们虽然同在一个车间上班,但很难见面。厂里庆祝七一建党节搞了次联欢晚会。厂里每年会搞一两次,五一劳动节、五四青年节、七一建党节、十一国庆节、元旦节,这几个重要的节日轮着搞。听说去年是五一和五四这两个节日一起搞。厂里有一千多人,大部分都是二十几岁的年轻人。工厂决策层的意思是——搞搞联欢晚会有必要,既丰富员工们的业余文化生活,又增进友谊,增强团队意识,提升凝聚力和战斗力。

联欢晚会上,郑顺势朗诵了一首"汪诗"《跨越自己》——"我们可以欺瞒别人,却无法欺瞒自己。当我们走向枝繁叶茂的五月,青春就不再是一个谜。向上的路总是坎坷又崎岖,要永远保持最初的浪漫真是不容易。有人悲哀,有人欣喜。当我们跨越了一座高山,也就跨越了一个真实的自己。"郑顺势诵这首诗的时候,联想起自己的经历,声情并茂,赢得了阵阵掌声。

隔了四个节目,宋仙表演的竟然也是诗歌朗诵,也是一首"汪诗"《热爱生命》——"我不去想是否能够成功,既然选择了远方,便只顾风雨兼程;我不去想能否赢得爱情,既然钟情于玫瑰,就勇敢地吐露真诚;我不去想身后会不会袭来寒风冷雨,既然目标是地平线,留给世界的只能是背影;我不去想未来是平坦还是泥泞,只要热爱生命,一切都在意料之中。"宋仙受到了郑顺势的感染,朗诵更是投入,加上这首诗很多人喜欢,特别是里面的那两句。宋仙的朗诵掀起了晚会的高潮。晚会结束后,谢老板还跟表演的员工握手、合影,他与宋仙挨着站一块。

也许是分开的原因,也许是这次联欢晚会他们两个人表演得都很出彩的原因,郑顺势对宋仙、宋仙对郑顺势便不像一般工友了。几天后,宋仙借口去卫生间,特意从郑顺势的身边走过时说:金庸的《书剑恩仇录》很好看,哪天去我宿舍借你。郑顺势赶忙说：好，好的，那次听你说后我正想找呢。

宋仙冷不防出现，郑顺势没有防备有些分神，他一直等着宋仙能再次从身边经过，但一直没有等来。好在没有导致工作出差错。

有次休息，好像是星期三那天，他上午去逛街，顺便买两件裤衩和两件裤头。这里的说法是：在里面穿的叫裤衩，套在外面的叫裤头，是小与大、紧与松的区别。舍友们从车间一回到宿舍，便猴急似的剥掉工作服，那样子像是对工作服非常厌恶、反感、结了仇恨似的，然后套上裤头。裤头大都带有小花点或其他小动物图案。郑顺势看见他们脱去工作服的时候，下面穿的都是三角裤衩，没有一个人穿像自己一样的这种平脚的。阿东曾友好地提醒他——阿顺，谁还穿你这种，耕田种地的中年大叔穿的，老土死了！他们穿着那样的裤头走来走去，很舒服的样子，有人干脆只穿裤衩，连衫也不穿，光膀赤膊。他们那么一穿，整个宿舍便生机盎然，青春勃发。

郑顺势一直记着，第一紧要要买的东西便是裤衩和裤头。

他买了裤衩和裤头回到宿舍大约十点，没想到阿强今天也休息。他的眠床还挂着蚊帐。一般情形是不挂的。原来他正和一个女孩在蚊帐里面打情骂俏，嘻嘻哈哈，看见他回来，也没有停下来的意思。

他赶快离开宿舍。

后来他才知道打工仔、打工妹谈情说爱大都如此，没有人会花辛辛苦苦挣来的血汗钱去外面住旅店、宾馆的。刚开始听到这种事时，他有些惆怅，后来也不再惆怅了，还亲眼看见白话学讲得很好的阿强那样子。

还有一次他碰见阿东也这样。

刚来的时候，郑顺势不敢当着大家的面脱工作服的，大约过了一个月便跟他们一样了。近朱者赤，近墨者黑，是赤还是黑呢？

他已在心里萌生要跟宋仙交往和做朋友的想法。

阿东和阿强都说——带小妹要花钱的，她开心了，才能跟你一块。

他们这样一提醒，郑顺势不敢急于跟宋仙交朋友了，他认为口袋里的钱还不具备跟她来往的条件。

第一个月的工资基本寄回家去了。

第二个月的，除了买两身衣服、两件裤头、两件裤衩和一些生活必需品外，

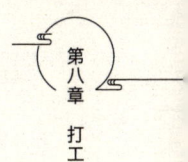

剩下不多。原来从家里穿过来的衣服，好像穿过了两个不同的世界、两个不同的年代，到这里后才发觉又旧又土，已没有信心穿下去了。好在上班穿工作服。

第三、第四个月的工资，他想尽办法存起来，在银行开了个存折，但刚存进去，又过意不去，第三天又取出一百块钱寄回家里。家里建新房还欠师傅的工钱和材料钱。

来饮料厂打工快五个月了，他没有存几个钱。每天吃晚饭后睡觉前这段时间怎么度过，他总是觉得头疼，伤脑筋，主要是手头紧，去古镇逛逛一分钱不花嘛，有点那个。所以他有时又盼着加夜班，厂里经常加班。但不加夜班的时候呢？也有舍友晚上不出去的，但大部分都出去透透气，放放松，花花钱。郑顺势即便出去逛，也是单独出去，不找伴，担心自己花钱，也担心别人为自己花钱。世上没有免费的午餐，今晚你花我的，明夜我花你的，花来花去花自己！他自己一个人出去的时候，告诫自己，鼓励自己——再忍忍吧，走走、看看、坐坐便可以了，等手头宽裕了，再吃点、用点、玩点。他对自己说，先踩好点，规划好路线，等条件一旦成熟便邀宋仙一块来。这么一想，他逛起街来便变得有滋有味。

每次去古镇逛街，他都有新发现：这里是珠三角的一个古镇，真是热闹、繁荣！都说珠三角不是一年一变，是一月一变、一日一变！改革开放的春风神奇便神奇在这里。古镇有不少气派的宾馆、商场、酒店，广场和公园又大又漂亮，还有霓虹灯闪烁的美发室、歌舞厅、洗脚城。喝早茶的茶楼特别多，生意特别好。这里的人叫"叹早茶"。"叹"大概是指慢慢吃、慢慢喝、慢慢聊、慢慢享受吧，可以从大清早一直"叹"到十点多。这里的大街小巷，尤其是小巷里，随处可见烧香、供奉财神的人家。神龛被供在高高的地方，红红的蜡烛没日没夜地亮着。

从流年镇到这里来，郑顺势有时会眼花缭乱——怎样才能把古镇说清爽呢？

## 7

宋仙跟郑顺势一样，高考前被学校刷了下来。她虽然跟郑顺势同岁，但她比他先一年读书。读高中的时候，她有了初恋，跟一个比她高一年级的学长悄悄地恋了半年。学长考上大学飞走后跟她断了联系。

宋仙一气之下便远走高飞离家南下打工。她家在贵州一个边远的深山沟里。

郑顺势自从向宋仙借书后，便开始与她单独来往。有时一块去街上的小吃店，边吃小吃边谈《书剑恩仇录》，谈书里的红花会，谈陈家洛，或去看电影。每次出发的时候，郑顺势都准备好要花的钱。花了钱后，他便感叹——难怪打工仔存不了钱，成为"月光族"、穷光蛋！

他跟宋仙来往几次后，心里有些不踏实和顾虑，脑海里时不时便会浮现欧阳月云的身影。

欧阳月云在平湖小学代课，这段也不知道怎么样了，开心吗？几个月前他给她寄了封信，但一直不见她回信。

他想：欧阳月云不会随便给你回信的，她知道你在哪里打工、有了去向便好了。你又不是她的什么人？如果回信了会让你多想的。她不是男同学，男女之间书信不断，人家会误以为在谈恋爱。怎么可能呢？你家在山旮旯的农村，父母是挑粪种地的农民；她是圩镇的居民，父母是老师，知识分子。你在低低的这边，她在高高的那边，中间隔了道深深的鸿沟。她曾经对你有过好感，但那是因为同情你，你被学校刷下来不敢回家，怕你出意外，她才介绍你去照相馆的。郑顺势，你别再给她写信惊扰她了，你应该有自知之明才对……

郑顺势边在等欧阳月云的回信，边在不断地猜测。等过了夏天，等秋天，等过了秋天，等冬天。快春节了，还是没有等来欧阳月云的回信。

春节，他决定不回家过年。

春节回家的人多，车票不好买，而且坐车又很费周折，要先坐车到广州，再坐车到县城，最后坐车回流年镇后走路回家。跟来的时候一样，反方向而已。一想到来的时候一路上的种种情形，他的头便一点一点地变大。更主要的是可以省下买车票的钱。春运的车票不但不好买，还比平时贵很多。他想把回家过春节、过完春节又回来的车票钱寄回家里，然后编个理由——不回家过春节是因为他是新进厂的，厂里安排他值班，并说些思念的话、问候的话、祝福的话，把这些内容写进信里。真实的原因不说了，不说比说好。他生自己的气——为什么老是要编理由？编得很辛苦！

回家过春节，不过是吃顿团圆饭、见见父母和家人。对于他和他家来说，钱比思念、比团聚更重要！

再过一个星期便是春节了,郑顺势的心情一天天沉重起来。这次在街边吃小吃,他问宋仙:喝点酒吗?

宋仙侧起脑袋说:你想喝?

喝点。从未喝过,看人家喝得那么欢喜。你也喝,两个人才有意思。

那,那就喝点。

各一两,可以吗?

怕喝不了,试着喝吧。

小店有自制的散酒卖。郑顺势叫老板各斟一杯,一杯一两的。

宋仙问:什么开心事?

郑顺势说:我是有心事了想喝点。不过,这是第一次。

哦,能说说吗?

我春节不回家。

我还以为什么呢,我也不回去。去年过春节我也没有回家。

哎哟,巧了。

每年春节厂里都有人不回家的。

这样啊,我还以为只有我这样。

老板把两杯酒端了上来。

郑顺势说:为我们不回家过春节喝一杯吧。

宋仙说:听起来有点,怎么说好呢。菜还没有上啊。

郑顺势呵呵地笑,说:我们先喝一小口吧。没想到烦心酒变成了开心酒。

8

大年三十除夕夜,郑顺势和宋仙约好了一块吃年夜饭。

郑顺势前几天便选好一个吃饭的地方,在古镇一处很受食客欢迎的饭店。这里外地人多,年三十不少饭店、酒楼一样营业。流年镇哪能这样,"入年假"(腊月二十四)饭店开始陆续不开门了,到了年二十七八,连一间饭店都找不到。

他们早早洗了澡来到饭店。

宋仙打扮得很漂亮，披着长发。郑顺势闻着从宋仙身上散发出来的香味，觉得由里到外都舒服。香味像来自宋仙的秀发，她的衣服，又像……他一边跟她优哉游哉地走着，一边在猜测：她到底用了什么品牌的洗发水，喷了什么品牌的香水？

宋仙拢了拢长发问：想家了？

郑顺势从沉醉在香味的迷离中回过神来，说：二十一年来我是第一次在外地过年。

宋仙嘻嘻地笑。

你笑什么？不会是笑话我小孩样吧？

我们同龄。

你也二十一啊！

我不能二十一吗？

我以为你十八。

两人笑着便拉上了手，他们相识以来第一次这样手牵着手。他是第一次牵女孩的手。郑顺势的心跳得有点慌乱——宋仙的手又小又软绵。

宋仙将郑顺势的手轻轻地牵着，在他们之间轻轻地摆动。她很喜欢听郑顺势说话的声音，从第一天认识他跟他讲话那刻起，便被他的声音迷住了。郑顺势说话，不轻不重，不急不慢，吐字清晰，更重要的是他的音质，不薄不厚，不尖不钝，韵味像古琴发出的，又像是金属发出来的，听起来悦耳、惬意。她有时会这样想：郑顺势说话时，最好是隔了半米或一道门来听，像闭上眼睛听歌一样。这样说的意思不是说郑顺势长得不帅。郑顺势不大不小的眼睛和高高的鼻梁很像她初恋的学长，如果老看郑顺势的鼻和眼的话，有时她会把郑顺势当成了他，但他的声音没有郑顺势好听。

宋仙听郑顺势开口讲话，觉得是一种享受。她轻轻地晃着郑顺势的手说：现在想什么？

郑顺势把宋仙的手牵到鼻孔前，嗅了嗅，说：想这个。

宋仙说：想，就吻一个。

郑顺势轻轻地吮了吮。

宋仙痒酥得嘻嘻嘻地笑。

他们进饭店刚坐好，菜便上来了，还有一瓶红酒。这些是郑顺势昨天来饭店时叮嘱好的。

宋仙说：上次才喝一杯。

郑顺势说：这次要喝一瓶才有进步。大过年的！好好喝，喝了长一岁。

他们从七点吃到了九点。一瓶红酒真的喝完了，他们都有点飘，脸色红红润润，眼神里有点醉意。

从饭店飘着出来，郑顺势揽着宋仙。他们去前面不远处的录像场看录像。

灯光暗下来了，录像在下面一片观众渴望的眼神中开始播放。这家录像场生意很好，是打工仔最喜爱的地方。古镇地处开放的前沿地带，引领着风尚。

刚播放一会儿，那些镜头便出现了，声音更是煽情、夸张和撩人。

郑顺势在流年中学住宿时偷偷看过录像，没想到这里播放的内容比以前看过的更大胆、刺激。

宋仙先是手扣着他的手，然后把头靠在他的肩上，慢慢地把他的手臂揽紧，气息变急变粗，夹带着酒味。郑顺势觉得脸颊痒痒的。宋仙的手好像无意地触到了他下面的那个。

郑顺势一颤，有点把持不住了。

他们看完录像，快步来到前面不远的公园。古镇居民最爱来公园散步、休闲、健身，打工仔也很喜欢来这里。公园里花木很多，到处都是，里面还有几片小树林。这时公园安静了，大家都在家里欢度除夕，守岁。

郑顺势和宋仙隐进了一片小树林里。

宋仙醉意蒙眬地问：你带那个了吗？

郑顺势也醉意蒙眬地说：哪个？

保安全的。宋仙软着声说。

郑顺势还是不晓得她指的是什么，他是第一次这样。

你，你——好在是安全期。宋仙心里暗暗高兴——原来郑顺势还是纯情的大男孩。

这时远处传来放烟花的声音，叭叭叭，嘭嘭嘭……色彩斑斓的烟花盛开在天幕上。

郑顺势打开了宋仙的身体。

# 第九章　一年又一年

## 1

一年又一年，欧阳月云已有两年多没有看见郑顺势，不知他到底去了哪里。

郑顺势离开照相馆的消息，是通过欧阳雪儿转告她的。他离开的原因是想出外面闯一闯，欧阳雪儿没有透露他买鞋和相机掉水里的事情。他离开圩镇、离开照相馆的真实原因是不是这两件事，欧阳雪儿也不敢确定。何况，这两件事对于郑顺势来说，不是什么值得说的，郑顺势也不想让别人知道。当时欧阳月云听了欧阳雪儿的话没觉得什么，他既然没考大学又不想回家种地，出去找事做是很好的选择了。春节他回来，如果见到他，再听听他的想法。

没想到春节过去了，欧阳月云一直没有见到郑顺势。她问欧阳雪儿，欧阳雪儿说，没见到他来照相馆，她爸也没见到他。她曾经听郑顺势说过他的家在离圩镇十几公里外的山村里，她没去过他家，不知他家在哪里。即使知道，她也不会特意找到他家打探他的消息，要是那样的话，会引起误会的。

如果李春来没有追她的话，她也许还不会想到要见郑顺势的。但为什么想见郑顺势，欧阳月云也说不清楚。李春来追她，想跟她恋爱，她想听听郑顺势对这件事的想法，看一看郑顺势的反应。如果郑顺势表现得不冷不热、不咸不淡的话，她想这次见了郑顺势后，以后就不会再找他了。如果他表现得不舒服或难

过的话,她将另做打算。当然不是立即断绝与李春来的来往,立即跟郑顺势谈恋爱。目前她跟郑顺势还是同学关系,只是有好感、能谈得来的同学,算知己一点的。再说他们刚二十二岁,不着急,慢慢观察对方,看能否进一步把关系发展下去。眼下郑顺势连工作都没着落的这种处境和他的家庭条件,不只是自己觉得条件不成熟,父母也是不会同意他们交往的。二十二岁已不是小孩玩过家家的年龄。

欧阳月云是圩镇上的"街花",读高中的时候已发育得玲珑凹凸的她已成为备受关注的姑娘,不少后生哥早已垂涎欲滴,虎视眈眈,一个个像机警的飞鹰目光炯炯在紧盯着她。欧阳月云踏出校门出来代课,他们便争相行动。行动最快的是李春来。

李春来是镇教办李诗篇的儿子,比欧阳月云大两岁,在粮管所工作。欧阳月云第一次见李春来就想起郑顺势,好像郑顺势一直在心里住着,只要跟郑顺势年纪相近的后生出现,郑顺势随时随地就会蹦出来跟他对比。郑顺势像把尺似的。

自从当了代课老师后,欧阳月云看待事物养成了打分的习惯,像给学生批改作业和评阅试卷。欧阳月云将李春来的五官、身材、肤色等逐项打分。以一百分计,五官占五成,身材占四成,肤色占一成。用这个她自己定的标准对郑顺势也进行打分。两个人所得的总分出来后,一对比,她自言自语说:相差无几。她不相信,又认真给他们再打一次分,结果还是差不多。比如身材吧,李春来比郑顺势看起来要矮一些,所得的分数比郑顺势少一点。但肤色呢,李春来的分比郑顺势要多一些。五官,两个人所得的分值不相上下。当然还要将毛发、穿着和笑容等因素也考虑进去。欧阳月云盯着分数看,奇怪,既然这样便没必要见郑顺势了。但又总觉得不是这样的,想来想去,哦,原来是因为跟郑顺势说话比较舒服。郑顺势说话的声音不单好听,而且跟他讲起话来也很自在、自然,像流年河一样,这么流那么流都顺畅、快活。

李春来是由流年中心小学的谢校长介绍相识的。

## 2

年初八,欧阳月云和父母去谢校长家做客。过年走亲访友,从年初二开始走,可以一直走到"天穿"。补了"天穿",才歇下来。而年初一吃斋守在家里守富贵。这是流年镇这一带的风俗。

他们在谢校长家刚坐一会儿,喝了几杯茶,吃了几颗糖,尝了几片水果,李春来便来了。过年走亲访友一定要吃糖尝水果。糖是喜糖,水果是好结果。这也是流年镇一贯的说法。李春来跟他们一样,拎了一袋糖果。那年月平时是吃不起糖果的。

谢校长边将李春来拎来的糖果放好边说:后生哥还么么讲究啊,呵呵。接着他介绍他,这位是在粮管所工作的李同志。

那时候,有工作的,见面都称同志。

李春来微笑着赶忙朝欧阳月云他们点头。

欧阳月云的母亲柳青青说:粮管所好单位啊。

欧阳月云的父亲欧阳文锦说:一日三餐都要吃饭,当然啰。

谢校长说:春来,这位是我的同事欧阳校长,这位是柳老师,他们是一家子,这位是他们的千金欧阳月云。

李春来看了眼欧阳月云,天哪!真好看。其实他一进门便看见了,只是不好意思正面好好地看她。他好像上街时曾见过她,但也只是一闪而过。真是好看!难怪谢校长事先偷偷告诉他——她是公认的"街花",在圩镇是出了名的漂亮。

李春来顿时觉得脸在发烧,心在怦怦地乱跳,赶忙问候说:欧阳校长好,柳阿姨好,我以前在你们学校读书。

谢校长斟着茶,说:这样啊,你们这些出去的学生有出息,我们学校也沾光了。

李春来说:我没上大学,没什么光的。

谢校长说:在粮管所上班,算是有光,光大着呢,呵呵。哦,差点忘了介绍,校长千金欧阳月云在圩镇对面的平湖小学教书。

欧阳月云说:哪是千金啊,百金、十金也不算呢,又不是正式老师,代课的,上面给我机会锻炼学习。

李春来嗨嗨地笑着,笑容在脸上荡漾,他第一次听"百金、十金"的说法。

谢校长话里藏着深意,说:月云你好好教,说不定过不了多久便会转正(正式教师)的。我相信,这方面你一定比你妈强,柳老师你说是不是?

柳青青当然能领会谢校长话里的用意，说：唉，我都代（代课）了十几年课才转正，月云你听校长的金言，哪会跟妈一样。

谢校长把剥好的糖往嘴里送，说：月云才多大啊，刚踏上讲台，前景好着呢。现在形势好，不像我们年轻的时候。

柳青青说：月云过了年二十二，不过正是时候。

欧阳月云娇嗔说：妈，你——

欧阳文锦嘻嘻地笑。

谢校长装疯卖傻说：柳老师你们是不是想物色女婿了？

欧阳月云白了一眼谢校长说：校长，我——说着唰地脸红了起来。

李春来坐在那里，不知怎么插话，说也不是，不说也不是。他站起来，挨个给大家斟茶。

谢校长说：来，来，大家吃糖果喝茶，吃了糖果，新年行好运。

于是，大家才转移了话题。

回去以后，欧阳月云总觉得事情有些蹊跷，怎么那么巧，他们年初八去谢校长家，李春来也是这天去，而且去的只有他一个人？他们刚去不久，李春来接着便来了。还有，谢校长跟他们介绍李春来的话和介绍她的话，分明是已经想好了的。这不像是访友，是在相亲。她听长辈说过，相亲大约是这个样子的。他们这次去谢校长家，估计是谢校长和父母商量好的。李春来这个时候来，也是约好的。那么说来，他们四个人是知道这件事的，只有她才被蒙在鼓里。这样一猜测，欧阳月云便生起父母的气来。但一转念，她又理解和释怀了——父母为子女的事担心，又有什么错呢？好在李春来看上去还算顺眼，那天表现也还算得体，外表总体跟郑顺势不相上下。

几天后，欧阳月云才知道——李春来是教办李诗篇主任的儿子。

## 3

年底谢校长要退休了。那天他跟欧阳文锦说：欧阳校（校长）你接我的位是最理想的，不过有一点不利的是，你五十几了，比其他两位副校长年纪大。三位副校长中虽然你排在第一位，但排在你后面的刘校长是"庄公安"的表弟，竞争大着呢，他也想上来。

老哥，你帮帮出出主意。欧阳文锦将校长改口称为老哥，没有外人在的时候，他们会称兄道弟。当然是谢校长叫他老弟在先的。

谢校长轻轻地叹了口气说：你看，你女儿欧阳月云代课的事情都弄了个节外生枝，明明可以在我们中心小学代课的，但偏偏——

没办法，人家拿我们父女在同一间学校来做文章。

话可以这样说，也可以那样说的，只要李诗篇主任一句话一锤定音便天开云散的。

那也是。

说心里话，老哥在中心小学当了十几年校长，还是有感情的。

感情肯定深厚着呢，学校上上下下里里外外谁不知道。

我担心万一刘校长接，会把中心小学弄走样。当然也不是说刘校长怎样，但我老觉得他不是这块料。他的品行只能干副的。呵呵，老弟，我不是在表扬自己。你呢，你能接上，还比我强。

老哥，你抬爱了。

老弟，你接，老哥我便放心了，我不是拍你的马屁。

我屁股小，有什么值得你拍的。

闲话少说吧，言归正传，我想，我看——

老哥你的好主意是——

李主任的儿子在粮管所工作，二十出头，各方面都不错，粮管所有好几个姑娘都在想他呢，但他就是看不上眼。

这样啊。

我估计，你千金欧阳月云他一定会看上眼，会合意的。

老哥你是说介绍他们相看？

你觉得呢？今天我就是听听你的意见。这事你也跟你爱人柳老师说说。

好事，哪用？那便要拜托老哥你谋划谋划。我们相信老哥你的，老哥说好的，哪能不好！

说实话，为了这事我还去粮管所见过他，我觉得这小伙不错，九成像李诗篇主任。

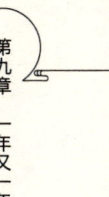

这样啊，能像八成已经很好了。

不过，还是要你们眼见为实吧。要是能成的话，不是什么事情都解决了吗？

呵呵，老哥你真是替老弟想得长远，老弟感激不尽。

别不尽了，他们俩能成的话，给老哥一个大红包便好。

一定，一定，一定的！

开个玩笑的，主要是为中心小学的今后着想。再说也刚好有那么一个机缘，李主任的儿子还没结婚，月云还没有嫁出去，再说我觉得他们俩又般配，这些因素加起来结果会很好的。

老弟知道的，老哥你一片苦心。

当然如果月云真的不喜欢李主任的儿子，你也不能强求。萝卜青菜各有所爱，强扭的瓜不甜。

是，是，是！

月云不会已有人追，对上象了吧？

应该还没有，月云出来代课才半学期呢。我让她妈问问她。

如果他们真的谈不拢，你们也不要施加压力，婚姻是一辈子的大事，马虎随便不得的。

我们介绍他们相识，以后的事由他们年轻人自己定吧。

不过就算没有他们这样的事，老哥也会尽力向李主任推荐你接班的。这事我们不能说，我俩心知肚明便好，更不能跟月云说你接我班的事。恋爱、婚姻是不能夹杂其他的，像好酒一样越纯越好。即使没有你的事，我也愿意撮合他们的事，我觉得月云不错，李主任的儿子李春来也不错，好马配好鞍。

老哥你就是替老弟想得周到，替月云想得周到。

什么时候让他们见面，我想好了后会通知你。

老哥，月云的事你比你亲闺女的事还上心，我和青青感谢你。

你的事我不上心啊？

上心，都上心！

欧阳文锦被感动得声音喑哑差点说不出话来。

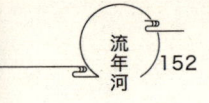

## 4

欧阳月云还没有来得及设想男朋友的模样，李春来已经追了上来。她既紧张又害怕——因为一下子要面对自己的终身大事。

自从年初八相识后，李春来像喝了迷魂汤似的，隔三岔五来找她。大都是晚饭后他直接去她家里。刚开始的时候，李春来每次会拎糖果或者鱼肝油或麦乳精或烟或酒来。

欧阳月云的母亲柳青青说：春来你别太客气。

欧阳月云的父亲欧阳文锦说得更直接：以后你不用拎什么来，又不是生人了，这样很破费。

李春来拎来的这些鱼肝油、麦乳精、糖果、烟、酒，都不用他掏钱买，他家里储藏着不少这些好东西，都是别人上门求他父亲李诗篇办事时送的。

李春来来家里，欧阳月云的父母话里话外透露出这样的信息——不但不反对，而且还转弯抹角地鼓励他多来似的。

欧阳月云有时便不自在，装作心不在焉——你们怎么能这样怂恿李春来呢？有时，她其实没什么事的，但故意说有事，不太理会李春来，把他晾在家里。

李春来有时会去学校找她。来的时候往往会找个伴，但那个伴不断地变换，有时是张三，有时是李四，有时是王五，充当电灯泡的。这些张三、李四、王五，要么身高比李春来矮一些，要么面相比李春来差一些，要么走路姿态没有李春来好看，要么说话没有李春来顺畅，总之李春来才是主角。李春来来得频繁后，弄得学校的老师都知道李春来追她。来学校的时候，李春来拎的是糖果、瓜子、花生。他一个人来的时候，送给她的是围巾、手帕、雪花膏、花露水、发夹等什么的。欧阳月云表面好像不在乎这些东西，但心里想：李春来挺细心的。

欧阳月云是故意这样不冷不热地待他的，但她不会把李春来拎来的东西硬生生地让他带回去。她这样做，除了一些连她自己也说不清楚的原因外，有一点她是清楚的，李春来是教办李主任的儿子。

李春来或来她家里或去学校找她，这样半年后，问题便来了，没有人再敢追她。流年镇不大，圩镇上的人慢慢便知李春来在追她，没有一个后生哥敢再跟她交往。如果交往了，等于明摆着跟李春来抢她似的。李春来是谁？李春来是镇教办李主任的儿子。李诗篇是流年镇的"牛人""红人"。以前还有一些后生哥变着戏法似的找欧阳月云，但自从李春来出现后便绝迹了。

更让欧阳月云苦恼的是：虽然有了几个月的来往，但李春来给她的还是不咸不淡的感觉，说不上讨厌，也说不上喜欢。除了说话，其他方面还能接受。欧阳月云总觉得跟李春来说起话来有些夹生，像吃夹生的米饭似的，总感觉李春来不爱读书看报，跟他谈一些这方面的话题，他老跟不上趟，有时抛锚，甚至干脆哑火。李春来也不喜爱文学，唐诗宋词元曲明清小说他知之甚少。不过自交往以来，他好像在暗中恶补这些知识。这让她有些感动了。李春来爱运动，爱打篮球和乒乓球，时不时便跟她聊这两种球，国内、国外谁的球打得好，流年镇谁打得好。但欧阳月云不太了解这些，也没有因为他而赶快补上这些兴趣的意思。因此，她总觉得他是十分在意自己的。

怎么办呢？欧阳月云便采取拖延的办法，不急于把他们的关系再往前推一大步，像蜗牛一样优哉游哉地爬行。李春来请她看电影，邀她逛街，吃消夜，欧阳月云不是有求必应。李春来开两三次口，她只答应一次，去的时候还要叫上女伴，有时叫上欧阳雪儿，有时叫上学校的同事。这样做的原因是欧阳月云一直在纠结：一定要等到见了郑顺势后再做决定。这样做也不是说郑顺势就是她认定的男朋友了，郑顺势在她眼里还只是有好感的同学，他们连手都没牵过，更没有单独一起看过一场电影。从上高中一场同学下来，欧阳月云从郑顺势的身上发现了她喜欢的品质——上进、吃苦、隐忍、不埋怨、迎难前行。而李春来身上看不到这些。她和李春来不熟悉，在认识他之前，对他的认识犹如一张白纸。但他已不是白纸了，上面写了许多他的经历，她想用心来了解。交往半年多了，她对他的了解仍停留在表面上，比如他讲究穿着，也爱干净，讲话适中，也懂礼节。她想像潜水员一样从水面潜入水里。

欧阳月云急着想见到郑顺势，但又怕见到郑顺势，担心郑顺势出现这些情况：郑顺势已交女朋友了呢？郑顺势东一枪西一炮在找活干，穷得叮当响呢？郑顺势即使有了活干，工资低，三五年仍看不见前景呢？这几点只要有一点出现，她的父母就不会同意她跟郑顺势交朋友的。至于两家之间的差别还可以力争父母的理解，因为结婚是他们两个人结婚，而不是两个家庭结婚。至于郑顺势那些上进、吃苦、隐忍等品质，父母一时半会儿看不见的，即使拿出来说，也是苍白无力的。

　　国庆节是婚姻登记最旺的时候，人们很喜欢用自己最看重的喜事来庆祝祖国的生日。国庆前大约半个月，欧阳文锦问欧阳月云：你跟春来认识八九个月，时间不短了，快了吗？欧阳月云知道父亲的"快了吗"是指办理结婚登记的意思。欧阳月云说：再了解一段时间吧。她母亲柳青青说：不能让人家等太久，人无完人，金无足赤，有八九成便好了。

　　欧阳文锦微笑着说：你妈是过来人，说得没错。

　　你爸我当时觉得他七成左右。

　　才七成呀？欧阳文锦脱口而出。

　　七成还不是一样过得好好的？

　　是不是结婚后变成八成、九成了？欧阳文锦说。

　　大约是吧。

　　欧阳月云问：现在七成，日后六成、五成了呢？

　　柳青青说：那就要看以后双方的表现了。

　　欧阳月云说：恋爱的时候，双方都是表现得最好的，特别是男的。

　　欧阳文锦没想到欧阳月云会说这些，说：月云你是从书上看来的吧，不过有一定的道理，但结婚后的幸福是要靠双方努力经营的。

　　你爸说得极对，我和你爸就是这样的。他当了副校长，我转了正（从代课老师转为正式老师），日子一天天好起来的。

　　他们说的是严肃、重大的人生课题，好像是要互相说服对方的辩论赛似的。

　　欧阳月云问：爸、妈，都说找对象像从田埂走过，两边长满稻谷，边走边找饱满的那株，但看上了这株后，万一后面还有一株更好的呢？

　　柳青青说：那是万一，不是一万，总不可能一直走，快走完了才发觉前面的那株好，但是晚了，已经路过、走过、错过了。

　　欧阳月云说：还是再了解一段吧，争取明年五四青年节的时候给你们一个答案。

　　柳青青说：不要让春来等到失去了耐心啊，听说以前有好几个姑娘在追他呢。

　　欧阳月云说：谁说的？

欧阳文锦想，现在到这个地步了，干脆直说了吧，也好给月云一点紧迫感，说：谢校长好心提醒我们的。

欧阳月云问：不会还有在追他的吧？

柳青青说：大家都知道他在追你了，哪个姑娘还会那么傻？

欧阳月云一脸惊讶，说：大家都知道了？

欧阳文锦说：圩镇才巴掌大。

欧阳月云心里暗暗叫苦：看来自己是没有退路和选择了，自己注定要成为李春来碗里的菜了吗？但她不死心，郑顺势今年春节回家过年的话，一定要见到他。

## 5

越近春节，欧阳月云越紧张。她在田埂上走着，来到这里同时出现两株"稻谷"——李春来和郑顺势。别说后面还有没有更饱满的那株"稻谷"，摆在她面前的是，要她选择和争取其中的一株。李春来已追着她，而她与郑顺势的关系还是未知数。

欧阳月云想到了吕一笔，吕一笔在读高中的时候跟郑顺势关系较好。国庆后的第一个周末，欧阳月云决定去找吕一笔，再慢行动的话怕来不及了。即使吕一笔知道郑顺势在哪里打工，即使立即写信、寄信，但还要等他回信、寄信，那么来去一折腾，起码得二十天。如果郑顺势慢几天回信的话，那就要一个月了。万一郑顺势不曾给吕一笔写过信呢，吕一笔也不知道郑顺势的动向呢？得赶快寻找第二条线索。欧阳月云越想越觉得时间很紧迫了。

吕一笔在距离圩镇十几公里的山村代课。欧阳月云一个人去，她没有告诉父母，也不让李春来知道，边走边问路，虽然骑单车，但足足骑了一个半小时。那天吕一笔刚好没回家，留在学校批改试卷。

吕一笔看见满脸汗水和疲倦的欧阳月云，赶忙把她的单车接过来，停放好，说：今天是什么好日子？山沟里飞来了一只金凤凰。

欧阳月云指着额门的汗说：我凤凰吗？也没你说的那么舒服地飞，又是骑又是推，足足走了一个半小时呢。

欢迎欢迎，我们的"林黛玉"。

谁是"林黛玉"了？正经点，别把我描走样了。

我又没说我是"贾宝玉"。

一见面，他们就那么没正经地聊上来了，尤其是吕一笔。欧阳月云跟在吕一笔的后面，走进他备课、改作业的工作间。欧阳月云想：跟李春来哪能像跟吕一笔这样说话呢。

欧阳月云远远地问：你代课，我也是代课的，代了一年多了，感觉怎么样？

吕一笔说：你觉得呢？

是我先问你的，要你先说。

说实在的，还是讲崇高的？

你别老让我选项，又不是考试。

好、好、好，至于从事天底下最崇高的事业、是人类灵魂的工程师这些大家都晓得的，我吕一笔就不说了。你是女的，我是男的，我觉得男的教小学不太合适，教鼻涕流出来都不晓得擤掉的毛小孩，首先要学会哄，把他们哄好了，然后才教书本上的东西，教他们学点知识。男人身上先天缺少母性，很难把小孩哄好。除非哪位男老师一生下来就不一样，也有母性——吕一笔说，我还能这样说下去吗？

欧阳月云忍住笑，说：我一直在认真听啊，说，你说下去啊！

还是不说的好，反正说了也改变不了什么的。

你的弦外之音就是说你不想当代课老师了。

也没有什么弦外之音弦内之音的。你猜测得没错，我不想代下去了，一是不知道代到猴年马月，二是即使转为正式老师，我还是觉得自己身上缺少母性。

我爸就是小学教师。

哦，对不起，我是说我自己，言多必失，言多必失。

那你今后的去向呢？

听说这几年镇里面向社会上的高中毕业生招干（干部），我想去试试。

我也听说了，如果我是男的，也会去试一试。欧阳月云觉得是时候把话题聊上正轨了，问：唉，最近有郑顺势的消息吗？

我正想问你呢，在学校读书时你们的作文好，走得近。他这样一个有想法的人，一定不会回家种地的。

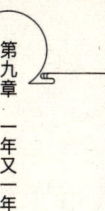

你去过他家吗？

没去过，听说他家跟我家一样都在山旮旯里。

从吕一笔那里回来，欧阳月云觉得时间更紧迫了。她在心里埋怨：一年多了，郑顺势也不跟我们这些同学联系，你到底去哪里了？如果这段还没联系上郑顺势，他即使春节回来了，也不一定会联系她的。去年春节她便没见到他。

欧阳月云突然想起欧阳景山，郑顺势在照相馆干过几个月。

第二天她便去照相馆找欧阳景山。

欧阳景山见了欧阳月云说：也没联系我们，联系不联系是他的自由吧。他没有像从前一样称郑顺势为"小顺"。

欧阳景山的妻子刘清秀说：月云，听说你恋上了。

欧阳雪儿赶忙说：妈，人家还在保密阶段呢。

刘清秀说：听雪儿说你那位是镇教办的李主任的公子是吗？

欧阳雪儿急了，说：妈——

欧阳景山呵呵地笑。

刘清秀才反应过来似的，说：哦，保密保密。

欧阳月云说：看来你们都知道了，是有这回事，不过，八字还少一撇。

刘清秀说：我看郑顺势不在外面干出点名堂来是不会联系我们的，他很好强的。你景叔很喜欢他这点。

欧阳月云说：有件事想问问他的。

欧阳景山说：不过他有一个表姐嫁到圩镇，在下街农民街，我叫雪儿带你去找她。

郑顺势的表姐洪春秀在不久前嫁给曹先旺。洪春秀跟曹先旺的结婚照是欧阳景山照的。洪春秀知道郑顺势在东莞打工，但不知道他在哪间厂，不过她说她母亲知道。洪春秀的母亲跟她说过，郑顺势给家里寄过信，信里面还夹了钱。母亲还把郑顺势夸了好一阵子。

欧阳月云像找到了救命稻草似的，拜托洪春秀尽快向她母亲要到郑顺势的地址。欧阳月云去的时候拎了一大袋糖果，离开的时候又赶忙去街上买了两袋饼干送她。欧阳月云不知是激动，还是慌乱，急于想通过这种方式表达心中的感谢。

洪春秀果然被感动得不行，离开的时候一直把欧阳月云送到街路的转弯处。

第二天上午，欧阳月云从洪春秀那里打听到了郑顺势在东莞那间饮料厂的地址，回来后顾不上吃午饭便给郑顺势写信。

她在信中大致写了这些内容，问他最近工作怎么样，生活怎么样，身体怎么样，叮嘱他回来过春节的时候别忘了让她分享一下他在外面的情况，她也很想去见识外面的世界等这些话。

欧阳月云从抽屉里拿出郑顺势送给她的本子，从中摘抄了几句名言警句——"热情与壮志是生命的翅膀""生活就是创造每一天，我们今天为之努力的，都是为了明天的回忆""爱是用来种的，把爱人种在心里，就拥有了爱情"。这三句话，是她从本子里的几百句中精心挑选出来的。前面两句是说干事创业的，后面是说爱的。她想了又想，后面这三句删了又写上，写上了又删掉，来回来回好几次，最后还是留了下来。她想都到这个时候了，就顾不上女孩子的矜持了，鼓足了勇气，想暗示一下他。

信寄出去以后，欧阳月云便开始等待。如果郑顺势收到她的信便回信的话，要半个月左右。于是她数着天数。快到半个月的时候，她开始紧张又焦急。但是半个月过去了，二十天又过去了，一个月又过去了，眼看就要过年，一直没有等到郑顺势的回信。

春节，欧阳月云还是没有等来郑顺势的任何消息，直至过了正月十五元宵节，还是一样。过了元宵，从外面回来过年的人大都又出去了，她心灰意冷了。那天晚上，她翻来覆去睡不着。过几天就要答复李春来了，她心里还很纠结：郑顺势你在哪里，你到底藏到哪里去了？止不住的眼泪打湿了枕巾。她悄悄披衣起来，离开家，打着手电，木木地朝流年河走去。一路泪水婆娑，快到河边时，没注意踩中了一块石头，一个趔趄栽倒，摔破了右膝，血从衣裤里渗了出来。她也不理会，爬起来继续走。她眼神空空望着流逝的河水。深夜寂静，哗哗的水声仿佛把人淹没、把整个世界罩住了。她默默地流泪：流年河，流年河，我怎么办？你告诉我，我该怎么办？流年河，你听见了吗？我该怎么办？……

欧阳月云整个人变得很憔悴。

李春来关心她，她只轻描淡写地说：这段休息不好，没事的。

她的父母关心她，她也是这样说。

欧阳月云把郑顺势送给她的那个本子，转送给三年级的一个学生。去年秋季

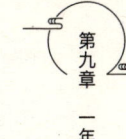

开学，学校安排她上三年级的语文。这位男生作文写得好。本子原来没有写上"赠给欧阳月云同学留念"之类的字的，欧阳月云自己在本子前面的那页空白页写上：郑顺势同学赠送留念。欧阳月云把自己写了字的这页撕掉，边撕边流着泪说：郑顺势，别说你给我写信，我给你去信了，你也不回信，如果忙的话，哪怕只言片语报个平安也好。难道两个春节你都没有回家吗？回来过年也不来见见面！郑顺势，当初你被学校刷下来最难过的时候，不是我欧阳月云安慰你的吗？在流年桥的那一幕你那么快就忘得一干二净了？你不敢回家，不是我介绍你去照相馆的吗？这些你都不记得了，都怪我欧阳月云自作聪明，自作多情，我欧阳月云犯贱了，活该！欧阳月云，郑顺势把你当草，你把他当宝，欧阳月云你真的是活该啊！

欧阳月云像卸下沉重的心事一样，把本子送给那位学生，说：这是一位叔叔记下的好词好句，对你读书写作文有帮助。学生接过本子，问：那位叔叔叫什么名字？

欧阳月云愣了下，说：我……我也不记得了。

学生闪着好奇的目光，有些失望地说：哦，那位叔叔不是送给你的吗？

老师都大人了，本子里面的道理都懂，不需要了。

谢谢老师。学生捧着本子高兴地离开。

## 6

欧阳月云心里的郑顺势消失了后，轻松、放松了下来，一天天觉得李春来越看越顺眼，李春来这株"稻谷"原来是那么饱满的。

那天李春来来学校，他一个人来，还是送来了小礼物。

欧阳月云这次把礼物捧在怀里，说：谢谢，每次都拿礼物来。

李春来开心坏了，那么久的真诚终于等来了金石为开，说：喜欢吗？

欧阳月云问：听说以前有好几位姑娘追你是吗？

我不喜欢被人追，我要自己追的。

欧阳月云没想到他会这样说，嘻嘻地笑。

笑什么？

笑什么，我也说不好，那我如果也像你一样？

我在追你了。

万一我也追人呢？

李春来愣了下，说：那是万一的。

我可能没你看见的那么好。

你比我看见的好翻倍呢。

欧阳月云又没想到他会这样说，嘻嘻地笑。

你笑什么？

有时候我很爱笑的。

这样啊。

我是你的镜子，你照照吧。

欧阳月云没想到李春来原来那么会讲话。

欧阳月云的父亲欧阳文锦去年底接替谢校长的位置，当上了正校长。那天晚上他高兴，叫李春来来家里一块吃饭，还喝了酒。欧阳文锦平时是不爱喝酒的。酒过三巡后他便有了些醉意，说：春来啊，感谢你爸的关心。说着拿起酒杯去碰李春来的酒杯：你代你爸李主任喝一杯吧，我敬他。

欧阳月云的母亲柳青青赶忙给自己斟了一杯酒说：慢，我也一起敬。

李春来也有些醉意了，看了看旁边的欧阳月云。

欧阳月云用眼神暗示他——喝吧。

三个酒杯砰地碰在一起，欢饮而尽。

欧阳月云心里清楚，父亲当上校长，借着酒意说感谢教办李主任，其实是要感谢李春来，因为李春来是李主任的儿子，因为李春来跟他的女儿欧阳月云恋爱了。父亲的话外之意暗示她一定要对李春来好，对他好了，也等于孝顺、孝敬父母了。

元宵节过后，欧阳月云与李春来的关系在逐渐升温。他们开始出双入对。流年桥上，流年河畔，沙滩，草埔，竹林，留下了他们手牵手、肩并肩、说悄悄话的身影。

李春来觉得用单车驮欧阳月云有点老土了，便买了辆摩托车。他骑着摩托车载着欧阳月云，在大路上风驰电掣，在大街小巷兜风，成为圩镇上居民喜爱交谈的话题。

　　欧阳月云也愿意跟李春来去看录像了。她原来是有顾虑的，只愿意跟李春来去看电影，而且还要叫上女伴。电影与录像有什么差别，谁都心知肚明。

　　圩镇上有两家录像场，白天放武打片，晚上放爱情片。晚上的又分上半夜和下半夜的，下半夜放的往往是"儿童不宜"的内容。在圩镇上看录像，想看又怕碰见亲朋好友和其他熟悉的人，于是便有人把录像场开设到乡下。开办一家录像场也不难，盖个简易竹棚，前面是几排竹子或木棍合并而成的长凳，没有靠背的，后面一大片空间供观众站。坐前面与站后面的，票价有差别。然后将竹棚围起来，只留一个门。票在这道门收，人从这道门出入。

　　李春来和欧阳月云觉得去圩镇看录像不太方便，便去了乡下看。兴致来了的时候，他们将上半夜和下半夜的连着一起看。李春来骑着摩托，欧阳月云在后面抱紧李春来，突突突地穿过竹林里那条长长的公路，要多惬意便有多惬意。进了竹林深处，两个人便哈哈大笑，惊飞了寄宿在竹林里的夜鸟。那夜他们看完夜场录像回来的路上，在竹林里欧阳月云把身体交给了李春来。

　　五四青年节那天，他们去办了结婚证。

　　国庆节前，欧阳月云由代课老师转为正式老师。第二年元旦那天，他们结婚，两家热热闹闹地摆酒请客，摆了三十八张酒桌，破了圩镇以前的纪录。圩镇上有头有脸的几乎都来了，镇里的书记、镇长、五大所长（主任）、四户万元户、全镇二十多所小学的校长。听说还有许多老师要来祝贺，但怯于身份不显、怯于见到自己的校长，人虽然没有来，但送来了水壶、大镜、脸盆、水桶等贺礼。

　　吕一笔、丁观照也来喝喜酒。吕一笔突然想起郑顺势，问欧阳月云：你后来联系上郑顺势了吗？

　　欧阳月云举起手捻了捻头花，装作没有听到。

　　吕一笔又问丁观照：你呢，你有他的消息吗？

　　丁观照有点生气地说：这家伙枉为我们同学一场，还住同一间宿舍同一副架子床呢，离开学校三年多了，跟我们玩失踪。

　　吕一笔说：我知道他要发达才会联系我们的，月云，还是你最先进。

　　欧阳月云问：我先进什么了？

　　吕一笔说：不是明摆着吗，你是我们这拨同学中最先结婚的啊？其他同学我

还没听到这方面的喜事。

丁观照笑着说：一笔，你是不是坐不住嫉妒了？

欧阳月云说：咳，这也叫先进？

吕一笔问：观照你怎样？

丁观照说：还没挣到钱，哪有资本哪有资格哪有闲心谈情说爱？

吕一笔说：俗，俗了，挣钱与爱情不能混为一谈。他正这样说着，突然手朝那边指了指，问欧阳月云：那位跟你老公长得贼像的姑娘是谁呀？

欧阳月云顺着他的手指的方向看，笑眯眯地说：什么贼像，是他的妹妹，李春风。

丁观照说：一个模子里出来的，当然长得像。

吕一笔说：月云你老公本来就帅，新郎装一穿更帅！

欧阳月云说：一笔你又往好里描了吧？

吕一笔说：没描，实话实说。

丁观照说：唉，一笔你别老瞄着他妹妹。

欧阳月云吃吃地笑。

宴会散席后，欧阳月云特意跟吕一笔和丁观照说一会儿话。他们各自透露了自己最新的动向。吕一笔已顺利通过一个个关口，很快便要去镇政府上班，成为一名乡镇干部。元旦过后，丁观照在村里开办的诊所正式营业。丁观照的眼里满是展望、期待的神情。他说：我父亲那段"赤脚医生"的经历结束了，从分田到户开始便换了名叫"乡村医生"。

吕一笔说：丁兄，以后你们父子诊所不是美坏了吗，挣多少都是自己的？蚊帐做"荷包"（钱包）啦！不过，药别卖太贵啊。

丁观照说：一笔你有病来看，免费。

吕一笔说：你才有病呢。

听了他们的话后，欧阳月云心里又飘过淡淡的惆怅：父亲接任校长，自己由代课老师转为正式老师，跟李春来结婚，总觉得这些事情里面混合着、夹杂着说不清的因素，自己好像漂在水面上一样，浮着，被托举着，难于把握方向。

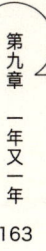

## 7

　　欧阳月云结婚的时候，欧阳雪儿当她的伴娘。一个月后，欧阳雪儿由伴娘变成了新娘，她紧随着欧阳月云结婚，新郎是来记鞋店的李旺盛。

　　欧阳月云与欧阳雪儿的恋爱方式不同，欧阳月云与李春来恋爱是藏着掖着一年多才公开的，而欧阳雪儿与李旺盛恋爱一开始便大大方方地进行。欧阳雪儿与李旺盛恋爱半年便结婚，不过她在暗中观察李旺盛的时间也有一年多。这方面加那方面减，那么一计算，其实她们各自花在对方身上的时间和精力相差无几。欧阳月云只是把观察李春来的时间一下子就列入谈情说爱中去了。她不想这样的，但又没其他办法。

　　如果不了解实情的人，会以为欧阳雪儿这个婚结得有些快。

　　欧阳雪儿跟李旺盛结婚摆喜酒那天，张一定喝酒喝得一塌糊涂，被人架回屋里。张一定四仰八叉地躺在床上，嗯嗯啊啊地呻吟着，不停地说话。

　　李旺盛和欧阳雪儿把客人送走后，赶忙来看他。李旺盛看见张一定这个样子，示意欧阳雪儿离开。

　　李旺盛把门关上，来到床边说：一定，你喝高了，来，坐起来，喝杯温开水后，好好睡吧。

　　张一定突然提高嗓门说：今天我张一定很高兴，我大哥终于抱得美人归，我高兴啊！

　　来，喝水，睡一会儿。哥知道你高兴，安静点，哥知道。

　　你都知道什么？你不知道！

　　我知道你高兴。

　　我张一定说你不知道，你就不知道！

　　唉，你舌根都喝硬了。睡，睡，睡，好好睡吧，别闹腾了。

　　闹腾？我张一定就爱闹爱折腾。

　　嘿，张一定你莫非没喝高？

　　大哥，我说你不知道，你就不知道！

　　一定，一定，你别胡说了，好好睡一会儿吧。

　　郑顺势是我赶走的！

哎，哎，哎，你再说一遍。

是我张一定把郑顺势赶走的！

你……你赶走他干吗？

他不知天多高地多厚！

他哪里不知天高地厚了？

他竟然敢跟大哥你争雪儿。

他……他好像没追过雪儿啊。

郑顺势住在她家里，他们一块出入，我看不下去。

他住她家，同一道门，能不一起出入吗？

大哥你不是在我面前说过，雪儿为什么老不答应跟你一起看电影吗？我张一定猜测可能是郑顺势这个龟孙子在中间梗着，你还说我说得有道理。

唉，我是顺着你的话随便说的。

郑顺势不离开圩镇，大哥你休想早日把雪儿追到手。

郑顺势真的是你赶走的？

当然啰，他买鞋没还钱是我讹他的。

他还了钱，你讹他没还钱？

对！我就是要好好教训他，看他还敢跟大哥抢雪儿吗。

李旺盛把水杯放一边，掴了张一定一巴掌说：大哥教训你。张一定，张一定，谁叫你这样做的！你哪能这样冤枉郑顺势呢？

张一定这下清醒了，说：大哥你再掴一巴掌吧！是我自己这样做的。

李旺盛俯下身，把张一定扶正，然后轻轻地抚摸被他掴了一巴掌的脸，说：对不起，一定，大哥刚才太冲动了，对不起。说着眼泪吧嗒掉在张一定的脸上。

张一定不再说话，安静了下来，好像睡着了。

李旺盛说：一定，你先喝杯水吧。一定，郑顺势离开圩镇不一定是这个原因的。不过，这件事你千万不要跟雪儿说。

张一定没有回应。

房间彻底地静了下来。

## 第十章　饮料厂

### 1

饮料厂正月十二开工。回去过春节的员工开工前一两天便陆陆续续回来了，但宋仙没有回来。

郑顺势着急了，宋仙明明说好初五回老家，十一会回来的。她家里出什么事了吗？

初四那天，宋仙跟郑顺势说：春节前回家车票很贵，年初一一过票价便降下来了，明天想回去看望父母。郑顺势说：我送你去坐车。宋仙说：不用，早上七点多的车，好好睡你的觉吧。郑顺势还是过意不去，说：让我送送，大不了回来睡回笼觉。宋仙严肃起来，说：唉，我又不是小孩子，不用。郑顺势便不再敢坚持。

正月十二过去了，十三又过去了，宋仙还是没有回来，十四郑顺势按捺不住了，问老女人拉长。拉长说：没看见她，她也没说请假。郑顺势说：没请假？拉长说：往年也有这种情况，有些人回去后家里这段刚好有事走不开，如果元宵节后宋仙还没回来，便视为自动辞工。郑顺势急了，问：视为自动辞工？拉长说：对！也就是说被炒鱿鱼。这是厂规！

郑顺势打听到了宋仙住的宿舍。

宋仙的舍友反问他：她不是说回去过年吗？

郑顺势说：她初五才回去的。

哦，这样啊，没看见她回来。

元宵节过后，宋仙还是没有回来。

郑顺势火急火燎再去找拉长。拉长说：厂里说她自动辞工了。

她自动辞工？你见到她了？

没有，她又不是跟我辞的。

哦。

不是厂里炒她的鱿鱼，是她炒了厂里的鱿鱼！拉长笑了下。

谁告诉你的？

不是跟你说过厂里吗？

厂里？

对，厂里！

厂里的谁？

你这个人怪了，我怎么知道厂里的谁？反正是上面通知下来的。

上面？

对啊，上面！

上面指的谁？

哎哎，你这个人真是奇怪，上面是厂里的领导层，上面又不是一个人。你想打破砂锅问到底啊！

郑顺势叨念着"上面"，像丢了魂似的离开。

拉长突然又把他叫住，问：你是不是恋上她了？

郑顺势点了点头。

拉长说：挨过这段吧，过了便好。别当真。

郑顺势瞪圆眼珠，声调都变了，说：别当真？

是的，当演了一场戏吧，这里我见多了。三天晴两天雨的，逢场作戏便好。

你是要我逢场作戏？

不逢场作戏，你又能怎样！孤寂时来一下的。你看，我不敢那样，便这样了。拉长取笑自己这样说，她的言下之意是因为自己没有像宋仙一样才变成了老

## 第十章 饮料厂

女人。

下班后，郑顺势顾不上吃饭、洗澡又赶忙去宋仙的宿舍。

宋仙的舍友看见他，说：宋仙搬走了。

搬走？

你看她的床空了。

郑顺势哆嗦着上前去看，那张床已干干净净不剩一物。

郑顺势说：你看见她回来搬的吗？

没有看见她，是一个我们不认识的女人来搬东西的，搬的时候，她还问我们哪张是宋仙睡的床。

你们不认识这个女人？

不认识。

郑顺势跟跟跄跄地离开宋仙的宿舍，觉得眼前一片漆黑。

这几天，郑顺势像病了似的，无精打采。一瓶瓶饮料从运输皮带出来，他呆若木鸡站在旁边，有时忘了去数去拢瓶子。十二瓶要拢一块的，有时数错了。他满脑子都是宋仙。拉长警告他说：郑顺势你怎么啦？

郑顺势才回过神来。不一会儿他又是满脑子的宋仙，又走神出错，又被走来走去的拉长逮住了。拉长说：郑顺势，你到底怎么啦？再这样的话，别怪我不讲情面，要扣你工资了。

又过了一段，宋仙还是没有任何信息。她家到底突发什么事了？她的家在贵州具体什么地方呢？

他突然想起老女人拉长说的话。拉长说：你问我，我也不知道啊，她怎么会告诉我家在哪里呢，这又不是工作上的事。

郑顺势又去宋仙的宿舍，宋仙的舍友们都摇头说不知道，那位叫阿秋的，见郑顺势每次都哭丧着脸，很着急的样子，便好心地告诉他：我们虽然住在一块，但一般情况是不会说自己家里的事情的，别人不会问，自己也不会主动说。

郑顺势才想起与自己同住一起的舍友们也是这样的，别人不问，自己也不说。

阿秋将郑顺势送到门口说：我们是卑微的打工仔，家里条件好便不出来打工了，家里没有什么值得说的，拿出来说的话，不是揭家里的短，出家里的丑吗？

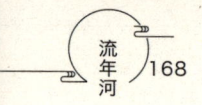

你说是不是？

郑顺势木木地应：是，是的。

郑顺势还是不死心，问：有跟她比较要好的吗？

要好？表面看起来都要好，但是不是好进心里面我便不晓得了。你有要好的舍友吗？

郑顺势答不上来。

即使看上去要好，也不会一五一十如实告诉你自己家里的事的。我们只知道谁是哪个省的人，但不晓得她家里的具体地址。

郑顺势说：是，是的。

我也跟宋仙要好啊，反正我不知道，你还是问问其他人吧。

郑顺势后悔了起来，跟宋仙一起过年，相好那么多天了，竟忘了问她家在哪里。

## 2

大年三十夜，郑顺势跟宋仙一起吃年夜饭，看录像，去公园亲热。年初一晚，年初二晚，年初三晚，连着三个晚上他们又像年三十那晚那样，一块吃饭，看录像，去公园。后面三个晚上除了吃饭的地点不同，录像场和公园没变。年初二那夜，他便有经验了。

宋仙轻抚了他的下面，问：那个带了吗？

郑顺势立马生动起来，说：保安全的那个吗？

宋仙用手指点了下他的那个说：嗯，算你聪明，一点便通。

带了，带了，照你的意思下午我去专卖店买的。

你是第一次去这种店吗？

第一次，你昨晚不说我还不知道什么东西呢。

我信你，刚从学校读书出来的，都呆，书呆子。

开始我不敢进去，在店外面走来走去老在犹豫，一直看见有人从店里出来了，我才鼓起勇气向店门走去。到门口时又犹豫了起来，面红耳赤，心怦怦地跳，最后硬着头皮进店的。

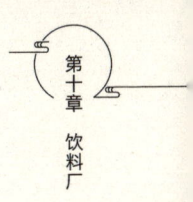

嘻嘻嘻,你后来为什么又那么大胆进去了?

想到今晚我们的美事,胆一下子便大了起来。

顺势你的色胆比你下面还壮啊。

他们边说边在公园的林子里干起那事来。郑顺势这次比上次觉得好,这次比上次觉得快乐。

年初二、年初三晚他已经轻车熟路了,像技术娴熟的老司机。宋仙不断赞赏他的进步。

年初四宋仙说:明天一大早我要坐车回家,晚上暂停,不见面了。

郑顺势说:一块吃饭吧。

不了,看你这样子都上瘾了,我怕吃晚饭后又去看录像又去公园钻林子。

吃完饭不看录像,一块去逛街。

不了,不了。我还要准备一下。

郑顺势给宋仙塞了一百块钱,说:代我向你父母拜个晚年。

宋仙收了钱,说:好的。

郑顺势兀自笑了下说:你父母还不认识我呢。

宋仙赶忙把钱还给郑顺势。

郑顺势说:仙,我不是这个意思。说着又把钱塞到她的衣袋里。

那我收下了。宋仙说着在郑顺势的脸颊上吻了一下。

郑顺势回吻了她的嘴。

这十多天来郑顺势的脑海里像放电影一样,一遍一遍反反复复地回放那几天的情景。上班放,吃饭也放,睡觉也在放,一个人的时候便泪流满面,心里不停地呼唤——宋仙,你为什么还不回来?我等你一天、两天、三天,等你那么久了你还不回来。你不是说回家看父母吗?你家里发生什么事了?你告诉我,我来一块分担啊!你把工给辞了,你不回来了吗?你为什么辞工?是不是家里出了什么大事,还是不想见到我了?我伤害你了吗?仙,我的仙!你告诉我啊,你不会出什么意外吧。

一想到这里,郑顺势便全身颤抖,整夜烦躁不安,不能入睡。有时候他坐起来,抓着头发,后悔不已,责怪自己粗心,宋仙家里的地址自己竟错过机会问她。有时他又会这样假设:如果问她,她会告诉她家的地址吗?他不是没有动过问她家的情况的念头，而是担心真问了她不乐意回答。这样的话，以后见面便会很尴尬的，他在心里说：还是等等吧，顺其自然吧。宋仙也不打听他家的情况，她不打听他家的情况，是不是她自己也不想告诉他她家的情况？……

郑顺势就这样没完没了地猜测、猜疑、猜想。

宋仙辞工了，拉长说是上面通知她的。上面，找上面的谁呢？上面在厂区那栋办公楼办公。饮料厂分为办公区和生产区。

郑顺势先在心里问自己——上面如果问他宋仙是你的什么人的话，自己便哑口无言了。兄妹？不是！亲人吗？不是！同乡吗？不是！恋人吗？是宋仙自己说的，还是自己一厢情愿的？……问来问去，思前想后，他便泄气了。

那个去宋仙宿舍把她东西搬走的女人，没有谁认识，他无从下手去寻找她。他只能等，一天天在等，等宋仙的消息。守株待兔！

一个月过去了，半年过去了，一直没有宋仙的半点音讯。春节郑顺势跟宋仙相好的那几天，吃得好，睡得好，更主要的是心情好，因为甜蜜恋情的滋润，他长胖了好几斤，而现在一点一点地瘦了下去。自从宋仙走后这半年来，郑顺势足足瘦了一圈。

国庆节前，员工们那里神神秘秘地流传出一条花边消息——宋仙被上面的谢老板包养起来了！

莫非是去年那次联欢会上，上台跟表演的员工一块握手合影的那个五十多岁、肥头胖脑的谢老板？

郑顺势又去找老女人拉长。拉长这次不耐烦了，说：人家那么传，你便信了？就算是这样，你也别大惊小怪，老板包养小姐的多着呢，用这里的话说是分分钟的事情！老板有钱有势，小姐年轻漂亮，一个愿打，一个愿挨，谁奈何得了？

郑顺势说：宋仙跟谢老板那是真的？

我怎么知道是真是假。郑顺势你一个打工仔，宋仙怎么会看上你？想开点。别自寻烦恼了！

谢老板是联欢会上的那个吗？

是又怎么样，不是又怎么样！你别刨根问底了，好好打你的工吧。

一个月后郑顺势被厂里炒了鱿鱼。炒他的原因是他干活经常出差错，十二瓶算一打的,他要么数少一瓶,要么数多一瓶。

<h2 style="text-align:center">3</h2>

　　离开饮料厂时,郑顺势身上只剩下几十块钱。他像无头苍蝇一样到处找工。好在来这里一年多,熟悉了周边的情况。这里工厂多,打工仔也多。他背着那个红白相间的塑料袋,走了几家工厂,终于找到一家皮革制造有限公司。这里的厂,大部分叫有限公司。

　　宋仙像风一样消失了。春节那几天,郑顺势觉得像做梦一样,梦中遇见了宋仙,梦醒后宋仙隐没在梦里。但这几天,花光了他几乎所有的积蓄,再不找工来打的话,他将沦为要饭的乞丐。

　　公司在东莞的另一个镇。郑顺势的性格有时就是可爱,舔干了伤口对自己说:远离是非之地吧,郑顺势!

　　公司生产的产品五花八门,有皮包、皮衣、皮鞋、皮手套、皮鞭、皮带、钱包、箱包、钥匙包、公文包等。有真皮的,也有假皮的(人造革),郑顺势想:是不是因为皮软绵柔和,公司的女工特别多?有人说,男工与女工的比例大约是三七开。公司里都在传:这里是女工追男工,千万要保护好你的肾!

　　郑顺势提醒自己——尽量不要去靠近女工,尽量不跟她们说话。他要把工资存起来,转眼又快过春节了。领了第一个月的工资,比饮料厂多一些。看来春节又回不了家了,还是像去年一样,把想回家的、来回的车票钱省下来寄回家里,再寄一封信,说些想家之类的话。

　　春节的脚步越来越近,脚步声啪啪啪地在心里响起。郑顺势忍着想家的煎熬——没钱,想家又有什么用呢!他担心回家过春节,过完春节回来的时候,要向父母借钱买车票,开不了口啊!如果跟别人借钱,借不借得到是一回事,但脸都丢光了!

　　春节那几天,郑顺势天天待在宿舍里,饿了便吃一点,吃个面包,啃几块饼干,或出去吃碗粥、粄汤什么的。有时独自一个人在宿舍啃饼干的时候,呆呆的,啃着啃着,眼泪便涌了上来。闲着心里空落落时,他把《钢铁是怎样炼成的》又重看了一遍。保尔·柯察金都在心里牢牢地扎下根了。他突然想起宋仙在联欢会上朗诵的那句话——"既然选择了远方，便只顾风雨兼程"。宋仙的"远方"原来是这样的吗？自己的"远方"呢？原来朗诵与现实差距那么大！原来心中越是苦闷，越需要朗诵，越需要歌唱。掩耳为盗铃，做贼的心虚。

他流着泪，把宋仙借给他、来不及还给她的小说《书剑恩仇录》从枕头下取出来，决定将书转送给舍友，担怕睹物思人。他对自己说：不许哭，郑顺势！

年初六郑顺势收到了父亲的来信。父亲没有多少文化，识的字也不多，他从来没有看见过他写信，家里没有谁需要他写信的。如果要他写信的，只有郑顺势的爷爷，但爷爷"过番"后便再也联系不上。郑顺势打开信，原来是父亲叫弟弟郑顺时代写的。

他父亲不但不爱说话，而且喜怒也不露言表。他可能是自小缺少父爱的原因，因为没有得到也不晓得给予。他们兄妹四人的学习和成长，他不太上心，像放养牛羊一样放养他们。反而是母亲把他们看得紧，本来要由父亲说的话，被母亲说了；本来要父亲管的事，被母亲接管了。他高考前被学校刷下来不敢回家，其实他不是不敢面对父亲，而是不敢面对母亲。

郑顺势没有想到父亲会给他写信，他自己不会写，让弟弟代写。展开信纸，还没往下看，眼泪便涌了出来。信里说：顺势我的儿，你是不是在外面过得很苦？一家人都惦念着你，但相隔那么远，爸妈没出过远门，想去看你，又怕走错路。你如果挣不了钱的话，回家吧，别一个人硬撑。不是已建了一间新屋了吗？你回来有住的地方了。这两年风调雨顺，田里收成好，鸡鸭猪也养得好，不愁吃和住，不像生产队的那些年了。你过得很苦的话，赶快回来，过一段外面机会来了再出去也不迟，爸妈不会捆着你不让你走的。你也别老往家里寄钱，家里的生活比以前好了很多。你一个人在外，要照顾好自己。你妈把鸡鸭养得肥肥胖胖的，等着你回来吃呢……

郑顺势的眼泪像掉了线的珠子，滴答滴答地打湿了信纸。

郑顺势慢慢地、用心地折叠好信，慢慢地、用心地把信装回信袋，慢慢地、用心地将信收藏好，然后对自己说：郑顺势，你两个春节都没有回家了，今年春节再怎么样也一定要回家过年团聚，一定！他握紧拳头，打在胸脯上。

郑顺势在公司干了九个月，他省吃俭用，慢慢地又积蓄了一些钱，虽然只有千把块钱，但终于缓过气来了。已经出来打工两年多了，还是成不了样子，他觉得再这样打工一直打下去的话,永远别想改变面貌,永远是一个吃不饱、饿不死的打工仔。难怪有这种说法:工字不出头。打工,做工,难有出头之日。

那时候最流行的口号是——东西南北中,发财到广东。而到广东首选是去深圳。深圳与香港一衣带水。这一二十年来深圳由丑小鸭变成了白天鹅。

郑顺势出来时最初的想法是去深圳的。由于他怕办边防证麻烦,便改变计划来了东莞。他打探清楚,有个特殊办法可以进关——花钱给"蛇头",由"蛇头"带着从边防线铁丝网下面的洞口钻进深圳。洞是"蛇头"提前准备好的。

深圳是经济特区,特有特别之处,被管理线围起来了。围起来后,外面的人想方设法要进去。管理线是一条长近两百公里、高近三米的铁丝网。沿途有武警巡路,有武警执勤岗,有检查站。

那天郑顺势在天快黑之时,拎了个布包,轻装上阵,准备进关。原来那个一直陪着他的红白相间的塑料袋被他扔了,不是非要不可的东西也被他扔了。他猜想,铁丝网下面的那个洞不可能很大的。"蛇头"是个三十多岁的大哥,眼睛像老鼠的眼睛一样机灵,动作像老鼠一样敏捷,但不会鼠头鼠脑,看上去长得还算周正。郑顺势递给他五十块钱。这个价钱是郑顺势事先打听好的行情。

"蛇头"说:涨价了。

郑顺势问:涨多少?

"蛇头"说得极快:三十。

"蛇头"说得那么快是让郑顺势不许讨价还价的意思。

郑顺势赶快补上三十块钱。

交了钱后,郑顺势发现有两个"蛇头",另一个长得才是鼠头鼠脑。

"蛇头"不只带郑顺势一个人钻洞,还有好几个。他们先藏在一处荒草后面的废旧老屋里。钻进去一个,看看没事了,接着带第二个。一个"蛇头"带人进洞,另一个"蛇头"放哨和接应,气氛很紧张。郑顺势觉得心脏扑通扑通在狂跳,很像电影《地道战》里面的场景。

郑顺势是第二个钻洞的。他的脑袋和上身钻进洞的那边去了,"蛇头"在他屁股后推了把,才发现郑顺势的裤腿被铁丝钩住了。郑顺势慌忙用力一推,哧的一声,靠大腿的地方给撕了一道口子,整个人才顺利通关。郑顺势回头跟"蛇头"挥手,"蛇头"示意他赶快离开。

郑顺势花了八十块钱，从高高的铁丝网下面的洞钻进了深圳。

把深圳特区围拢起来的、长长的铁丝网下面不止一个洞。洞没打开时，用铁丝网做的门关上，与铁丝网很吻合，看上去好像没有洞似的，像衣服上缝补得很好的补丁。洞的选择很考究的，钻进洞后要是靠深圳城区相对近的地方，但洞外的周边环境又要相对隐秘、安全，让巡逻的武警不容易发觉。

这是郑顺势去了深圳后，无意中听人家闲谈之时听到的。

## 4

郑顺势去深圳后决定不再找工厂打工，在罗湖区城中村的农民房租房住了下来。

来深圳前，他早已想好了：偷卖黄色的印刷品和音像制品，比如：扑克牌、比扑克牌大一点的小册子、比小册子大一些的杂志，还有供录像机播放的磁带、影碟。这些扑克牌、小册子、杂志、磁带、影碟里面的画面都是那些很刺激的内容。他在东莞打工的时候，晚上一个人去逛街，曾在那嘈杂、热闹的市场看见过。那次他在那一个紧挨着一个的摊档前走走、看看，突然有人挡在他的面前说：要看这个吗？那个人挎着一个包，从包里掏出那些扑克牌和影碟给他看。

郑顺势第一次看见这些东西，很意外，又很激动。给他看这些东西的是个中年男人，戴着帽子和有色眼镜。他看见郑顺势这个样子，立马拉他的衣角，带着他到市场的角落，然后打开包，从里面拿出扑克牌、小册子、杂志、磁带、影碟给郑顺势挑选。郑顺势边看下面边兴奋起来，他不容多想，没怎么讲价便买了一副扑克牌。至于杂志呢，他觉得太大了，不好藏掖。影碟，则找不到录像机来播放，再加上录像场可以去看。这副扑克牌，他不眨眼、不心疼花了十五块钱买下。普通的扑克牌一副才卖一两块。这副扑克牌不是叫人一起来打，是藏起来自己一个人偷偷看的。

有了这次经历后，郑顺势老想着一个人去逛这个市场。他发现市场上干这行的有好几个人，有男的，也有女的，有年轻的，也有中年人。他们善于发现目标，然后快速出售这些东西。穿着制服的执法人员还没有来到他们的面前，他们便像跳跳鱼一样消失在茫茫人海里。

## 第十章 饮料厂

郑顺势觉得深圳的打工仔更多,人气更旺,更开放,干这行肯定有前途,能挣大钱。

他在罗湖那边选好市场后,开始干起那些买卖来。上午、下午他不会出去,吃饱睡足后等傍晚后便出动了。他先从人家那里进货,进的是批发价。这些东西囤在租住的出租屋里。晚上出去的时候,也学着人家的样子,把这些东西装进包里,挎着,等市场上的人流量越来越大了,他把握好时机,便开始游走在市场里,干起这营生来。第一次出征便告捷,除去成本,竟赚了一百五十多块钱。他兴奋得四脚朝天在床上乱蹬。深夜一点多了,他实在按捺不住兴奋,还一个人出去庆祝,在夜宵摊档点了好几样菜,喝了三瓶啤酒,把自己喝得痛快淋漓,醉意蒙眬。走回出租屋的路上,他发现罗湖的夜色很美,霓虹灯闪烁,高楼林立,车水马龙,这里过去便是香港啊!难怪是不夜城,难怪那么美啊!

他突发奇想:要是李白在的话,能不诗兴大发,吟诗作对吗?

他吟诵起李白的《将进酒》里面的诗句:"人生得意须尽欢,莫使金樽空对月;天生我材必有用,千金散尽还复来……岑夫子,丹丘生,将进酒,杯莫停;与君歌一曲,请君为我倾耳听……"

郑顺势说:好久没有诵诗了,吕一笔你让我在流年河边诵诗,我当时胆怯、害羞不敢开口朗诵,现在我大声诵给你听。

郑顺势第一个月赚了五千多元,第二个月七千多元,第三个月八千多元,仅仅三个月便赚了两万多元。他惊呆了,又在床上四脚朝天地乱蹬狂喜——郑顺势你都成万元户了!不是一万元,是两万元!流年镇的四户万元户,我仅用了这三个月便赶上了!所以啊所以,赚不赚到钱,关键要走对路啊!以前没日没夜打工两年多,还是一个穷光蛋!宋仙离开自己,连个音信也不给自己,说一千道一万都是因为自己穷,被人家瞧不起。如果真像人家传言的那样——给谢老板包养的话,更是证明宋仙你掉到钱罐子里去了,谢老板少说也大你三十岁。但我不怪怨你,只怪怨自己无能,自己穷,哪个姑娘愿意嫁给穷小子?织女嫁给牛郎那是传说,骗小孩的,爱情是不能当饭吃当房住当车开的……他越想越觉得挣钱的重要。

他将钱存进银行里,晚上睡觉吻着存折在哈哈笑。

赚了大钱,胆子更壮,他在兜售那些扑克牌、小册子、杂志和磁带、影碟的时候放松了警惕,在市场上逢人便推销。那次,他又这样明目张胆地推销,结果让执法人员逮个正着。他被执法人员带走,包和里面的东西以及身上的钱被全部没收。执法人员严厉警告他说:下不为例!如果再敢兜售这类非法出版物,被逮着的话,非关押起来不可!记住吗?

郑顺势的头点得鸡啄米似的。

执法人员用手指敲了下他的头,怒目圆睁,面目狰狞说:长长记性!说着又敲了下。郑顺势忍着,将眼泪吞回肚里去。

那段时间,从上到下在开展"扫黄打非"专项行动。

郑顺势像被人泼了盆冷水,情绪很不好地回到出租屋。长那么大第一次被人敲手指头,他自小便很懂事、乖巧,父母从没动过他一根毛发。他躺了一会儿,带上两百块钱出去解闷。这时已过十二点了,但这里的夜生活正是时候。他先在街边的摊档吃小炒、喝啤酒,然后趔趄着离开摊档,拐进一条小巷,找到一间灯光朦胧的按摩屋,进去按摩。按摩屋里有许多小包厢,一间挨着一间,每间摆放着一张按摩床。床有一个洞,背朝上躺下去,脸刚好塞进洞里,后脑袋在上。给他服务的是一个三十多岁的大姐,嘴唇抹得红红的,眉毛画得弯弯的,眼影描得黑黑的,穿着很暴露的上衣,其实没有多少布,估计那两坨肉已露出百分之七十还多一些。

郑顺势呼着浓浓的酒味,任凭大姐按呀摸呀捏呀。先按按头,然后往下走。大姐的手像蛇一样,因为抹了油,游走起来滑滑的。他觉得有点那个时,大姐突然停住,改变方向,从脚往上按呀摸呀捏呀,快到那个地方,大姐又收手了,像刚才按背面时一样按正面。郑顺势这下便真的缴械投降了,整个人软绵绵的,一点力气都没有,像等待被宰杀的羔羊。他的神情有些恍惚,心里在喊宋仙宋仙。结果他被大姐干了。

他酒醒过来,穿好衣服,才发现衣袋里的钱全部被掏走了。他想去找大姐的,但想了想,便作罢,自言自语地说:下不为例,郑顺势。

他像做了一场梦一样走出按摩屋。

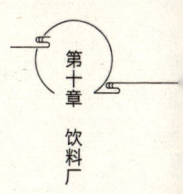

## 5

白石洲查暂住证比罗湖查得严、查得紧。

郑顺势没有暂住证。他没有边防证，但已混进了深圳。眼下暂住证又把他难住了。租住在罗湖农民房的那段日子，隔三岔五便有联防队来查房，房东跟联防队的人关系不错，房东的那些出租房经常免查，他从中受益了。

那次他被执法人员教训了后便离开罗湖，来到白石洲。为什么来这里呢？他觉得白石洲和蛇口才是兜售那些东西的最好地方。他在罗湖站稳脚跟后，便开始熟悉深圳其他地方。白天不出去工作，他乘公交车到处走。两三个月以后，深圳的总体情况他心中有数了。白石洲和蛇口打工仔尤其多，夜市尤其旺，鱼龙混杂，最适合浑水摸鱼。特别是白石洲，是深圳最大的城中村。白石洲拥有深圳最集中最大规模的农民房，出租房多，租金相比其他地方要便宜。它的地理位置很特殊，这边像村镇，那边是宽敞、笔直、漂亮的深南大道，世界之窗，高档楼宇。反差，强烈的反差，将人的欲望撩弄到极致。白石洲容纳了形形色色的人。水至清则无鱼，他凭感觉，白石洲有许多"鱼"。

他租住白石洲那户姓孙的房东的房子，郑顺势叫他孙大叔。

刚搬来住的第一晚，联防队员便来查房。他刚躺下去不久，房东孙大叔的女儿孙小美便敲他的门说：查房的来了，快躲起来。他正沉醉在兴奋中，来这里的第一夜去夜市兜售那些东西，便狠狠地赚了一把，数了数钱，竟有三百多元。

他赶忙穿上衣服，隔着门问：躲哪里？

孙小美说：能藏住就好。

哪里能藏住？

他们上一楼来了，快、快，慢点来不及了。

郑顺势住三楼。孙小美住二楼。

孙小美说：要不躲我房里吧？

好的，好的。

郑顺势像风一样从三楼跑下二楼。

郑顺势问：他们不查你的房吗？

我是房东。

哦，哦，哦。这样便好。

不一会儿两位穿着制服的联防队员上楼查房。

二楼住房东一家人，三、四楼才是出租房。

查房的时候郑顺势高度紧张，将耳朵贴在门板上，听外面的动静。联防队员正在二楼，啪、啪、啪，脚步很急促。他觉得心跟着急促的脚步声在跳。万一他们进屋来，满屋子找怎么办？一个大活人藏得住吗？联防队员快到门前，他赶忙藏起来，手脚在颤抖，牙齿咯咯作响，像发高烧一样，全身在哆嗦。万一被逮住了，如果罚款，但不要太多还好说，如果被关押起来，或被遣送回去，那就死定了。郑顺势，你死定了。他越想越害怕，快站立不稳了，整个人像要虚脱似的。

联防队员说：这间打开。

孙小美说：我住的。

哦，你住的。我知道，差点忘了。这位联防队员来查过房，跟孙小美很熟悉。

打开看看。另一位说。

好的。孙小美把门打开。

郑顺势缩成一团，像乌龟一样，恨不得楼板裂开一条缝钻下去。

孙小美，你作为房东也有责任叫租户守规矩的哦。

晓得，我晓得。

门开后，联防队员没有进屋里去搜，跟孙小美在门口说了几句话便上了三楼。

联防队员象征性地看了看二楼的房，三楼四楼则一间一间地查得仔细。除了郑顺势，其他人都有暂住证。

房东孙大叔不知道郑顺势竟会藏在女儿孙小美的房间里。

孙大叔的老伴前几年不在了，大儿子在机关上班，二儿子开了间烟酒专卖店，女儿孙小美读了高一便回来帮他打理出租屋。他家有两栋楼房，有二十几间房出租，招租、收租、维护、管理等，有不少事情。

第二天上午，孙小美找郑顺势。郑顺势看见她有些不好意思，说：昨晚的事，谢你了。

你躲哪里？

## 第十章 饮料厂

在衣柜后面。

在房里待着,只要不被他们看见便好的,不用藏起来,他们主要是查三楼和四楼。他们经常来查房的,说不定过两天他们又来了。你赶快去办暂住证。

查那么紧吗?我在罗湖的时候也查,但隔好一段时间才查一次。

这里不一样,租房的特别多。

真像电影里放的鬼子进村!万一来不及办证,被他们抓到了会怎样?郑顺势问。

听说,抓到派出所交罚款。如果身上没带钱是不能自保的。如果有人代保交了钱,才可以出去。待在拘留所的,有的可能被送去劳教,或被送去边远的地方修铁路,最后把你遣回原籍。

这样说起来他们主要是为了罚钱。是不是每次被抓罚了钱,他们便会放人?

这,这个我也不太清楚。但是一次次被抓,一次次被罚钱也没意思啊!还是赶快去办证吧。有证了,才能睡个安稳觉。

人生地不熟,我不懂怎么办证。

先到这里的派出所领取、填写暂住人口登记表,然后提交户口簿或身份证复印资料,然后去指定的照相馆照两张相,大约是这些手续吧。

我只带了高中毕业证和户口簿。

你还是越快去办越好,真的说不定过两天他们又回来查房的。

你帮我办好吗?

表要你自己填才填得明白的,再说还有照片呢,照你的相,又不是照我。

呵呵。郑顺势便笑了,也觉得自己天真,说,你带我去办,好吗?

带你?你来深圳是怎么办边防证的?

我——唉,算我求你了,你带我去,我会补给你工钱的。

谁说要你补工钱的?

我占用你宝贵时间,理应补工钱。这里不是说时间就是生命,效率就是金钱吗?

我也没办过,不过,好吧,我知道派出所在哪里,但工钱你就不要给我了,要是这样我就不带你去。

好、好、好!请你吃饭。

饭也不用你请。

好吧，都听你的，我的好妹子。话一滑出口，郑顺势也惊了下——自己什么时候变得油腔滑调了？

郑顺势拿到了暂住证，心里终于踏实了下来，他用心在这里的夜市兜售那些东西。形象也做了改变，他戴了副有色眼镜。在罗湖的时候，他原来用的包被执法人员没收了，换成一个更大的包。果然不出所料，白石洲的夜市对那些东西的需求更大。他在暗中观察过，这里巡查夜市的执法人员跟罗湖的不一样，在熙熙攘攘的人流中，好像是摆摆样子而已。郑顺势暗暗高兴。

来白石洲的第一个月他盘点业绩，天哪，竟然赚了一万多元！

这里的执法人员虽然相对温和，但有了罗湖那次教训后，他也不敢太张狂。他提醒自己：上天要让你灭亡，先让你疯狂。

他改变了策略，三夜在白石洲，两夜在蛇口。他干得顺风顺水，春风得意。每夜吃完消夜，洗澡清爽了，便开始数钱，边数边欢喜。数完钱，叠好，捆好，放进专门装钱的箱子里，洗了手才睡觉。他用手指蘸了口水数钱，每夜数钱要蘸很多次口水。他做着发财梦入睡的。第二天起床时已是中午了。他的早晨是从中午开始的。早餐免吃了，直接吃午饭。午饭去小店吃。他对自己说：郑顺势你现在有钱了，要吃好点的，不要像打工时一样抠，那是人过的日子吗？下午他待在房间里准备晚上要卖的那些东西，清点好品种和数目，有时候货卖完了，他会在下午去补货。晚饭呢，他吃得随便，等着消夜再美美地慢慢地吃。他的一天是这样有张有弛、有劲头、有盼头、有奔头地度过的。

他时不时会感慨：深圳真好，一切都很好。高楼很多，像栽种的蘑菇一样，每天在长高。路又多又宽又直。花木满眼都是。车呢，车流如河。人呢，人流如织。他想起小时候看见的溪河每年春天成群结队的鱼虾飞跃水滩的情景。

来深圳伸出手一抓，往往便抓到了一大把钞票。

一个月后郑顺势增加兜售一件新品种——手表。前两夜一块手表都没有卖出去，看的、问价的倒是有几个人。第三夜卖出一块，只这一块便挣了三十多块钱。他简直高兴坏了。他像做游戏一样，让逛夜市的人围拢过来。他将手表戴在手腕上，用另一个手做圆形状拢着手表。手表便在暗处闪闪发亮，闪呀闪，像天上的星星很好看、很神秘、很迷人。围拢过来的观众便心动了，心痒得不行。立即有人掏钱要买，因为急于拥有手表，急于戴在自己手上，已无心讨价还价，转眼工夫便卖出好几块电子表。他对他们说：这是最新潮的夜光表。郑顺势经过几年的磨炼，口才已经很了得了。

打工仔的钱挣得很辛苦，但往往花起钱来很轻易。

卖手表比卖那些扑克牌、磁带、影碟好挣钱太多了。这些手表，他从走私商那里低价进货。

郑顺势决定在白石洲安营扎寨，辐射深圳其他地方。他来深圳不到两年竟赚了好几万块钱。

在深圳，郑顺势捞到了第一桶金。

## 6

郑顺势通过孙小美认识了他的二哥孙小刚。

孙小刚是土生土长的深圳人，他出生在白石洲。白石洲由上白石、下白石等五个自然村组成，村民主要靠出海打鱼、养蚝、种地为生。后来逐渐发展起来，尤其是改革开放后，发展很快，到处都是店铺，这些店铺档次参差不齐。孙小刚对深圳的变化、对白石洲的变化了如指掌。他在白石洲开了间烟酒专卖店。郑顺势有时下午会去他店里坐坐。为了套近乎，郑顺势不时会跟他买烟。郑顺势正是这个时候学习抽烟的。以前学不起抽烟，现在有钱了能抽了，而且还要抽好烟。他知道，男人想在社交场合玩得转，一定要会抽烟、喝酒。研究来研究去（烟酒来烟酒去）点子便有了，机会便来了，门路便广了，前景便好了。

郑顺势开始包装自己，从头到脚包装。头发抹了油，梳得亮亮的，衣服穿名牌的，穿的鞋是名牌的，连袜子和外人看不见的裤衩都是名牌的。所有租房者中，只有郑顺势是这样打扮光鲜的。来孙小刚店里买好烟好酒的，也只有郑顺势。

孙小刚对郑顺势另眼相看。郑顺势常常是买了一条烟，便打开包装，从中抽出一包，又打开，用手掸了掸烟盒，捻一根递给孙小刚。

孙小刚总觉得郑顺势不像是打工仔，看他这副派头，又不好开口问，再说打工仔都是早出晚归的，哪有郑顺势那么悠闲，下午有时间来他店里？

郑顺势问：孙老板，我想开小百货，请教你在哪里好。

孙小刚为人爽直口快，说：我早就看出来你不是一般穿拖鞋的打工仔。

这，你能看出来，不会吧？

我妹都说了，租住这里的打工仔，只有你是这样的。

你妹说我哪样了？

就是感觉你不同。我资金周转不过来，不然的话我也打算在工厂或公司旁边开小百货，这个肯定很赚钱。

是不是人越多的厂越好？

对了，你说对了。你想想看，几百上千号人的厂，一个人出来买一瓶饮料，吃一包方便面，便能赚个盆满钵满的。

选哪里更好？

蛇口，蛇口吧，那里有很多工厂、公司，动不动就是千把号工人的大厂、大公司。

哪天你带我去看看好吗？我补给你误工费。

补什么补呀，你老来我这里买烟买酒，老顾客了，再说说不定你今后还会关照我的生意呢。

太感谢你了。

明天便行动，商机不等人，越快越好。这样吧，我和我妹陪你一起去吧，她的眼光有时比我好。她虽然是房东，但你是她的顾客呢，理应为顾客服务的。

郑顺势又掸了掸烟盒，再捻了根烟给孙小刚，还给他点上火。

不到一个月的时间，郑顺势便在蛇口开了两间小百货。两间小百货开业后，他晚上不再出去兜售那些黄色的扑克牌、小册子、杂志、磁带、影碟和手表。他觉得已到了金盆洗手不能再做这些不光彩事情的时候了。这是见不得光、偷偷摸摸、胆战心惊的事，他早便不想做的了，但不做又能干什么呢，像东莞时一样进厂打工吗？一想起那段经历他便不寒而栗。他只好一夜一夜地咬牙挺着。一个又一个的晚上，自己是戴着面具的，昧着良心的。再这样下去的话，自己都快瞧不起自己了。他不敢跟人交往，更别说交友，因为羞于说自己是干什么的。他也没有写信告诉父母自己在深圳干什么。出来后的第三个春节，他还是没有回家，其中便有这个原因，担怕父母和人家问起自己在外面干什么。不过这个春节，跟前两个春节不大一样,他已积存几万块钱。春节前他一家伙给家里寄了五千块钱,还写了封信给父母。在信里说,用这五千块钱再建两间新房,与原来的那一间肩搭肩建起来。父亲很快又让弟弟回了信,说寄太多钱了,还一再叮嘱他千万不能干坏事,更不能干违法的事。两间新屋准备入秋后动工,争取春节前把新屋建好,等着他回来过年住新屋。

郑顺势从农民房搬出来,在蛇口买了一套两房一厅的套房。

搬走的时候,孙小美说:郑老板,我就知道我这里的塘小。

郑顺势说:还是叫我顺势吧,别叫我老板,我还不是老板呢,要么叫我顺势哥或顺哥也行,我比你大三岁,别把我叫得那么老。

你怎么知道我的岁数的?

不能知道吗?哎,请你来看看我的新居。

我,我叫上我二哥一块看吧。

你二哥看过了,还是他帮我选的呢,离两间百货店不远。

我怕走不开。

有什么走不开的!有你爸在,我知道你没多少事干的,那些租户又不会闹事的。

孙小美嘻嘻嘻地笑。

孙小美最动人之处便是笑,笑起来眉毛弯弯,眼睛含情,露出两个小酒窝,笑声又很动听。他曾许多次偷偷打量过孙小美。她虽然长得没有欧阳月云和宋仙那么漂亮,但她有她的优势,她总能知道他在想什么。比如,那次查房,她不征求他的意见,直接"命令"他躲在她的房间里,郑顺势感动了好几日。又比如,办暂住证,她带他跑前跑后,又让他感动了好几日。对于他来说,这两件事都是最紧要的事情。

孙小美说:你不会瞧不起我干的活吧?

郑顺势赶忙说:小美,我哪敢呢。我还是你的租户呢,没有你接纳,我这段都不知道哪里落脚。

有钱哪里都能租的,我这里的条件差,小街小巷,房间小,人又多。

对我来说已经很好了。小美,我想请你来当店长,帮我管理那两间小百货。在这里我没有其他熟人,除了你和你二哥。

孙小美张着嘴巴，一时没有反应过来。

郑顺势说：想听听你的意见。

我，我怕干不好。

那么多租户你都能服务好。

那不一样。

店长的人选，我一下子就想到你，你不愿帮我忙吗？

就是担心干不好。

我又没说一定要干得好好的，我也是摸着石头过河的。

店长你不想自己来当吗？

呵呵，我还想干其他的事情。

你，你的胃口好大。

大吗？

孙小美想：郑顺势像条看不见深浅的河。

## 7

郑顺势出来后的第四个春节终于回家过年了。

流年镇下车，他从车上下来那瞬间，眼泪便控制不住。他强忍着，掏出面巾纸，把泪水擦干。

年二十七了，圩镇上到处是买年货的行人，拎着大包小包，那一张张脸上洋溢着对过年的期待。比起四年前，圩镇的商铺明显多了，物品也明显丰富起来。卖鞭炮的把鞭炮摆到了街口来，写春联卖的档口前围着很多人，因为过年贴春联是不能少的，放鞭炮更是不能少的。年三十晚一过十二点，噼噼啪啪的鞭炮声争相响起来，昭示着除旧迎新，期盼新年发财。鞭炮声啪啪啪听起来都是发发发。

主街道已是浓浓的年味。

郑顺势本想去照相馆的，但想了想后，放弃了这个念头，他在心里说：既然还没有做好去拜访欧阳景山的准备，那便先去见见欧阳月云吧。

学校已经放寒假了，去她家里吗？但他不知道她家在哪里。不过打听一下很快便能找到的。不，不能，她父母会认为他这样很唐突和冒昧的。再说万一她没这个意思呢，自己不是一厢情愿吗？不是热脸贴人家冷屁股吗？想了想，又放弃了这个念头。

回家吧，赶紧回家吧，已经三年没回家过年了，等回到家里理清了头绪，打听清楚他们的情况后再做决定，毕竟有三年多没见到他们了。

回家前，他把西装换成了休闲服，皮鞋也不抹油，头发也不用心梳理，不喷啫喱水。

他想，回家便是要有回家的样子。

回家第三天即年二十九，郑顺势去拜望他姑姑。不能再慢一天，明天便是大年三十了。他拎了一大袋年货去，所以一定要赶在年前去的。

他的姑姑郑丽英和姑丈洪玉树高兴得像孩子似的。

郑丽英笑眯眯的，因为高兴便走来走去，忙前忙后，好像这样才体现高兴似的，说：三年不见，顺势变"架势"（气派）了。

洪玉树把头伸得离郑顺势很近，生怕看不清郑顺势似的，说：出门就是不一样，发达地区跑一圈回来，像孙悟空摇身一变一样。

郑丽英立即纠正说：怎么是跑一圈呢，都去了三年多了。

郑顺势说：哪能呢，还是老样子的。

他们正说着，嫁到圩镇的表姐洪春秀拎着一大坨猪肉和好几块猪排骨进来，看见郑顺势，给惊喜到了，说：顺势，你什么时候回来的？也不事先告知一下，你……你啊真像外面的人啦！

春秀姐，外面的人长什么样啊？

反正就你现在这个样。

大家哈哈大笑起来。

洪春秀嫁到圩镇近三年了，她对圩镇上的事情熟悉得如自己的身体。

郑顺势将洪春秀叫到一边，他急于打探欧阳月云和欧阳景山的消息。

回来的时候郑顺势特意把两个皮制的荷包（钱包）带回来，准备将一个送给欧阳景山，一个送给欧阳月云。这两个荷包是他在东莞皮革制造有限公司打工时从车间偷出来的。他以前根本没有想过自己会去偷东西，把这两个荷包偷到手后仍然觉得很惊讶。

公司时不时便会发生那些皮制品被偷的事情。这些皮制品从公司生产出来后，在市面上卖得很贵。员工们非常想拥有这些精美的皮制品，但只能摸摸、看看、闻闻，买不起。想多了便动起心思来。有些员工在快要下班之时，趁人不注意，把东西藏在工作服里，逃过拉长的眼睛带出来。这种现象一再发生后便被公司发觉了，后来每个员工下班时，从一个通道出来，接受拉长或保安的检查，虽然不搜身，但他们用火眼金睛"搜"身，盯着员工的工作服认真打量。

郑顺势太想要荷包了，他睡着觉都想要。如果欧阳月云和欧阳景山拿到他送的荷包的话，一定会很激动的。一想到这些，他的手便痒痒的。怎么办呢？怎么才能躲过保安的眼睛呢？他暗中模拟演习了好几次，将两个不大的纸盒藏进内衣里，然后来回走动，觉得变化不是很明显，纸盒也没有掉下来。荷包一定不能选大的，要比纸盒小，这样风险才小。

他瞅中时机，偷了两个荷包藏进内衣，若无其事走出通道，顺利地逃过了保安的眼睛。由于紧张，他觉得快虚脱了似的。

他从通道出来后，来到卫生间，假装大便，关上门，取出荷包，长嘘了口气。

第二天，他突然心里一惊——郑顺势你这不是偷吗？那次在流年镇的时候买鞋，张一定说你没付买鞋的钱，言下之意说你是小偷，偷他们鞋店的鞋。自己明明付了钱，死活跟他争辩。现在你居然暗中干起了偷的事情。他心神不安了，怎么办呢？把荷包主动交还给公司吗？这样的话，不是等于承认自己是小偷了吗？不能，万万不能！傻子才会不打自招。该死的郑顺势，是你太想要这两个荷包，但又买不起。因为心里的欧阳月云，为了她，干一回见不得光的事情，就这一回吧。再说又不是你一个人偷。这样不断延伸了想，他稍为好受了些，然后竟然有了点小兴奋……

郑顺势先打听欧阳月云的情况。

洪春秀说：你是说在我们村小学教书的那位欧阳老师吗？

郑顺势点点头。

她呀都结婚一年多了。人家背后称她"街花"，好看盖了整个圩镇。

郑顺势当即支支吾吾，说：我问的是欧阳月云老师。

对，"街花"欧阳月云啊，只有一位姓欧阳的女老师啊。

郑顺势回过神来，问："街花"？她嫁给谁了？

听说是教办李主任的儿子，他在粮管所上班。听说前不久已生了一个小孩。

哦，哦——这样啊。

郑顺势又问照相馆的欧阳景山。

洪春秀说：我的结婚照还是他照的呢。原来你说要你照的，没想到你那么快离开照相馆了。

他家照相生意还旺吧？

好啊，这几年越来越好，圩镇上就他一家照相馆。哎，他家厉害啦，人家说强强结合，狗屎屙肥地。

什么叫狗屎屙肥地？

就是说那块地本来已经很肥了，狗还把屎屙在上面。

咳，我第一回听到这种说法，那叫锦上添花。

你说锦上添花就锦上添花吧。他女儿欧阳雪儿你熟悉吧？

郑顺势点点头，说：我都在他们家住了好一阵子呢。

她啊，嫁给来记鞋店的李旺盛。听说李旺盛家在国外的亲戚很有钱。人家说"番钱"滚滚来，"南风"习习吹。

哦，哦——这样啊。春秀姐，你是不是觉得我问多了？郑顺势说。

好久没回来，问问有什么嘛。

不问了，莫把你问累了。

年初三刚过，郑顺势便出深圳。

他原来打算年初五才离开的。

他将带回来的荷包一个给了父亲，一个给了姑姑。

## 第十一章　那个星期

### 1

那个星期对吕一笔、林才上和钱小才三个人来说是振奋、难忘的。吕一笔成为流年镇政府的干部，林才上和钱小才拿到了大学录取通知书。

吕一笔在他家乡小学代课代了三年转不了正式老师，最后选择放弃。县里向社会公开招考乡镇干部（也称为"招干"），招考对象是高中毕业生。他考中被吸收为干部。林才上和钱小才呢，当时谁也没有想到，学习成绩不怎么样的他们竟然有如此的毅力和决心，连续补习三年终于圆了上大学的梦想，林才上考上师范专科学校，钱小才考上的是武警专科学校。

后来的高考一年比一年宽松，上面分配给学校参加高考的考生名额一年比一年多，再后来高中毕业生全部都可以参加高考，没有设置筛选这一道鬼门关了，而且招录大学生的名额一年比一年多得多。

镇政府跟流年中学挨得近，走路也就十几分钟。

林才上和钱小才捧着录取通知书，边走边说笑着一起去镇政府，要跟吕一笔分享喜悦的心情，其中的含义是他们俩替他们这一拨同学圆了大学梦，当然也有祝贺吕一笔成为干部吃上皇粮的意思。

吕一笔看了看林才上的录取通知书，又看了看钱小才的录取通知书，说：厉害厉害！祝贺祝贺！狠狠地祝贺！为你们骄傲，终于成了天之骄子。说完又分别吻了吻他们的录取通知书。

林才上说：你们像我和小才一样补习的话也一样能考上的，甚至能考上更好的大学呢。我们俩补习都快补老了，今年再落榜的话，心便彻底死了。他用手摸了摸嘴巴上的胡须，是有点乌黑。

钱小才说：就是。你都知道在我们这一届同学中，我的成绩不怎的，但我脸皮厚，毅力好。

吕一笔说：都说人生三大喜事，金榜题名时，洞房花烛夜，他乡遇故知。你们终于金榜题名了，如果是我，我会高兴得疯掉的。

林才上哈哈地笑，笑了好一阵后说：小才就是高兴得差点疯掉。我们学校门前边不是有口塘吗？走水塘的堤路回家近点，我们拿着通知书回家，小才啊只顾看通知书，只顾跟我叽叽喳喳讲话，一只脚踩空掉到塘里，好在通知书抓在手上没被池塘水浸掉，你看他的通知书下面那个边角晾干后仍有水渍。

钱小才说：我惊出一身冷汗呢。你还讲我笑话！

吕一笔赶忙拿钱小才的通知书看了看，说：范进中举，小才你……你这个范进，终于中了！能不疯掉吗？

钱小才说：一笔你连补三年，也能中，不信你补补试试。

吕一笔说：即使像你们一样补习，我可能还是考不上的。我当时的成绩也不怎的。郑顺势如果补的话，准能考上。那年他差一名就进考场了。

林才上说：听说郑顺势去外面打工了，他才是一块读书的好材料，可惜了。

钱小才说：他离开学校后就再也没有他的消息。他那么自立自强的人，即使打工也能打出成绩来的。

有传闻说他去了东莞，又有传闻说他在深圳，我也好想跟他一样去外面见见世面，看看大蛇屙屎。吕一笔说。

林才上给吕一笔竖起拇指说：你都成为大干部了，以后见世面的机会多着呢。我读的师专，说不定三年后又回流年中学当老师。

钱小才说：才上这样好啊，为家乡的教育事业做贡献。

贡什么献，即使回来也只是一名普通的教师，微小如一枚螺丝钉。小才，你读出来便是警官了，穿老虎皮，恶着呢。

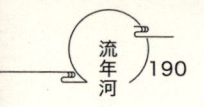

吕一笔哈哈地笑，说：小才眉粗眼大，天生一副老虎相。

钱小才说：说不定回来做个小警察，在大街小巷查来查去，给"庄公安"当差打下手。

吕一笔说：这样的话，我们又走在一起，走不出流年镇啊。要真是这样，我们便一生结缘了。还有欧阳月云、丁观照他们。欧阳月云在圩镇对面的平湖小学当老师，正常的情况下是不会调离流年镇的。丁观照呢，在他家里开诊所，更不大可能看病看到流年镇外去。

林才上说：你们怎么会走不出流年镇呢？一笔你说不定在镇里干个几年便上县里去。小才你这叫无病呻吟了。

我？无病呻吟。钱小才指着自己说，才上你说我怎么无病呻吟了？

你读出来后最不济也分配到县里，还可能在省城。据说你读的这个学校很吃香的，再怎么也不会下到镇里。林才上说。

你为什么不填报这个学校的志愿，你的成绩还比我高六分？钱小才问。

我敢吗？我家走不起后门，哪像你家是万元户。林才上说。

谁不走后门？大家都在走！听说县教育局招生办那段时间天天挤满人，像菜市场一样。招生办的主任快给人撕了吃了。钱小才说，我爸就是托人找他的，你知道他叫什么花名吗？

吕一笔对这方面最感兴趣的，说：快说来听听。

真名钱理办，后来被人改名叫钱里办，钱里办事，给他送钱，他会按钱的多少帮你办事，带你去省招生办找关系。连我们的"万万老师"都说钱主任是教育局最厉害的！钱小才说。

林才上说：也有好心人叫我爸去找钱里办主任，但我家花不起这笔钱。我爸本来想借钱走钱主任后门的，但又担怕花了钱还可能招录不到。填报师范类、农林类的这类学校，比较安全，听说去读每月还有生活补助。好的大学，能补助吗？我这间师专，不但没花钱，上面还做我们的思想工作，说由县教育局代培，我这样的成绩准能招录的。

吕一笔问：什么叫代培？

县教育局代培你，你读出来后就得回县里教书，去不了外县了。我还跟教育局签了合同，违背合同的话要赔钱的。还听说你哪里来回哪里去，所以说三年后我很可能回我们中学教书。林才上说。

钱小才像上战场涉险过关似的，说：才上你知道吗？我前段天天睡不着觉，天天在等录取通知书，担心录不上，原来你稳扎稳打，在睡安稳觉啊！

林才上说：我不这样又能怎样？我担不起这个风险，我爸说先不计较好坏，捧了铁饭碗再说吧。

吕一笔说：才上，你不会不情愿教书吧，你看我们的"万万老师"，教我们教得挺开心的。

教你这样的学生当然开心。

吕一笔搡了下林才上，说：去你的，讽刺我啊！

钱小才说：一笔，你的不用花钱走后门吧？

吕一笔笑吟吟地说：喝茶，茶都凉了。这是我们流年镇出产的高山绿茶，虽然是办公用茶，但还是可以喝的，苦中带甘。

他不想把自己这次参加招干的内幕说出来。他知道自己笔试过关后，便拐弯抹角托人走后门，花光了他辛辛苦苦代课代了三年的积蓄。

## 2

两年后吕一笔被提拔为镇党委办公室副主任。这年他春风得意，结了婚，娶了李春风。他与同学欧阳月云成了亲戚，李春风是欧阳月云的老公李春来的妹妹。

党委办副主任是什么角色呢？主要是写材料的。要把材料写好，首先要掌握、熟悉镇里方方面面的情况。有一次，他去邮政所了解情况。这些年流年镇去珠三角尤其是深圳打工的人一年比一年多，乡下的那些年轻人不用说了，连圩镇上的年轻人也往那些地方跑。有些中年人也跟着跑，抛下老婆孩子或抛下老公孩子。他们在外面挣了钱后，通过邮政把钱汇回家。邮政所是面镜子，从某种意义上可以映照出外出打工者的生存发展状况。

邮政所在流年中学旁边，是一楼两层半的小楼房。所里有三个人。在流年中学读书的时候，吕一笔有时会去邮政所看报纸、杂志。报纸、杂志挂在一楼的办理业务的大厅里，免费翻阅。

所长姓李，五十岁上下，笑容很好，穿着绿色的工作服，像军人一样。李所长以前当过兵。跟着父母来所里取款的小孩，大都不叫他李所长，叫他李大叔。

李所长压低声音说：吕主任，给你透露一个消息，按理不能公开外传的，你是镇里的领导，又是来调查民情的。

吕一笔说：所长你抬举了，我哪是领导，只是写材料打杂的，你叫我小苗吧。

李所长说：以前我们所的活是不多的，寄寄信、订订报纸、拍拍电报之类的活，但这些年尤其是这一两年，出去打工的人逐渐增加，业务也忙了起来。他们从外面不断把钱汇回来，信件、电报也跟着多起来。

怎么不是呢，这几年过年，在外面打工回来过年的后生人，叽里呱啦讲"白话"（粤语），大家听不懂他们讲什么。他们不改口，还欢喜着，以为新派呢。发型、穿着也学外面的，烫发，穿喇叭裤。吕一笔说。

不过他们汇回来的钱每次一两百块，也有三五百的，有时排队领取。李所长说，其实三五百的已经算不少的了。

钱源源不断地从外面汇回来，大家的生活跟着改善了，圩镇上的买卖明显比以前活跃，像流年河的水流一样流得快才有生机。吕一笔说。

你分析得好。

把钱汇出去的不多吧？

很少很少，入得多，出得少。

你刚才不是说要透露个消息吗？

李所长说：我这就给你透露，有个叫郑顺势的，你认识吗？

吕一笔瞪大眼睛问：怎么啦？

好像已有两次这样了，好家伙一汇汇五千块。收款人是清水村的郑之初。估计郑之初是郑顺势的父亲。

一次汇那么多钱，这不得了！两次加起来便一万块，不是赶上圩镇上的万元户了吗？

钱是从深圳汇回来的，郑顺势理应在深圳工作。

郑顺势发达了，郑顺势这家伙莫非真发达了？他是我高中同学，不会有两个郑顺势吧？

他是什么时候出去的？

他出去五年多了，我们几位同学正在找他呢。

你说那两次汇钱回来是什么时候的事情？

李所长嗞溜着嘴巴想了想，然后说：一次好像是去年年前，还有一次是几个月前。

打工能挣那么多钱吗？吕一笔问。

应该不像是打工。李所长说。

我觉得他不可能是进厂打工。打工一个月才拿多少钱，没那么好的工吧？那他干什么呢？做生意，还是……？

你是他同学，联系联系他便清楚了。

一时半会儿联系不上啊。

哎，吕主任你在外面不要说是我说的。

好的，谢谢你今天给我透露个这么好的消息。李所长，外出打工、做生意的人越来越多，你们邮政所的业务肯定会越来越旺的。来邮政所的大都是来领钱的，走起路来脚底都生风啊！

李所长哈哈地笑。

吕一笔从邮政所回来，再也按捺不住兴奋的心情。镇党委柳书记叫他这段下去调查、了解这些年流年镇外出务工的情况，他第一站便选择邮政所，没想到收获不小。他打算下一步下到各村，一个村一个村地走访。流年镇有二十几个村。最后一站是镇居委。为什么这样安排呢？他认为农村条件比圩镇差，急于想出外面闯荡的大部分是乡下人，而圩镇上的人一直在观望，不大情愿离开圩镇，所以出去的人比乡下的少得多。他本想把从邮政所打探到的那个消息第一时间向柳书记汇报的。柳书记的办公室跟党委办公室相隔不远，他前脚迈出去了，但又收了回来，心里说：别急，等核实清楚后再向他汇报郑顺势的事。郑顺势如果真的在深圳发达了，这条大鱼一定要盯紧。这几年镇里急着寻求发展，招商引资搞建设。流年镇水资源很丰富，流年河是笔不可估量的财富，河的上游落差大，是建电站的最好选择。镇里多次开会达成了共识——流年河的河水开发得好的话，河水便是白花花的银子。

吕一笔把消息偷偷告诉了欧阳月云。欧阳月云既是他的同学，现在又是他的舅姆。吕一笔与李春风结婚前，欧阳月云便跟他说：没想到我们会变成这种关系的。

吕一笔说：不好吗？

那今后见面怎么叫你？

按理叫姑丈。

我叫不出口。

叫几天便习惯了。

首先是叫不出口了，还能先叫几天吗？

吕一笔便呵呵地笑，笑了一会儿后说：既然你觉得那么为难，还是按原来的叫吧。

好的，叫你吕一笔，叫你一笔，你也不要叫我舅姆，别把我叫老了。

叫你月云呢，但人家会认为我不懂规矩，不懂礼貌的，再说你老公我妻舅和他们家的人会怎么看我们。

那这样你看好吗？欧阳月云说。

哪样？吕一笔问。

没有其他人的时候，或者我们这些同学见面的时候，我们便互相叫名，如果家里人在或其他人在的时候，我们便不互相叫，点个头，或用眼神打招呼。

好，好，听你的。

欧阳月云听了吕一笔从邮政所听来的那个消息，好像心不在焉的样子。

吕一笔说：月云，我认为这个人就是郑顺势。

欧阳月云说：是他，也没什么好大惊小怪的啊！他都出去好几年了。

吕一笔不知道欧阳月云对郑顺势的那种感觉和感情。

吕一笔说：真是郑顺势的话，那他可能真是要发达了，汇回来的两笔钱就一万块了，我们这里一个月工资才多少？

欧阳月云说：我们这里是流年镇，你以为是深圳啊！

我想去郑顺势家里打听打听他的消息，你要一块去吗？

一笔，我们俩现在不是单纯的同学关系了。

吕一笔又哈哈地笑，笑了一会儿后说：那我叫上丁观照。

还是你们去吧，我走不开。

你一块去是同学，不去是舅姆。

欧阳月云白了他一眼。

## 3

"洪信贷"这方面的嗅觉特别敏感。

那次郑顺势给家里汇五千块钱建房，他父亲郑之初把钱从邮政所领回来后，又将钱存进信用社，存了好几个月。"洪信贷"立即便觉察到了这个动态。他的工作主要有两大块：吸储、放贷。一吸一放，利润便来了。吸储和放贷一样重要。前几个月郑之初又将五千块钱存进信用社，至今还在信用社存着。"洪信贷"坐不住了，预感到郑之初将会是存款大户。他早已认识郑之初，心里感慨：十年河东，十年河西，风水轮流转啊！想不到当年的贷款户现在是存款大户。

他选了一个好日子，骑着摩托，摩托车的车把上挂着一袋糖果去拜访郑之初。

"洪信贷"这几年家庭不顺，先是他女儿洪玉珠那儿不顺。"洪信贷"求爷爷拜奶奶哄洪玉珠念完初中，洪玉珠读完初中便死活不读高中了。洪玉珠在家待了一阵后去圩镇上的一间发廊干活，成了"发廊妹"。"洪信贷"气坏了——好好的书不读，脑子进水了，竟然去给人家洗头、掏耳洞、拿拿捏捏，脸都给她丢尽了。当初绞尽脑汁起个玉珠的好听的名，没想到那么不争气，原以为是玉是珠是宝，原来是烂泥糊不上壁，是根草是坨屎！

洪玉珠涂红红的口红，烫卷曲的长发，穿低胸衫和短裙，有事没事还喜欢在街上走来走去，成为圩镇上一个闲谈的话题。有人背后议论说："洪信贷"啊"洪信贷"，这都是你自己积的德哦，平时拿了人家那么多好东西，得了人家那么多好处，吃了人家那么多的利息，好啊！按理儿是来世报应的，没想到来了个现世报！

洪玉珠像只金乌蝇，嗡嗡嗡地飞来飞去，招惹了圩镇上那些不三不四的后生仔。来记鞋店的张一定盯上了洪玉珠。自从李旺盛跟欧阳雪儿结婚后，张一定便不好意思跟着李旺盛，做他的跟屁虫了。张一定喜欢去发廊洗头，有时洪玉珠在洗别人的头，别的"发廊妹"要给他洗，但他不洗，一定要等洪玉珠洗。经常这

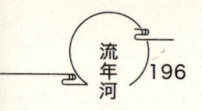

样后,洪玉珠便被张一定感动了。洪玉珠去鞋店,张一定帮她选最新款的鞋,而且以进货价卖给她。后来干脆送鞋给她。洪玉珠又被他感动得不行。后来张一定便向李旺盛借摩托,用摩托载洪玉珠去乡下看夜场录像。后来他们便谁也离不开谁了,如胶似漆。后来张一定把洪玉珠的肚子弄大了。如果没有出现张一定跟洪春秀偷情的事情,他们便要择日"摆桌"(结婚)的。

洪春秀嫁给圩镇下街的曹先旺后,过了不到一年夫妻感情便出了问题,他们俩在一块没话可说。曹先旺只会干重活、累活、死活,其他的一切他好像都提不起兴趣,连晚上睡觉也经常将洪春秀晾在一边,自己呼呼大睡,因为白天干活干得太累了。洪春秀把他叫醒,他便很恼火发脾气。后来洪春秀便放弃努力了。她很后悔当初没有听父亲的话,不该只贪图嫁到圩镇上,一心想成为"街路人"。

洪春秀像只裂开一条缝的鸡蛋,张一定叮上了。洪春秀不分白天还是晚上,不分晴天还是雨天,喜欢去鞋店看鞋,偶尔也买鞋。她发现张一定比曹先旺生动一百倍。后来他们便暗中偷偷地来往。张一定把她偷偷载到竹林里去相好。这个秘密最终还是让洪玉珠发现了。洪玉珠跟张一定大闹了一场后,把肚子里的孩子打掉,心灰意冷离开流年镇去了深圳。

洪玉珠这桩破事让"洪信贷"气得生了一场大病。

不久后,"洪信贷"的老婆那儿又跟着不顺。他老婆曾桃花在医院查出乳腺癌,好在发现得及时,但左边的那只奶切掉了。因为少了一只,看上去一边丰满,一边扁平,怎么看怎么不顺心。

这两件大事几乎把"洪信贷"压垮了,好长一段时间他像被霜打了的菜叶一样,蔫蔫的,走路耷拉着脑袋。

清水村的"棒槌"李树棒心里窃喜,到处去宣传"洪信贷"这些不幸的事情,弄得清水村全村人都知道。

郑之初好久没看见"洪信贷"进村子里来了。"洪信贷"把摩托停在他家门前,正从车把上取下那袋糖果。郑之初正疑惑,说:洪主任,要探谁家去?

"洪信贷"笑眯眯说:你……你家呀。

我?我家?郑之初以为听错了。

郑之初的妻子陈一枝荷着锄头从家里出来,正要下菜地去,看见"洪信贷",说:哟哟哟,什么风把你个大人物吹来了,要探望谁家去?

## 第十一章 那个星期

"洪信贷"笑眯眯说：你……你家呀。

我家？陈一枝以为听错了。

你们两公婆怎么啦，一……一个腔调，好像是排演好似的。

陈一枝把锄头放下，立起来。

我今天就是专门……专门来拜望你们的。你们两公婆教……教子有方，你们的儿子郑顺势那么有出息。你们家都成了我们信用社的存款……款大户了。存款大户，我当然……当然要拜候好。

郑之初说：哦、哦——这样啊。

陈一枝说：那两笔钱是我儿子郑顺势寄回来建房和买家具的，放家里不妥当，只是存在你那里一小段的。

存多久我们信用社都……都欢迎。你儿子郑顺势现在出……出息了，圩镇上都在传他在深圳挣了大……大钱发达了。"洪信贷"说。

他们这才把"洪信贷"迎进屋里。

"洪信贷"还没坐实便急着打听：顺势在深圳做什么大……大生意？

郑之初说：他没说。

陈一枝说：他后生人的事，要他自己愿意说。

"洪信贷"纳闷了：他们怎么会不……不知道呢，可能是不想说吧。乡下人大都是这样，不喜欢显摆，什么喜事好事大事都……都喜欢藏着掖着。

离开的时候，"洪信贷"说：顺势哪天回来的话，请你们告知我好吗？

陈一枝赶忙把他拎来的那袋糖果拎出来，说：你个大主任，这样怎么好呢？

"洪信贷"摆摆手说：唉，一点心意，别……别拿来拿去的，让别人看见还以为什么的。

郑之初脸上有些不自在，说：这不是拐杖颠倒挂——不合常理吗？

你们家是存款大户了，我不……不看望你家，看望谁家去？"洪信贷"说着呵呵地笑，骑上摩托要离开时，回头还一再叮嘱：顺势哪……哪天回来，一定要通知我。

郑之初和陈一枝望着突突突离去的摩托，一时回不过神来。陈一枝回过神后，说："洪信贷"今天说话好像有点不利索。

郑之初说：他本来就这样的。

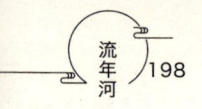

"棒槌"突然冒了出来,问他们:喂,那不是"洪信贷"吗?

陈一枝还在望着"洪信贷"的背影,说:你都看见了,还问?

"棒槌"问:刚才拎了一大袋糖果进你家,探望你们的?

陈一枝说:你都看见了,还问?

郑之初给"棒槌"扔了一根烟。自从生活条件改善后,郑之初便不再自己卷烟抽,嫌麻烦了,改为买一包一包的香烟。"棒槌"接了烟,说:哎哟哟,今天天地转侧,牛尾打结了,那么神气的"洪信贷"今天拜你们家为老爷了。

陈一枝说:你这是那年唐山大地震的说法,唉!

"棒槌"摇头晃脑,还是觉得世事奇怪。

## 4

丁观照在圩镇上开了间诊所。

这样一来,他家便开了两家诊所。另一间在他的农村老家,由他父亲丁定胜经营。他叫父亲一块去圩镇,但父亲不舍得离开,说在老家行医行了半辈子迈不开腿,万一他们发烧感冒的话找不到人怎么办。

丁观照只好说:爸走不走开,你自己定吧。

他奶奶宋福娘岁数大了,这两年已没有胆量出门去"接生"了,听了他们父子的话,说:观照,你爸在我们这一带看病都看出感情来了。

丁定胜说:妈你不也一样吗?

丁观照说:奶奶都把村里人当亲人了,其实我也不想离开的。

丁定胜说:你不一样,还年轻,要走出村子去,外面天大地大。

宋福娘说:要是我还年轻,说不定我也会出去的。

丁观照知道他们在安慰、鼓励他。他想:奶奶怎么可能这样呢,她像一棵大树一样扎根在村子里了。

丁观照在圩镇中街租了间店铺,挂上"丁医生诊所"的牌子。开始的时候没多少病人来看病。皇帝不急太监急,吕一笔赶忙发动亲朋好友同事,要他们病了去他诊所看病。欧阳月云也学着吕一笔的样,她的人脉要比吕一笔多。吕一笔家在乡下,而欧阳月云的家在圩镇。在他们暗中帮衬下,"丁医生诊所"总算熬过了最难熬的日子。加上丁观照的医术不赖，收费合理，更重要的是他很会说话，像电台的主持人。往往他只开口说几句话，病人情绪便安定下来，再听他说几句话，好像病情便减轻了不少，其实还没正式看病、拿药、吃药呢。这门功夫，丁观照是从他奶奶那里学来的。那些疼得要死要活的产妇，看见他奶奶，奶奶刚说几句话，她们的眼泪唰地便下来，疼痛也好像随着眼泪流走了，然后安静了下来。

半年过后，丁观照的诊所的人气快要赶上圩镇上那两间老牌诊所了。

有一天，诊所来了一位老奶奶，由她的孙子扶着来。老奶奶说：最近老睡不着吃不下。

丁观照见是上了一把岁数的老人，不敢怠慢，认真细致地来了一番望、闻、问、切，最后才给她抓几包中药，叮嘱她孙子回去熬给她喝。没想到老奶奶回去后的第二天便死了。她才服下一包药。

这事闹大了。老奶奶是"庄公安"的母亲。她是出了名的老病号，那两间老牌诊所早已把她列入"黑名单"不给她看病了，叫她去卫生院看病。丁观照初来乍到，不知其中的深浅。

"庄公安"和家人找上门来，向丁观照讨说法。一下子，诊所的门口挤满了看热闹的观众。那两间诊所则在暗中偷乐——看你这个山巴佬还敢来圩镇抢地盘吗？

丁观照吓得面如土色，舌根僵硬，说不出话来。

吕一笔这时已升为镇党委办主任。他闻讯后，立即向镇委书记柳书记汇报。

柳书记说：不用我出面吧，你去调停调停已够格了。

吕一笔很着急，说：我位卑言轻不够分量。

柳书记说：你的位不卑了。好吧，流年镇不大不小，我职位也不大不小，那就去调解调解这件不大不小的事情。吕一笔说：听说死的是"庄公安"的母亲，所以，请你亲自出场。

柳书记一听说死的是"庄公安"的母亲，便替丁观照捏了把冷汗。他深知"庄公安"为人处世的做派。柳书记参加工作后没有离开过流年镇，从镇里的一般干部一直升至书记。"庄公安"在派出所也干了大半辈子。

柳书记问清了事情的前后经过后，问"庄公安"：老人家是不是还有其他要害的病？

"庄公安"说：书记既然你都亲自关心这件事情，我也不好说假话了，我妈心脏一直不太好，不过时好时坏，但已经磕磕绊绊好几年了。

什么时好时坏？都死过好几次抢救回来的。人群中不知谁大声地说。

"庄公安"抬头朝人群望。

又有人大声地说：望什么望！

柳书记说：老庄，你在圩镇上是有声望的人，如果要真是丁医生那方的责任，理应由他负责，但一定要有个权威、公道的说法。丁医生来圩镇开诊所也不容易，一个年轻人，再说也方便居民们看病。

丁观照缩在那里，吕一笔时不时拍拍他的后背，暗示他挺住。

对，不能讹人！人群里又不知谁听见了柳书记的话后接话说。

"庄公安"站起来，很生气的样子，朝人群里瞧，大声说：谁？有本事你站出来。那人说：我，是我。他还是在人群里回应，那人知道柳书记在现场。"庄公安"望了一会儿坐下说：但我妈是来他这里看病服了他的药才出事的，如果不讨个说法，我堂堂的一个"庄公安"脸面还怎么放，还怎么在流年镇行走呢？书记你说是不是？

柳书记说：有道理。老庄你看这样好不好？叫上面的权威部门来鉴定鉴定好吗？说着轻轻地拍了下他的肩膀，轻轻地说：老庄啊，明年你要退下来了，我已叫吕主任好好准备，给你开座谈会。

"庄公安"说：书记，你素来知道我是个讲道理的人。

柳书记说：你"庄公安"要是不讲道理的话，还怎么让别人讲道理啊？

"庄公安"终于露出了笑容。

一天后结果出来了，"庄公安"的母亲死于心脏病突发。

这事以后，丁观照给吓坏了，他第一次碰上这样的倒霉事。如果没有吕一笔，没有吕一笔及时向柳书记汇报和柳书记的重视的话，后果不堪设想。他包了两个大红包要感谢吕一笔和柳书记。

吕一笔说：给我的，我肯定是不会收的，收了，还算是同学吗？

丁观照说：你一定要收下，同学也要收。柳书记的你代我转送。

吕一笔说：我估计柳书记也不会收，你别为难我，要送你自己送去。

我跟他不熟。

不熟才好啊！

一笔，这个忙你不肯帮我吗？

这个忙，我帮不了。

一笔，这次真的要感谢你。我想我这间诊所不开了，在圩镇上已闹出那么大的事情。

丁观照一回想起那一幕仍心有余悸。"庄公安"像凶猛的老虎一样，冲他吼叫：你这个叫丁什么的医生，简直是鸟医生，我妈的死你给我个说法！丁观照知道他便是威震圩镇的"庄公安"，吓得说不出话来。那天闹事散场后，脑子里一片空白的丁观照才恢复了意识，觉得下面有点潮湿。赶快回屋关上门，脱掉裤子，惊现裤衩已湿了一片——尿裤了！他不知是因为抽不出身忘了屙尿，还是被"庄公安"吓得失禁。他边换掉裤衩边哭，呜呜呜地干哭：待不下去，待不下去了！

他没有把尿裤的事情告诉吕一笔。

吕一笔说：为什么不开？开！一定要开下去，哪里跌倒，哪里爬起来。是真男子汉就要这样！

还怎么开下去，今后"庄公安"会给我好果子吃吗？

观照你是吃了年轻人经验不足的亏！像"庄公安"他妈都老成那样的病人，其他诊所都不敢接诊的，你以为捡到宝，也不问个清楚。你光有好医术，还要多长个心眼。

是、是、是。今后再也不能大意了，一朝被蛇咬，十年怕井绳。

我提个建议，你这间诊所要开下去，这事以后要把形象立起来，你让你爸一块来经营。你爸是老医生，经验足。

我担怕我爸不愿来圩镇，这里人多，比我村里复杂。

只要你爸是个好医生，我想这个时候他会来的。

我爸当然是好医生啊，在我们老家那里口碑好着呢。

观照你知道有些行业是老了才吃香的，比如行医要老医生，教书要老教师，演戏要老演员，做菜要老厨师，办案要老公安。

丁观照听出神了。

所以啊观照有一天你成了老医生了，便是流年镇上的名医生、大医生。吕一笔说。

丁观照出了这件事后，果然不出吕一笔所料，丁观照的父亲答应来圩镇帮衬丁观照，把家里的那间诊所暂时关了。丁观照父亲的意思是——等丁观照这间诊所在圩镇站稳脚跟后，再回家去接着把那间的门打开。那天他父亲丁定胜听说诊所出事后，立即骑了单车从家里赶来。诊所门前看热闹的人群虽然已散去，"庄公安"也离开了，柳书记和吕一笔他们处理好现场也走了，但他仍然感受到儿子当时害怕、无助的情形。丁观照的奶奶宋福娘非常支持儿子丁定胜的这个决定。

丁观照的父亲丁定胜来圩镇的第二年，他奶奶宋福娘去世了，整个村子都陷入悲恸之中。

丁观照听说村里那间小学的语文老师周老师，写了篇怀念奶奶的文章发表在市里的报纸上，丁观照专门找到了那篇文章——"……现在村里女人生小孩都去卫生院了，虽然条件是好了，但有些以前习惯叫福婆来家里接生的年长者还是不习惯，心里总好像空空的，那些按部就班忙活的医生、护士，哪个都像是接生婆，而哪个又都不像是接生婆。福婆离开我们了，但在村里人的眼里，尤其是上了岁数的人的眼里，她好像从来没有离开过，因为他们身上永远有她那绵软厚实的双手传递的温暖。也许因为想念，福婆离开我们越久，越让村里人不着边际地怀想。他们来到这个世界，睁眼看见的第一个人是福婆，听见讲话的第一个人是福婆，而被爱抚的第一个人是福婆……福婆在他们的心里，要多美就有多美，美得无与伦比。"

丁观照边看边流泪。

"庄公安"没想到自己快要退休了，家里竟出了件不光彩的事。这事是由教办李诗篇主任牵出来的。

李诗篇被人举报，在每年教师调动、代课教师转为正式教师、各间小学校长变动等方面，利用手中的权力，搞权钱交易，还跟一些女教师搞不正当的关系，其中有一个女教师便是"庄公安"的女儿庄小倩。

李春来知道父亲被揭发举报，既紧张又无助，急急找到吕一笔，催他：你快快想想办法，你人面广关系多，找上面疏通疏通，再怎么样也要救爸。

吕一笔这时已当上了镇长。

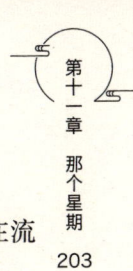

吕一笔也着急，但无从着手，因为岳父李诗篇的问题上面已查明，而且在流年镇影响很大，说：我正在想办法，看怎么办才妥当。

妥当？怎么妥当？都到了节骨眼上了，要不惜代价，要搏命了。李春来急红了眼说。

吕一笔的妻子、李春来的妹妹、李诗篇的女儿李春风则理智地说：哥，爸都这样了，你要怎么翻？再说——

李春来说：说，你快说！

李春风说：哥，你和我是最清楚的，爸那么多年来确实利用手中的权力拿了人家太多的好处，占了人家太多的便宜。我都看怕了，但爸不听劝说。他是爸，他怎么会听我的？

李春来快跳起来了，说：都到什么时候了，还说这样的话，爸他还不是为我们好吗？他一个人能吃多少用多少？一笔是镇长，关系多，反正要想办法救爸。

李春风不情愿了，说：哥，一笔好不容易上来。前任镇长要不是吃扶贫款出事，一笔还上不来呢。你想把他拉下去吗？不单救不了爸，还会连累一笔的。到头来，打屁（放屁）倒入风——划不来呢！

吕一笔嘻地暗笑，想：春风关键时刻清醒。

李春来气得不行愤愤地离开。

李春风见他走远，说：一笔，莫管他，猪脑！

吕一笔又嘻地暗笑。

李诗篇差一年便退休，但没有等来安全着陆的那天。他被开除了公职，这件事在流年镇传得沸沸扬扬。欧阳月云老觉得"家官"（公公）李诗篇像棵大树，老大树，滋生了越来越多的蛀虫，蛀虫叮着咬着啃着，终于倒了下来。

李诗篇虽然免了蹲监之灾，但公职丢了之后，没有工资领了，打回了原形，成为一介平民。有人听后便很生气，骂道：扯淡！他怎么能算平民呢！平民老实安分，他配得上吗？

5

有人将流年镇的发展划分为三个阶段：第一阶段为分田到户之前，第二阶段为分田到户至二十世纪九十年代,以后为第三阶段。对三个阶段又做了个生动的比喻,好像是一头梅花鹿,先是被圈养起来,老实本分、了无生机地活着,然后被放了出来,梅花鹿从围栏出来后,警惕着,左顾右盼地走动,最后才大胆地奔跑起来,驰骋在广阔的山野里、天地间。

做这个比喻的是"万万老师"。他是土生土长的流年镇人,工作后一直在流年中学教书。那天吕一笔去拜访他,他说了这番话。

分田到户之前的流年镇,几百年好像几十年,几十年好像一年,一年好像一天,变化很缓慢。流年河见证着这里一代又一代人在随着光阴流逝而更替。直至改革开放推广家庭联产承包责任制(分田到户)后,流年镇好像老树逢春发新枝,圩镇和乡下开始涌动生机,几年后圩镇冒出了四户万元户——"照相欧"欧阳景山、"利息钱"钱冒银、"豆干杨"杨有利、"炒粄何"何上鱼。

这段时间,吕一笔在组织办公室的同志深入圩镇和各村去调查,为党委换届做准备。没想到这十多年来圩镇悄然发生了变化,涌出三大"百万富翁":"李百万"(来记鞋店的老板)、"刘百万"和"陈百万"。"刘百万"这些年承包了流年中学、流年卫生院、流年供电所等一大批大楼建设的工程。"陈百万"则承包了流年镇至县城公路辖区内的路段的扩建和新开的一些乡村公路的工程。"李百万"除了开了两间鞋店,还开了一间家电销售店和一间家具销售店。而原来的四户万元户不但没有跃上"百万富翁"的行列,有些还缩了水出了问题,比如"利息钱"钱冒银这几年放高利不顺心,不但没有收到利息,还被人"放鸽子"卷走了钱,他们卷款跑到珠三角,从此失去联系。这种事他又不敢报警,哑巴吃黄连,只能生自己的闷气。其他三户万元户思想保守,小富即安,像蜗牛一样慢慢爬行。

圩镇有位徐大爷,年过七十,闲着没事的时候总爱观察圩镇上的人和事,被人称为"徐观察"。四户万元户的说法据说是出自他的口。他以前在流年中心小学教书,教语文,业余搞点戏剧创作。好观事察人这一口,也许是出于这个兴趣爱好吧。

"徐观察"对吕一笔说:钱冒银不行了,别说有钱存,现在可能已欠了一屁股债呢。其他三户呢,大胆预测,十万块够他们想的了。

吕一笔问:"利息钱"不去说他了,剑走偏锋的,那三户你怎么这样看呢?

"徐观察"说：还用看还用想吗？照相即使不吃不睡地照，能暴富吗？做豆干和养猪，能很快富吗？炒粄，一锅一锅地炒，炒到你手抽筋，钱虽然来得快，但少啊！他们是靠勤力和节俭积下来的。

钱要怎么来得快来得多？

吕镇长，现在说要暴发，暴发才能富得快。承包建楼、开路的，就是暴富，开几条路、建几栋楼以后便是富翁了。探头探脑，磨磨蹭蹭，瞻前顾后，迈着碎步，能暴发暴富吗？

吕一笔说：三大"百万富翁"也是你说的？

喂，你是镇长，我只跟你说，你不能向外透露。没错，是我预测的。

吕一笔笑了笑，"徐观察"说话怎么跟邮政所的李所长一个腔调啊。他说：像当年预测四户万元户一样？

是的。

你为什么要这样预测呢？

这样才有说法，才好宣传，才有目标让人追赶啊。

哇！你为我们流年镇的发展做了贡献。

也没，日子总不能平淡吧，要换一换说法。

你再预测预测，圩镇上的三大"百万富翁"，今后谁会富得快？

这个不好说。

怎么不好说呢？

照目前的势头，我看好"刘百万"和"陈百万"。"刘百万"正在圩镇扩建一条新街，有几十间店铺，你是镇长，这你比我清楚的。几十间店铺卖出去后，准又能大赚一笔。他可能又比"陈百万"富得快。

你刚才说不好说，什么意思？吕一笔问。

没什么意思，路要走得快还要走得正啊。

吕一笔立即想起岳父李诗篇的糗事，说：走歪了，那便什么都不是了。

"徐观察"说：你看那个教办的李诗篇，平时看起来一本正经，神神气气，原来是人面兽心，一肚子坏水，看看最后落得这样的下场。

吕一笔的脸唰地红起来，"徐观察"不知道他是李诗篇的女婿。

"徐观察"说：圩镇在改革开放之前一直就是那个样子，一条主街，十几条小巷，没怎么扩大，像长不大的孩子。直到二十世纪八十年代建座桥，结束了过河靠渡船的日子。但圩镇还是没有大的变化，只是吃上了自来水、用上了电。店铺呢，拆旧改建的有那么几间，新建的很少，掰着手指都数得过来。这几年才有大的动作，"刘百万"大手笔把圩镇这边的河滩填起来，筑了条堤，在堤路与那条街之间新建一条街。你说是不是？

我是六十年代出生的，以前的事我不知道，圩镇这一二十年的变化确实像你说的这样。徐大爷，你知道别人在背后称呼你什么吗？

怎么叫我？"徐观察"睁大眼睛，花白的眉毛上扬。

"徐观察"。

哈哈，我也听说了，我这个人闲不住就是爱瞎琢磨。"徐观察"从桌子上拿起那包烟，抽出一根，问：你抽吗？

吕一笔摆摆手说：没学。

学学还是好的。别小看是根烟，联络感情呢。瞎琢磨让我烟不离嘴。我老伴骂我再不戒掉烟，肺都熏黑熏硬了。我说我不抽烟便不会琢磨。她骂我你不瞎琢磨会死掉呀。我说我不琢磨觉得日子寡淡如水啊！

吕一笔掩嘴窃笑，说：明天我便试着抽吧。

你喝酒吗？

以前不喝，现在喝一点。

男人在外面行走哪能一点不喝呢，喝酒也是联络感情啊！都说烟酒伤身体，但上面就是不禁止生产烟酒，怕伤感情啊。你是大镇长，我没你交际多。但我一琢磨，有时一个人也喝几杯。我年轻的时候听过一位长者说，男人不喝酒的话回家吃饭去，莫出来丢人现眼了。我琢磨他的话有一定的道理。

吕一笔空手来拜访他，觉得不好意思起来。

喂，我不是暗示你要拎烟酒来的意思，你即使拎来我也不会收下的。我只是说说烟酒是怎么回事，看你又年轻，又是大镇长，如果你当书记了，我便不跟你讲这些的。你官当大了，也没工夫来寒舍了。

吕一笔尴尬地笑，说：那，那大爷你还观察到什么了？

要说吗？不一定能预测靠谱的。

圩镇上的事，你都说得那么好，你都诸葛亮了。

观察就观察吧，再不说出来，如果"暗埔"（睡下去）明日醒不来的话，便没机会讲了。我看照这样下去，流年镇以后最有钱的人不是圩镇上的，出在乡下，乡下有钱人会越来越多，远远超过"街路人"。

怎么说？三大"百万富翁"不是"街路人"吗？

严格意义上说，他们三个只有"李百万"才算，其他两位是近年才从乡下搬到圩镇来的。为什么这样说呢？"街路人"养尊处优，满足现状，不太情愿离开圩镇，到外面去闯。而乡下人，虽然不能说是逼上梁山，但一亩三分地没什么好留恋的，也用不了多少劳力，有力气的、不傻的都奔珠三角去闯荡了。珠三角是什么？是挣钱的大世界，听说全国人都往那里跑呢。

你听说过从我们流年镇出深圳的郑顺势吗？吕一笔想探一探郑顺势的消息。

"徐观察"说：听说了，听说了，信用社的"洪信贷"都盯上他家了，拎着礼物上他家的门揽储呢。有人说郑顺势年纪轻轻便在深圳开了小百货、办了工厂、做了酒楼，听说炒股票又赚了个盆满钵满。

这样啊，他是我高中时的同学。

我预测，这个郑顺势说不定日后会成为流年镇的首富。既然是同学，你赶快出去邀请他回来投资兴业，造福家乡啊。

哈哈，我们想一块去了。

你还观察到什么了？

"徐观察"笑眯眯地打量了下吕一笔。

吕一笔赶忙看了下自己——莫非忘了将裤裆的拉链拉上？

"徐观察"说：你的官能当大。

吕一笔说：给我打气的吧？

你身材厚实，浓眉大眼国字脸，尤其是耳垂厚，鼻头多肉。

嘀嘀——你会看相？

不会，也会，要么人家怎会白送我个"徐观察"的外号？

从"徐观察"家回镇政府的路上，吕一笔一路不停地自言自语地称赞：这个徐大爷是个有趣的老头，看问题不一般啊！

吕一笔走访邮政所的李所长和圩镇的徐大爷，收获不浅，脑海里渐渐呈现出流年镇今后的村镇变化画面，心里油然而生肩负的责任和使命。

## 6

三年后钱小才和林才上大学毕业,钱小才分配到县公安局,而林才上呢,真的像他自己预测的那样,分配回流年中学教书。

流年中学已有了不小的变化,新建了一栋教学楼、一楼教师宿舍、一栋学生宿舍。厕所也重建了,教师用的与学生用的区分了开来。那间写了"豆芽"杨老师与某某女学生干上了的粉笔字的厕所,已成为历史。听说厕所里写的粉笔字加快了"豆芽"杨老师与那个女学生的结婚进程。那个女学生离开学校一年后,他们便结了婚,由传谣变成了现实。

厕所不远处的电影院也拆掉了,建成了学校的运动场。这几年电视机陆陆续续进入了家庭,先是黑白电视机,后有了彩色电视机。有了电视机,圩镇上的录像场和乡下的录像场,还有电影,硬是让电视机打垮了。那个走村串寨的傻货担片员也失业了。爬到树上去看电影已成为记忆。上街、中街、下街张贴的电影海报再也见不到了。

"万万老师"握着林才上的手说:今后亦师亦友。

这样一握手,意味着接力和传承。

林才上不大敢握"万万老师"的手,怯怯的,因为以前他们是师生关系,"万万老师"在台上讲课,他在台下听课,从来没有握过手,说:老师你永远是老师,我永远是学生。

"万万老师"把手收回来,改成拍拍他的肩膀,说:才上你说的是,今日开始我们既是师生关系,更多的是同事关系。过几年我要退下来了,你别不好意思,万万别不好意思,大胆开展工作,等着你接班呢。

林才上这下便哆嗦了,说:哪敢呢,老师。

林老师,你是我们学校第一位大学中文系毕业的语文老师。

还是叫我才上吧,不是大学,是大专,师范专科学校。

就我们俩时,叫你才上,公开场合叫你林老师。我已经想好了的。大专,也是我们学校的第一人啊!我们学校的语文老师,除了几位老中师生,其他的都是代课转为正式的,底子还是初中或高中的底子。

林才上第一次知道流年中学的语文老师的状况。

所以今后我们流中（流年中学）的语文科的重担要由你来挑了。万万不能躲闪的。我虽然不是校长，但我这个老语文科组长可以引荐。"万万老师"话里是语重心长的意味。

千万，万万还不能引荐。林才上一紧张随口而出。

千万，万万？你不想压重担，不想担当吗？才上，别说老师又在说教，年轻人还是要主动挑担子。这番话我是以你老师的身份说的。

老师，我怕误了学校的事业，我还没开始上课呢。

才上，老师不是说你明天就要这样，我是说你以后，现在要有个心理准备和思想准备。认识很重要啊！

谨记，谨记。我担心老师你拔苗助长呢。

拔苗助长？"万万老师"呵呵地笑，说，我今天可能说急了，看见你这位大学生来学校，我控制不住激动了。

我是补了又补才考上的，又不是什么好材料，老师你知道的。

万人争过独木桥，再怎么样你过了桥。

现在不是以前的样子，谁都可以进考场考大学了，也逐年在扩大招生，含金量没那么高了。老师，我知道你在鼓励我。

"万万老师"问：喂，听说你是不太情愿回来教的？

林才上犹豫着，没说。

想去县城吧？

林才上还是没回答。

换了我，我也想在县城教。乡镇是乡镇，县城是县城。不过——

林才上说：老师，不过什么？

县城教的话，人才济济，给你压重担的机会少。回流中来，机会要多。这样吧，我向学校建议，你第一年教高一，然后一路教上去，高二，高三，那么教了一轮后便心中有底了。这时我退下来，你正好接班。当然我说了不准，要看学校领导的意思。

老师，以前读书时你替我操心，现在出来教书，你又替我操心。林才上感动不已地说。

其实，老师我也有私心的。"万万老师"说。

你有什么私心？

我担心年轻人一放松，耽误了几年的话，便失去了机会。再说学生出了成绩，我这个做老师的，脸上有光啊。再说流中的语文科越来越好了，我这个老语文科组长才退得安心、放心、开心。

老师原来是这样的私心啊。

"万万老师"又拍拍林才上的肩膀，两个人呵呵地笑了起来，像兄弟一样。

教了一年，林才上渐渐适应了教书的生活。学校有个不成文的规定，刚分配来学校的年轻教师都要当班主任，即使是大学毕业分配来的"宝贝"——林才上也一样。早上管学生晨读，上午和下午上课，晚上备课、改作业或批阅试卷，除了星期六、日，天天如此。有一天，他突然厌倦起来，觉得自己很难一年一年这样坚持下去，一直当老师。这个念头一起，他惊着了——"万万老师"还说举荐自己挑重担呢。现在才教了一年书，怎么办？

这念头一旦产生，就像种子下地生了根一样。他像得了厌食症一样。这样半死不活地教了一段后，他找了个机会向"万万老师"讨教。但他没有直接说自己开始厌倦教书了。

他知道"万万老师"有很深的文学情结。

他问：老师你以前教导我们，人生要有诗和远方。读书时我的目标是考上大学，大学是我的诗和远方。从师专读书读出来后，我的诗和远方就是眼下的教书吗？

"万万老师"没想到林才上会请教他这样的问题，愣了下，然后才说：教书是你现在的工作，是生活，是日子，备课、改作业、上课，实实在在的。

那我现在的诗和远方呢？

我也像你一样啊。

你的诗和远方呢？

我，我啊——要说吗？

我现在有些困惑了，老师。

我怕说出来矫情。

诗和远方从某种意义上说是矫情。

我教书后，我的诗和远方就是培养学生考上大学，走向社会能成才。你就是其中之一。"万万老师"说。

哈哈哈，没想到我竟成为老师你的诗和远方。

对呀，如果没有这个目标，我怎么能一年一年教下去，教到退休？

林才上像棵遭遇干旱的树适时浇了一场喜雨一样，恢复了生机。一年后他当上了语文科组副组长。

有一天他突发奇想，请教"万万老师"：能否组织全校的语文老师来一场规定主题、规定时间的作文比赛，像学生高考考作文一样？

"万万老师"瞪大眼睛问：没听明白你的意思？

他放慢语速重复了一遍。

"万万老师"说：这确实是个好点子，但是——

你知道背后有人怎样议论我们学校的老师吗？林才上说。

怎么议论？

议论我们学校有些老师的水平不高。他们说就算是让各科老师去参加高考，也不一定能考个好分数，这些老师考的分数加起来也不一定能考上大学呢。

"万万老师"万万没想到有人会这样议论评价流中的老师。

林才上说：这些议论确实尖酸刻薄。

"万万老师"说：但也不是完全没有一点道理的，再说他们是希望流中办好的，爱之深恨之切嘛！

你看我刚才说的那个靠谱吗？我知道大部分语文老师不想这样体验，怕露丑。但事非经过不知难，老师如果经过这次比赛后，以后教导学生应对高考作文会更有针对性、更有效。

试一次吧。

你是组长，你说试才能试，一锤定音！

才上，革命竟革到自己头上来了啊。我明年就要退休了，这把老骨头为了你这个好点子，不顾老脸豁出去，不怕粉身碎骨了。

老师你熟读那么多唐诗宋词元曲明清小说，你底子厚，随便溢出一点来，便能考个好分数。

万一考砸了呢？

万万是不可能的！

两个人说着便哈哈大笑起来,像正要玩刺激惊险游戏的孩子。

二十多个语文老师坐在一间教室参加作文比赛,单人单桌。题目是阅读一段材料,根据材料的信息,谈谈人与自然和谐共生的看法,字数不少于八百字。时间为一个小时。基本按照高考作文的要求进行比赛。由学校的"这么老师"曹格致、"豆芽"杨雷老师监考。他们看上去既严肃又兴奋。教室弥漫着紧张的气氛。有的像学生一样抓头发,有的托腮帮,有的咬着笔……看上去像学生考试一样。考完走出教室,有些老师拿纸巾擦汗感慨说,这样考了才知道,确实难为学生了。很多老师对自己的作文不满意,一走出教室便责骂起自己来。上午考试,下午评卷,请邻近中学的语文老师评卷。评卷一结束,当即公布结果。结果"万万老师"拿了第三名,林才上第二名,第一名给教高一的一位语文老师夺走了。

"万万老师"看了看林才上,林才上也看了看"万万老师",然后噗地笑出声来。

又一年后,林才上当上了语文科组长,接了"万万老师"的位子。

"万万老师"这一年退休,告别了讲台。

# 第十二章　太意外了

## 1

太意外了，郑顺势没想到欧阳月云会那么快结婚生子。既然这样，自己也没必要再为她耽误时间了。

他精心挑选了一个日子，请孙小美去"叹"夜茶。深圳的酒楼也学广州酒楼的样子。广州城区随处可见茶楼（又叫酒楼），早上"叹"早茶，晚上"叹"夜茶，谈生意"叹"，家人聚在一起"叹"，朋友见面"叹"，亲戚探访"叹"，谈情说爱"叹"，无所不"叹"。孙小美是郑顺势雇请的店长，郑顺势是她的老板。孙小美不好意思推拒，但心里又觉得不自在，说：郑老板，什么好事要祝贺的？

郑顺势说：只是"叹"个夜茶嘛，叫老板我不习惯，叫我顺势，顶多是顺势哥吧。

他们进了茶楼，找了位子坐好后，孙小美才发现就他们俩。服务员站在旁边，拿着纸和笔请他们点茶点菜。郑顺势说：女士先。

孙小美说：你点。

郑顺势说：你点，你点什么我喝什么吃什么。

服务员抿着嘴笑。

孙小美笑着说：别难为服务员了。

郑顺势说：是你难为，又不是我难为。

孙小美说：好，我点吧。

喝了一杯茶，吃了两三道菜后，孙小美心里还是不踏实，茶没喝放松，菜也没吃放松，因为边喝边猜疑，边吃边猜疑。

郑顺势这几年经历了跟宋仙恋爱的情变、对欧阳月云相思的煎熬、被按摩大姐按摩的偷袭后，与女人说话变得不慌不忙，从容淡定。他读出了孙小美的心思，说：你觉得我单独约你出来"叹"夜茶没由头吧？

孙小美看着他，在等他的答案。

郑顺势从口袋里掏出一个精美的盒子，打开，把手表取出来，送到孙小美的面前，说：明天是你的生日，这是我的一点小心意。

孙小美犹豫着，没接。

郑顺势用手把手表围拢起来，手表闪闪发亮。他说：夜光表。

孙小美第一次看见这样的手表，说：那么贵重的礼物，我哪能收呢？

我，我——郑顺势突然变得说话不顺畅起来，到了关键要表白的时候，心里还是不淡定的。

孙小美嘻地笑了下，她给他的茶杯续了续茶，她猜到他的那个意思了。

郑顺势喝了口茶，压了压心里的激动，说：我……我向你求爱，如果你还没有男朋友的话。

我，我——这下轮到孙小美激动、忐忑了。

你现在有人追了吗？

谁追？

要问你自己。

有啊！孙小美故意这样挑逗他。

郑顺势立即像淋了冷水，平静下来，过了一会儿，问：能透露吗？

能啊。孙小美又故意这样撩弄他。

郑顺势立即打起精神来，问：谁？是谁？

孙小美把郑顺势手中的手表接过来，看着手表说：顺势哥，远在天边近在眼前。我没想到你会追我。你了解我吗？

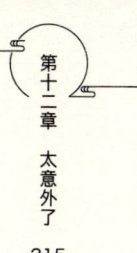

## 第十二章 太意外了

我一直在暗中观察你。

暗中？

你像水里游的鱼，我像盯着鱼的猫。

孙小美嘻嘻嘻地笑，用纸巾遮挡着嘴巴，笑完后，说：你要吃我啊？

我瞄着你，哪能吃。如果结婚算"吃"的话，我便"吃"。

孙小美又嘻嘻嘻地笑，然后夹了一个煎饺吃，说：像这样吃吗？

自从那次被查房，你叫我躲进你房间开始，我就喜欢上你了。后来你又带着我去办暂住证，现在又帮我的忙管理两间小百货。

这样啊。

小美，你聪明能干，善解人意，如果我是一张试卷的话，你把卷子里的题都答对了。

孙小美说：没答错吗？

对了，对了，都答对了！所以我要下定决心把你追到手。走过，路过，千万不能错过。错过了，终生遗憾。

我有那么好吗？

有，有，有啊。

万一以后你发现我不是你现在看到的样子呢？

万一？是一万里面的一。九千九百九十九比一。你已经是九千九百九十九了，九九金了。

孙小美感动了，说：我怕我配不上你。

小美，这话要我来说的，给你先说了。郑顺势边说边把小美手中的手表拿过来，然后戴在她的手上。

孙小美说：真精致、漂亮。她说着眼睛起了红潮。

郑顺势说：没你漂亮、精致。喜欢吗？

喜欢，喜欢！孙小美边说边感动。

郑顺势在孙小美的手腕上亲吻了下。

孙小美的眼泪便争相涌了出来。

## 2

在深圳的这些年,郑顺势练就了敏锐的赚钱嗅觉。深圳证券交易所(简称"深交所")刚成立,他便预感到又一波赚钱的机会来了,而且可能赚得更快更多。

钱一张一张地挣,然后慢慢地数,再一沓沓地存进银行,这种传统的赚钱方法,郑顺势已经非常熟悉。但炒股票呢,看的是股价涨跌的曲线图,像心电图一样。曲线上下之间,买入与卖出之间,不见刀刃,没有硝烟,但比在建筑工地干得流汗流血、比在工厂车间干得腰酸背疼,来钱来得容易,但去得也快。这是真正没有硝烟的战争。

那次深交所股票认购摇号,每人凭身份证可购买一张券。消息一出,引来百万人争购。郑顺势雇请了五十多位农民工,排队购买。远些望去,长长的队伍非常壮观,就像长城,又像搬吃东西的蚂蚁,迂曲着蠕动。有人一大早便开始排队,带着开水、干粮,不敢轻易离队,生怕一走开被人抢去了位子。水不敢喝足,干粮也尽量少吃,担心吃多了喝多了要去大小便。但再怎么注意,排队时间太长了有些人还是出了意外,憋不住尿。人有三急,这一急要命啊!最后只好离队,功亏一篑。听说有人用衣服或其他东西做掩饰,将尿屙到空矿泉水瓶里。

郑顺势雇请的那五十多位农民工,还好只有一个没坚持住,说坐太久站太久腿发软出虚汗眼冒金星,只好中间离场。其他个个吃得苦,说再苦再累都不离队。他在旁边时不时为他们鼓劲加油,并做好保障服务,给他们补充水和干粮。最后郑顺势被他们的举动感动了,觉得他们确实不容易,出手大方给每位农民工发了二百块钱的工钱。那个半途而废的,他也补了一百块给他。

正是这次,郑顺势第一次炒股便赚得眉开眼笑,一家伙赚了八十多万元。炒股赚钱来得那么容易,但也让他惊吓到了。他虽然不知道其中的深浅,但他知道种瓜得瓜种豆得豆的道理,炒股票好像不是这种常理,像种芝麻得西瓜一样。这样一想,心里便不踏实起来。他问妻子孙小美:炒股票不用风吹日晒,又那么能赚大钱,你晓得其中的道理吗?

孙小美说:你赚过一大笔了,也不知道?

一直在想,但还是想不明白。不过,我老觉得像赌博。

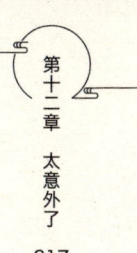

第十二章 太意外了

赌博？

赌博就是赚得快输得也快。

像赌扑克牌那样吗？

好像是，又好像不是。不用纸牌，用的是数字，就是那些阿拉伯数字。

既然你都弄不清楚就别炒了。

现在很多人都上瘾了，天底下没有比这种来钱更快的。我也想沉下心来琢磨琢磨其中的猫腻。

我提个醒，别陷进去了。你现在有老婆孩子了哦。

郑顺势说：再炒一把便收手，赚多一些养家糊口。说着凑上去想吻孙小美的脸，孙小美闪开了。

家产都过百万了吧，一家人用不了多少的。孙小美说。

深圳有那么种说法，来深圳要混出人样，要有"三证"：边防证、暂住证和居住证。前面两证是为了居住证铺垫的，他们已经实现了，理应知足了。

孙小美又说：你一个从山沟里来的外乡人才多少年啊，已有这样的局面，要珍惜了。她话中暗藏着用意，劝他收手。

郑顺势怀着再试一试的心理又炒了一次。他是大盘高时买进股票的，买进以后便时跌时升，跌幅不大，升幅也不大。关注了一段时间后便厌烦，累了，也没有工夫和闲心老对付它。他正在谋划开一间卖电话机和BP机（寻呼机）的店铺。BP机刚上市，他便嗅到了赚钱的机会，然后便一直忙着开店的事情。开店的事办得差不多了，才想起已有一段没关注股票了。不看则罢，一看心都凉了，股票跌得惨不忍睹。他一怒之下，把所有股票甩卖个精光。这次竟结结实实地亏了近八十万元。这件事他不敢告诉孙小美。上次炒股赚的，与这次亏的，几乎拉平。炒来炒去原来一场空，赚个劳心费神，还赚个话题——雇请农民工排队炒股。

后来他听一位老股迷说——股价的涨跌是因为市场行情的波动而变化，主要是源于资金的关注情况，资金大量涌入则股价涨，资金大量流出则股价跌，它们之间的关系，好比水与船的关系。

郑顺势说：你说的道理我能明白。

但明白了，你便时刻要关注，不该买的时候不要买，不该卖的时候不要卖。老股迷说。

哦，这就难了。

所以要专心炒股，专业炒股。专心、专业了，还不一定能赚呢。不专心、不专业的话，最好别瞎撞。炒股像钩鱼，别走神、打瞌睡，弄不好鱼没钩到，连诱饵和渔竿都给鱼叨走了。

郑顺势觉得自己做不到专心和专业，最后选择放弃。

## 3

BP机在市场上一出现，深圳卖BP机的门店便一夜之间争相冒了出来，如雨后春笋般。

郑顺势立马又转战罗湖，开了两间卖BP机和电话机的店铺。为什么选择罗湖呢？他认为罗湖是核心区，赶新潮且消费力强的人群比较密集。

他将开店的情况，及在妹妹郑望月、弟弟郑顺时两人中选一人出深圳帮忙管理店铺的想法，写了封信给父母。

郑顺时也有一年没有读书了，回家帮父母种地。家里只有郑盼月还在读书。他不敢一下子将他们两姐弟叫出来，要留一个做父母的帮手。如果不是考虑这些情况的话，他们俩可以一块来的。他开了两间小百货，现在又开了两间BP机、电话机的销售店铺。他妻子孙小美准备生第二个小孩，已怀孕好几个月，肚子都隆起来了，所以人手非常紧缺。

郑之初接到信后，跟妻子陈一枝商量，然后开了个家庭会议。他们家是第一次这么庄重地开家庭会议。以前从来没有开过，因为没有什么重要的事情，特别是大的好事。再说那时他们的孩子还小，什么事他们夫妇说了算。现在不一样了。大儿子郑顺势真是给他们长脸，连"洪信贷"都拎着礼物上门来。眼下又有了那样的大好事，叫他妹妹、弟弟出去见识、发展。他自己好了，便想着帮弟妹跟着他一块变好，有长兄的样啊！他们越想心里头越欢喜。

陈一枝压住心里的兴奋，说：他爸，这个真的要开会吗？

郑之初吸着烟，激动随着烟雾在飞。他说：不开，定谁去？听听望月、顺时他们的想法。

我估摸他们都想去，这几年后生人都想方设法到外面见世面、赚钱，何况是深圳，听说深圳是一天一个样在变，像耍魔术一样呢。你看看，顺势去深圳这些年的变化，我都不敢相信呢。

理应让望月先出去，她比顺时大几岁，又是姑娘家，顺时日后机会比她多。再说望月也回家帮手那么多年了。你说是不是？

我也这样想的，顺时应该能想明白，他姐先出去，以后便轮到他出去，一步一步来。

家庭会议竟开出了意外的结果：郑望月礼让弟弟郑顺时，郑顺时又礼让郑望月，让来让去，谁去深圳出不了结果。

郑之初一脸疑难，说：既然这样，就那样吧。

陈一枝着急了，说：那什么样？

他们俩一块去，家里那点田地的活，我们两公婆能对付。再说耕田种地也赚不了几个钱，真干不下来就让它荒去。

我看这样也好，一块出去路上也有个照应。

郑望月还是舍不得离开父母。

陈一枝知道她的心意，说：你不去，你弟弟也不去，你这样便误了你弟弟。我和你爸身体还硬朗，再说身边还有你妹妹，又不全是老家伙了。

怎么会是老家伙呢？你和我爸再过十年也还不是老家伙。

就是嘛，你们在外面赚了大钱了，我和你爸便越活越添嫩呢。

他们到深圳后，又面临着选择——谁跟嫂嫂孙小美学习管理经营小百货，谁打理新开的那两间BP机、电话机销售的店铺呢？不过这次倒爽快。郑顺势征求他们的意见。郑望月说：我跟着嫂子学，顺时去干那活吧，我是女的，对那个什么BB机的不懂。

郑顺时在暗笑，说：如果姐你不说，我也想这样的，你看BP机别在腰间多神气！多帅啊！

郑顺势说：哥先给你们俩配BP机，方便联系。

郑顺时高兴地跳了起来，说：你看哥挂的BP机，嫂子一呼叫，便闪着光，像蟋蟀一样叫了起来。

郑望月说：也不一定是嫂子呼的吧，谁呼也是一样的吧。我不晓得怎么用啊！

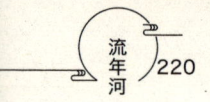

郑顺时说：我现在也不懂啊！读了书有文化的一玩便会的，估计不会太难，要是难懂的话，还怎么卖？

郑顺势开心地说：顺时，哥没想到你人小鬼大，脑子活络啊。

三人便哈哈哈开怀大笑。

第二天郑顺时便挂上了BP机，时不时扭着腰显摆一下，说：姐，我呼你，你也别忘了呼我。

郑望月说：有事找你，当然要呼你了。

没事，有话要说，即使说闲话也要呼我。

万一找不到电话复机，不是很麻烦吗？

这有什么麻烦的，没人呼我才难过呢。哥花了那么多钱给我们配BP机，就是给我们使用的。你看哥的BP机整天叫个不停。

他是老板，事多啊。顺时，过不了多久，我看你的BP机也会叫个不停的。

姐，你的也会。

## 4

郑顺势和孙小美结婚的第二年，第一个孩子出生了，隔了一年，第二个出生，都是男孩。大的叫郑有恒，小的叫郑有为。

郑顺势让孙小美给孩子起名，孙小美又让郑顺势起名，故意地、欢喜地让来让去，最后还是郑顺势起的名。

郑顺势说：孩子的名我早想好了。

原来你是诈的啊！

呵呵，要是你把名已想好的话，我便不说的。

有恒，你的用意是什么？

恒，恒心，做什么都要有恒心。

那是，有恒心了便会有收成。孙小美说，你不会已想好了第二个孩子的名吧？

那时郑有为还没有影子。

小美，小美，我就说嘛，你是我肚子里的蛔虫。如果又是男孩，叫有为。我想给他们兄弟传递这个意思：有恒心才有作为。

孙小美说：我才不是你肚子里的蛔虫呢，脏死了。是你经历了那么多事情的心得吧。

小美，你真是懂我。郑顺势说着在孙小美的脸上吻了个脆响。

第二个孩子郑有为出生后，孙小美成为家庭主妇，打理家务，照看孩子，她没有时间和精力管理那两间小百货了，由郑望月接替她管理和经营。

郑望月和郑顺时来深圳一年多时间，便适应了深圳的环境，像鱼在水里一样自在地游来游去。

那天吃着晚饭，孙小美跟郑顺势闲聊。孙小美说：望月、顺时两个真是有出息啊，才出来多久，便没有了农村娃山里娃的样。

你是说穿着打扮吗？郑顺势问。

除了这些，还有——

还有什么？

一时半会儿说不好，还有神态、做派、办事，总之，看上去跟深圳这里的年轻人没什么区别了，连说普通话也不带客家话的腔调了。

郑顺势便乐了，说：小美，你如果写文章的话，准是好作家。

孙小美说：你又夸我，你老夸我，我今后不说了。

这几年郑顺势新开了一间电子厂和一家酒楼。电子厂在蛇口。酒楼在罗湖。电子厂他请钟近胜管理。钟近胜从一个打工仔摇身一变成了经理，一人之下众人之上。钟近胜是郑顺势去东莞打工时关照过他的老乡。钟近胜十多年一直没有离开过那间电子厂，现在是车间的拉长。

郑顺势开车去东莞把他接过来的时候，钟近胜被惊吓着了。他们已经很多年没见面。

郑顺势说话不像以前一样不自信了，胸有成竹，开门见山，把自己的想法直截了当地说了出来。

钟近胜惊奇地问：你自己在深圳办厂了？

等着你去开业呢。

这个，让我当经理，我能行吗？

为什么不行，你干了那么多年，业务最熟悉了。郑顺势在心里嘻地发笑，好久没听钟近胜的"口头禅"——"这个"了。

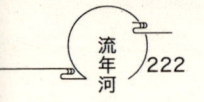

这个，我怕——

怕什么，万一干不好也不用怕的。再说你越是怕，你便越能干好。你现在每个月领多少钱？

按劳计酬的，一般的情况下两千块左右。

这样吧，我开给你三倍的工资。经理，经理总要有经理的身价嘛。

六千元？

六千元！

钟近胜的眼睛立马湿润了。

你明天便辞工，能行吗？郑顺势问。

钟近胜犹豫了下。

不行的话——

还没等郑顺势说下去，钟近胜说：这个，好的，就明天吧。没想到我竟会炒了工厂的鱿鱼。

郑顺势呵呵地笑，说：你这才是当经理的气魄！

顺势，哦不对，郑老板，当年我就预感到你是一个不简单的人，果然不错。

不会不简单吧，我还是一个简单的人。

这个，不简单，不简单，真不简单啊。

郑顺势说：这样吧，你辞了工打电话告诉我，我派车去接你。

不用，我自己会去的，又不是小孩子。

经理，经理要有经理的身价嘛。

郑顺势开车离开好远了，钟近胜还在目送着他，说：这个，不简单，郑顺势真的是不简单！

郑顺势没有想到，钟近胜的老婆是刘青叶。刘青叶是他在流年中学读书时，偶尔一块同路挑米菜的老乡。他们同一个村，她家在中村。高考落榜后，她也找了钟近胜引荐，到东莞一间服装厂打工。后来，他们结婚了。这次钟近胜把她叫来一块见面，郑顺势先是愕了，然后便乐了，说：缘分，我们的缘分不浅啊！

BP机面市才两年，又被大哥大打垮，像短命的皇帝，皇位还没坐热，便被抢班夺权了。虽然这样，郑顺势在罗湖开的两间BP机销售店还是赚了个盆满钵满。他立马见风使舵，将这两间店改为大哥大专卖店，并且在南山新开了一间，既卖大哥大，还兼卖BP机和电话机。

　　生意大了，业务广了，交际多了，郑顺势整天忙得不可开交。上午出去后，一直要到晚上很晚了才回来。出去的时候，西装革履，手持大哥大，开着小车，回家的时候，也是这样衣冠楚楚地回来，西装不皱，皮鞋不尘。

　　孙小美看见郑顺势每天都这个样子，心里不停地涌出话来——郑顺势越来越有大老板的模样了，但现在一块说话、吃饭的时间越来越少，他确实忙啊，每天开车出去看看两间小百货、三间大哥大销售店、一间电子厂、一家酒楼，光是走一圈，一个地方停留一下，别说停留太久，就要花去半天的工夫。如果碰上哪个地方有事要他亲自来处理的时候，有些地方便没工夫看了。他自己主管的那家酒楼，是他最花时间的地方。他还不满足，还在谋划新的项目。照这样下去，他以后连回家的时间也挤不出来了。现在有时便这样了，有时两三天才回来一次……

　　孙小美对自己说：这样下去怎么办呢？郑顺势以前那样子好，还是现在这个样子好？

　　孙小美每天在家照看两个孩子的起居饮食，虽然雇请了一个保姆做帮手，但烦琐的事还是很多，几乎不可能跟着郑顺势出去。郑顺势每个周末，会抽出半天时间来陪她和小孩出去"叹"早茶，以尽到做丈夫和父亲的责任。

　　孙小美的心里总是不踏实，常常因为心里不踏实而睡不好觉。最后想了个办法，让郑顺势一个星期最起码交一次"公粮"，减少他在外面寻花问柳的风险。她知道一周交一次"公粮"是少了点，但也只能这样了。让她生气的是，有时他连一周的一次也忘了交。

　　有头有面有身份的郑顺势出入生意场和社交圈，总不可能一个人孤零零的吧。而孙小美又不能陪他，再说他也不会考虑由妻子陪伴左右的，因为夫妻之间太熟悉，熟悉到连晚上打呼噜的声调和频率都一清二楚，这样一块见客人谈生意便没多大的意思，再说也不放松，放不开，有时难免要说一些虚虚实实的话。于是他便选了一个秘书陪他。秘书自然也是要女的，老板们谁不这样？

　　他的女秘书叫范小仙，年方二十，脸蛋漂亮，身材高挑，说话温柔，更主要的是贴心。范小仙原来在酒楼负责给客人点菜的。有一天郑顺势在酒楼吃饭招待客人，无意发现她，当下便丢了魂似的——天哪，那模样，尤其是那眉眼太像宋仙了。

饭后他把范小仙留了下来，问她是刚来的吗。范小仙知道他是老板，不太敢看他，低声地回答：刚来一个星期。

叫什么？

范小仙。

小仙？

范小仙愣了下，不知道怎么接话。

你妈是哪里人？

我妈？是指镇、县还是省？

郑顺势呵呵地笑自己，说：省吧。

云南。

郑顺势舒了口气，自言自语地说：宋仙是贵州的。

宋仙？范小仙一头雾水。

郑顺势还是不甘心，又问：你认识？

范小仙摇摇头。

这以后，范小仙成了郑顺势的秘书。

## 5

大哥大是手提电话的俗称，它厚实笨重，如黑色砖头，重量往往在一斤以上。如果用来砸人，能把人砸死。它价格不菲，一部大哥大要价在两万块钱左右，黑市的售价高达五万块。使用大哥大是身份显赫的象征。谁又能预料呢，大哥大面市几年又被小它薄它很多的精美的手机打倒，像BP机一样短命。

郑顺时暗中非常羡慕哥哥郑顺势手上的大哥大，但他买不起。他和郑望月每月工资是郑顺势发的。他们的工资比店里的其他员工高一倍左右。除了工资，郑顺势有时还会给他们额外发些奖金。这样一来，他们的工资待遇已经很不错了。虽然待遇很好了，但还不是老板，不能像郑顺势那样消费，那样气派。

大哥大一遭市场淘汰，郑顺势又马上把大哥大专卖店改为手机专卖店。他总是紧跟快速变化的市场。手机的通话费比大哥大低，而通话质量又比大哥大好，售价还比大哥大低，立即成为市场的新宠。

## 第十二章 太意外了

郑顺势把大哥大扔进抽屉里，换上了手机，同时还给妻子孙小美、妹妹郑望月、弟弟郑顺时每人配了一部手机。这样一来，他们不用见面便可以通过手机说事办事了。郑顺势觉得花这笔钱非常值得。

郑顺时握着新手机，满脸笑容，第一电话打给姐姐郑望月，说：姐，姐，是你吗？

郑望月也手握新手机，满脸笑容地应：是，是我。

我听见你的声音了，你听见我的声音了吗？

郑望月在手机里哈哈地笑。

姐，你笑什么？

笨，都听见了啊。

哦——我的手还在抖呢，姐。

抖什么？

激动啊。我一开始不相信这玩意儿竟能讲话、听话，现在相信了，我像在做梦。

我也是啊。要是爸妈知道我们现在这个样子的话，会惊喜得满村子里跑的。哥哥真是厉害啊。

姐，说心里话，我都觉得自己快不认识哥了。

自己的哥哥怎么会不认识呢？

你看以前他在家时的样子，现在这个样子。

以前是没见过世面的穷小子，现在哥哥是大老板了，你那么一说，我也觉得不认识哥了。呵呵呵——

姐，哥越是这样子，我越觉得不敢随便跟他说话了。你会有这种感觉吗？

我，我——听说我们村也通电话了。现在好了，不用写信，有什么话便可以直接打电话给爸妈了。

他们家刚装了电话。

郑顺时问：姐，你打给爸妈了吗？

我拿到新手机第一个电话便给爸妈打的。

哦，哦，我挂了，我这就给爸妈打。

好的，通话要钱的，你挂掉吧，节省点话费。

嘻嘻嘻——郑顺时在手机里笑。

郑顺势去看郑望月管理的小百货、郑顺时管理的手机店的时候，他有意不带秘书范小仙去。一段时间来他一直坚持得很好，郑望月、郑顺时也不知道他有秘书。但时间久了，也不知道是放松了自己，还是应酬喝了酒疏忽了，竟带着范小仙去看小百货和手机店。一次两次几次这样后，郑顺时心里生出话来，憋着憋着觉得快憋不住了。他打电话给姐姐郑望月，说：姐，你看见过哥带的那个女秘书吗？

看见两次。怎么啦？

郑顺时压低嗓音说：你认为哥会告诉嫂子吗？

嗯——我还没往这方面想过。可能，可能没有吧。

嫂子要是知道的话，心里会怎么想？

可能会有点不舒服吧。但老板谁不带个秘书，前前后后服务服务？

有点不舒服？我想不止有点，因为这个女秘书那么年轻漂亮。如果是男秘书或岁数大的、不那么漂亮的女秘书的话，嫂子知道的话可能心里不会有想法。

顺时你出深圳那么多年了，还那么不开窍，不知道这里的行情啊！哪个老板还带像你说的那样的秘书？要是那样的话还不如不带呢，加不了分，反而减分的。

要是爸妈知道的话，他们会目瞪口呆的。郑顺时小声地说。

爸妈怎么会知道呢？老家是老家，深圳是深圳，一个是地，一个是天，天差地别。喂，这事你千万别多嘴多舌告诉嫂子，别让她在家看管孩子待不住。更不能告诉爸妈，让他们着急、操心。

我脑子又没进水，怎么会那么弱智？

郑望月放心了，笑了笑，说：挂了，说话要钱的。

别挂，还想说件事。你听说了吗？郑顺时赶忙说。这件事，一直悬在他心里。

快快说，别一截一截的，我受不了。

听说，哥应酬叫小姐陪酒，喝高了，当众让小姐把钱包拉开，让她自己拿小费，掏十张八张大钞，哥连眼都不眨一下。

真有这回事？

听说的。你可以当作我没说。

你没说？我没听见？

眼下的风气都这样，哥可能充一下面子的。说不定，酒醒他就后悔了。郑顺时反倒这样安慰起郑望月来。

## 6

郑顺势在白石洲开发新建了两栋小产权房。

国家发产权证的叫"大产权房"，国家不发产权证的叫"小产权房"。小产权房是指农村集体土地上建设的房屋，未办理相关证件，未缴纳土地出让金等费用，产权证不是国家房管部门颁发的，而是由镇政府或村颁发。虽然是这样的房子，但还是有很多人购买，因为它要比有产权证的房子便宜很多。

郑顺势选择在白石洲建这样的房子，因为白石洲是城中村，这种房子更好卖，买这种房的人比较多。

两栋小产权房建好后，很快被抢购一空，他又赚了个盆满钵满。

这么多年郑顺势开小百货、手机专卖店、工厂、酒楼，他稳扎稳打积累了厚实的资金。炒股票，先赚了八十多万元，接着又输了近八十万元后，他便彻底告别玩炒股这种游戏，他觉得炒股是投机取巧，像赌博。他静下心来，研究市场，办实业，走正道。涉足开发小产权房获得成功后，他将目标瞄向更大的领域，进军房地产行业，开发建设大产权房，由暗到明，由歪到正，由窄到宽。他将目标锁定在南山。他认为南山发展前景不可估量。他在南山兴建了一栋二十几层的商品套房。这年郑顺势四十一岁，他真正迈进了大老板的行列。

他们家住进了别墅。

孙小美成为住别墅的贵妇人。但孙小美心里像打翻了五味瓶，有满腹的话但又不知向谁说。

以前郑顺势一个星期最多一两个晚上不回来睡觉，现在常常是一个星期，甚至是半个月都见不到他的踪影。她知道他有那么多的工作要忙，那么多的人要见，但再忙也不能把家忙丢，把老婆忙丢，把孩子忙丢啊！他正值壮年，各方面都正旺的时候，难道可以忙到把老婆落在家里，让她独守空房，让她孤枕难眠吗?……孙小美像被圈养起来的金丝雀。金丝雀还可以在笼子里啼唱,而自己还不能乱说话,要保持贵妇人的风度。她已经活得连一只鸟都不如了。鸟笼再精美有什么鸟用?

范小仙做郑顺势的秘书已经很多年了,但孙小美一直不知道,谁会告诉她呢?只有脑子坏掉的才会告诉她这些。再说出入生意场,活跃在社交圈,行走在江湖上,哪个大老板不是这样的?这一点也不值得说的。

郑顺势这几年的业绩一路飙升,把郑望月、郑顺时姐弟看呆了!

郑顺时时不时打电话给姐姐郑望月,说:哥哥牛啊,哥真是不得了。

郑望月说:哥成为流年镇最大的老板也不定啊。

姐,我老在想——

想什么?

我想爸跟哥比,爸比哥活得苦累、寒酸了。

哪能比呢?生活的年代不同,哪能放在一块比较?爸年轻时活在捆手捆脚的过去,我们这代人只要有能耐,就能尽情地放开手脚干。

印象中,爸每天从早忙到晚,从早累到晚,好像没什么开心事。有的话,也就是在有月光的晚上,等大家回屋睡觉了,他一个人溜到门坪的那棵杨桃树下打功夫,霍霍嗨嗨地打一套"郑家教"。

哎,我也记得。小时候妈有时给我们叨念爸打功夫的事,后来我在妈的提示下,曾偷偷看过爸踢脚划拳在打功夫,爸打得很投入、很畅快的样子。

我也偷看过。姐,你知道爸为什么一个人在夜深人静的时候打功夫吗?

哎哟,你这么一提,我还真是从来没有想过。

打功夫是爸的喜好,他一个人的自娱自乐,也可能是苦闷时的宣泄。

宣泄,可能是这样,弟你说得有道理啊。

爸还有一件开心事。

什么开心事?

你想想,好好想一想。

节省点通话费吧,你赶快说好了。

咳,姐,有些话花点钱也是值得的。

我知道。

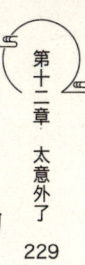

## 第十二章 太意外了

你应该也记得的，每年正月舞狮，从上村舞到下村，从远舞到近，从正月初二舞到元宵节，我们村的舞狮队被上迎下请的，能挣不少红包呢。

啊，对、对、对！爸领着舞狮队，开心得合不上嘴。

狮子还是爸亲手做的。姐你还记得吗？每年进入十二月，爸便开始做狮子了，狮头是用木条、竹片、竹篾扎的，然后糊上一层又一层的纸，最后画上狮子的脸谱，尤其是狮子的眼睛，跟真的一样。

郑顺势十多岁的时候，过年经常跟着父亲他们去舞狮。父亲和几位德高望重的长辈领着舞狮队走村串寨去圩镇。开年正月村村寨寨家家户户争相请舞狮队上门来舞狮，祈盼的是一年风调雨顺、五谷丰登、人健畜旺。主角是狮，擎狮头的往往是会武功的大叔。还有戏弄狮的孙悟空、猪八戒、沙僧，这些配角是从唐僧取经那里模仿来的。搭配这些角色，可能是为了营造搞笑的气氛。几个敲锣打鼓的走在队伍的后面，他们穿的服饰也是统一制作的。一群人就这么热热闹闹地进村。村民远远地听见锣鼓声，便兴奋得难耐。一座大屋，先在公用的大门口舞狮。门上角插着仍留有竹叶的竹枝，竹枝挂着一包或几包香烟，挂着一张红纸，红纸贴着一排或几排元、角、分不等的纸币。成串的红红的鞭炮挂在门边。舞狮拜门神的时候，便点燃鞭炮。迎着噼里啪啦的鞭炮声和飘飞的纸屑，在热闹的锣鼓声中，狮被欢快地舞起来。观众们心情既激动，又紧张。舞狮快结束的时候，狮头高高跃起，把挂着钱和烟的竹枝叼下来。接着才挨家挨户轮着舞。也是对着门舞，门上边一样插着挂有钱和烟的竹枝。中午回来吃完饭，下午接着去舞狮。父亲他们大约在"入年假"便规划好舞狮的线路。如果走远了，中午便不回来吃，舞狮舞到哪里便吃在哪里。过年嘛，村民也很喜欢宴请舞狮队。一天舞下来后，收获满满。晚上，大家说说笑笑，围坐在大厅里，把钱和烟从竹枝上取下来，然后分钱、分烟。大厅里不时传出一阵又一阵的欢声笑语。狮头是父亲做的，也许是因为这个，他有两年曾分了个摆狮尾的角色。狮尾怎么动，全听狮头的，生动、协调便好。整个人套进布做的狮身里，弯着腰，不太好看路，所以摆狮尾也不轻松，于是老盼着舞狮快点结束，好从里面出来透风。晚上，他也分了一份钱和烟，领回家，便开心得忘了辛苦，至于别人的鬼话——狮尾老"吃"狮头的臭屁，也可以当作屁话了。

在他的印象里，做狮、舞狮是父亲最快乐的时候。

郑望月说：弟你不说，我快忘这事了。所以说爸也有他的开心事啊。说着说着，我又想起了另一件事，爸肚子里藏着许多老故事。

也奇怪了，我们家没有一本书一张报，他又没上过一天学。小时候没去想这件事，长大了老想不明白，爸给我们讲的老故事到底是哪里听来的。

还记得那些老故事吗？

"刘姥姥进大观园""桃园三结义""孙悟空三打白骨精""林冲雪夜上梁山""岳飞精忠报国""孟姜女哭长城"。一时半会儿想不起那么多。

夏天的晚上，在老屋门坪前那棵杨桃树下，一边乘凉，一边听爸讲古讲传。妈忙完家务，也常常坐在一边摇着扇听。爸平时是很少话的。我们听得入迷，爸讲得声情并茂，这时爸是舒畅的。

但爸这是苦中寻乐。哥这才是吃好穿好玩好真潇洒。

弟，你有没有注意到，真给爸好吃好穿，他也不会自在的？

爸没有这种日子。你怎么看得出来？

回家过年的时候，我们给奶奶和爸妈买衣服，但爸就是不舍得穿，即使年三十夜、年初一穿一两天，又立马穿回旧衣服。就算是穿那么一两天，也要把新衣服弄得有些皱有点脏，不是泥痕，就是水渍，总之不像新的样子，好像穿了新衣服怪不好意思，自己配不上新衣服似的。

哦——你这会儿这么一说，我想起来了，爸是这个样子。对，新鞋，他也不舍得穿。爸就是这样一个人。不懂享乐，哪有哥的样儿！

不能这么看，时代不一样了。

但我呢？姐，我也是爸妈生的，但我跟哥怎么差距那么远呢？

我不也是吗？

但你是女的。

女的，男的，不一样吗？

不一样，不一样的。女的赚不到钱人家不会说什么，但男的如果穷一生，人家会以为是窝囊废。爸有时也这样骂自己呢。

但爸出生的年代不同，他们那一辈人都差不多。

不过爸妈也不得了啊。

怎么不得了？

生了哥这样的一个大老板。

哦——就是呢。好好培养,说不定你儿子郑小宝今后也有大出息。

他才多大,"鹞婆"(鹞鹰)都叼得走呢。

我说他长大后。

你儿子胡健健聪明伶俐,肯定有出息。不是说外甥相似舅吗,像哥哥,别像了我哦。

郑望月说:顺时你要有信心,你看哥在帮我们。他已经给我们每家一套一百平方米的套房首付费,我们只负责每月的按揭。哥待我们真是好,他给我们的套房不是小产权房,是正儿八经的有产权证的大产权房。

郑顺时一想起这件事就在心里感动得不行,说:姐,哥给我们的房交首付,首付已经不少了。哥如果不给我们首付,我们就买不起房子。长兄如父,哥对我们关照那么多。你看,妹妹盼月来深圳读大学的费用全由他负责,还帮她找工作。盼月在福田买房,哥也给她三十万元的首付。我这个做细哥的,帮不上她一点忙,姐——

你是不是又想说,同父同母生的,怎么差别那么大呢?

他们便在电话里笑了起来。

郑望月和郑顺时已相继结婚生子。郑望月的丈夫是湖南人,在她管理的小百货工作。郑顺时的老婆是广西人,在手机专卖店上班。深圳的房子贵,他们结婚后还一直租房住。郑顺势在南山开发的一栋商品房,他们两家各买了一套。

## 7

郑之初和陈一枝两公婆万万没有想到,四个孩子全部在深圳创业,不会像他们一样守在村子里耕田种地。

家里只剩下他们。

房子竟多余了,空了。千辛万苦新建的三间新屋成天锁着门。一年长长,只盼着郑顺势他们四兄妹回来住几天。他们即使回家,也大都是在春节或中秋,这以后又冷清了。他们像风一样吹来,又像风一样跑了。风平浪便静了下来。

岁数一年一年大了,那些田地他们没有体力耕种了。翠山窝那几丘离家较远的水田早已荒芜长草。就是离家不远的，也一年比一年耕种得少。郑顺势他们兄妹经常打电话，说得最多的就是要他们别耕田种地了，现在不愁吃不愁穿不愁住不愁没钱花，还耕什么田，待在家里享福吧。

他们先是没把郑顺势兄妹的话太当回事，因为看着那些养活他们全家的农田荒掉，有点心疼，后来呢，便没那么心疼了，因为村里有一些人家也不耕田种地了。他们只保留房前屋后的那几块菜地，种种菜。主要的目的不是要吃菜地里长出来的菜，而是为了活动筋骨，打发时间。不然闲得慌，怕闲出一身毛病来。现在村子里也很少看见耕牛了。郑之初感慨：这样子越来越没有乡村的样子哦。

这两年，村子里有好几户人家不种地，改养蘑菇。在田里养，支个大大的塑料薄膜棚，看着蘑菇一天一天突突起，心花怒放，赚的钱比耕田种地多。郑之初觉得这是村里的新鲜事，有一次便在电话里告诉了郑顺势这个消息。

郑顺势突然想起以前同车躺在一块的那位大婶，她说她是养蘑菇的，问：从哪里学来的？

郑之初说：听说是从县城那里来的人教的。

县城？

听说是家养蘑菇的大企业？他们派人来教大家怎么养，蘑菇养大采摘了，他们定价收购。

这样好啊。

郑之初说：那位姓徐的大婶看上去跟你妈岁数差不多，听说是老板娘，她带几个人来过好几次了呢。

郑顺势说：姓徐？她皮肤有点黑，说话很热情是吗？

你认识？

哦，哦——我听说她是养蘑菇的能手。爸，你们就不要养蘑菇了，再怎么好，也是很劳神的。

我和你妈岁数大学不来新事物了。

郑顺势想，这个徐大婶莫非正是当年的那位？要是这样，那真是巧啊，她居然来了我村里。世界真大，也真小啊。

郑之初常常走来走去，便又走到那三间新屋前——当年那么辛苦，削坡，挑土，挖石，砌砖，杵墙，没日没夜地干，穿破了鞋，流汗出血，节衣缩食，好不容易把房子建了起来，而现在孩子都出去了，房子没人住了。当初谁能预料到今天这个样子啊！祖祖辈辈一直守下来的家园田地，竟一年一年地冷落下去。

陈一枝下了菜地回来，走着走着有时也走到新房子那里去。这三间屋确实耗费了他们家所有的积蓄和力量。他们经常会在新屋碰到。

陈一枝对郑之初说：顺势、顺时他们两兄弟看来不会回来住的了，他们在深圳成了家立了业买了房。

郑之初抽着烟说：门老锁着也不是办法，缺少人气的房子很快会惹蛀虫的。这十多年他不抽自己卷的"小喇叭"，改抽买回来的香烟了，这是郑顺势的意思。郑顺势一直叮嘱他要抽好一点，有钱了，要抽好一点抽贵一点的，没那么伤肺。

我们轮着来，把门打开，通通风，通个半小时或一个钟头也好。

他爸，这三间房子本来是你这一生积攒的最大财富。你爷爷、你爸给你留下了两间老屋，你给孩子新起了三间，进步了，没想到——陈一枝说到这里停住了，怕说下去郑之初难受。

郑之初将抽剩的烟屁股踩在地上，说：你想跟孩子他们去深圳住吗？

陈一枝说：你呢？

你要是去，我便跟着你去，秤不离砣。

不去，不去，他们老说普通话，竖起耳朵能听懂一点，但听不过来，又搭不上话。

陈一枝说的"他们"，是指两个儿媳妇和两个女婿。

郑之初笑吟吟地又抽上一支烟，说：我也不去，走出去没一个相识的，像个傻瓜。

陈一枝问：他爸，你觉得深圳靓吗？

靓啊，像传说中的海市蜃楼。但那是梦境，不适合我们。

他们前年去了趟深圳。郑顺时开车回来接他们出去。他们在郑顺势家住了两天，在郑顺时家住了两天，在郑望月和郑盼月家各住了一天。四兄妹争着把他们请到自己家去住。在郑顺势家住两天才看见郑顺势回来一次，孙小美老在他们跟前说"爸、妈，你们看看你儿子快把家忙丢了"，弄得他们不知怎么回话。

郑之初的母亲曾莱娘大前年走了。病逝前，她一再叨念"过番"的老公郑品天。她的丈夫比她小八岁，是邻村一户穷人家的孩子，他刚出生一个月，便被曾菜娘的父母抱回来养的。曾菜娘二十四岁那年，他们圆房成了夫妻。这种婚姻，客家地区叫作"等郎妹"。

"等郎妹"的命运悲苦——"等郎妹子真孤凄，等得郎大妹老哩；等得叶浓花又谢，等得月圆日落西"。

曾菜娘不习惯将郑品天叫老公，叫老弟。

郑顺势接到父亲的电话，便放下手头的工作寻找爷爷当年"过番"的消息。他正想起身去泰国寻找的时候，从县侨务局传来了确切的信息：他爷爷在漂洋过海的船上，不慎得了风寒发高烧，熬到泰国便死了。

这个消息，出乎他们全家人的预料。尤其是郑之初，等了大半生，竟成了这种结果。他像漂浮在水上，孤苦无助，仰天流泪。

郑顺势说：爸，还是如实地讲给奶奶知道吧，不然，奶奶到离开前的那一刻还一直以为爷爷背妻弃子的。

郑之初沉默无语。

陈一枝从郑之初手中接过电话，说：你爸蒙了，不知怎么办呢。

妈，还是直接把这个结果告诉奶奶好。这样的话，奶奶心里不会那么多积怨和痛苦。

你奶奶要是知道你爷爷这样病死的，会不会更难过？

那，那怎么说好呢？总不能编造说找到了爷爷，爷爷不方便回来或不想回来，这样奶奶会更难过的。说找不到爷爷，让奶奶在猜疑中离开，不也是对不起她吗？

这么说的话，还是告诉你奶奶这个真相好了。

郑之初把父亲在"过番"路上病逝的消息告诉了母亲曾菜娘。

三天后，曾菜娘平静地走了。

曾菜娘走前留下最后一句话——叮嘱郑之初把他父亲的尸骨拿回来，葬在屋后面的山上，跟她做伴。

# 第十三章 吕一笔

## 1

吕一笔官运亨通,三几年一个台阶,从资料员、办公室副主任、办公室主任、副镇长、镇委副书记到镇长,四十二岁当上了镇委书记,成为流年镇历史上最年轻的第一把手。

这么一步一步地上来,他的情怀和格局也跟着大了起来。他觉得全镇人的目光都在看着他,自己为流年镇做事的时机来了。他想,有些人想为流年镇做事,但苦于没有自己这样的位子和平台。这些年的形势好,他在心中为流年镇的发展描绘了一张蓝图。这张蓝图,是他从做资料员那天起,渐渐地越来越熟悉全镇的情况之后,慢慢形成的,既符合流年镇的实情,又能让蓝图变为现实。有些想法再好也没用,不切合实际,也没办法落地生根,开花结果,理想变成了空想,蓝图成了烂图。他将蓝图称为"五个一"工程:建一座电站,修一条公路,造一座大桥,为流年中学建一栋教学楼,给卫生院添置一批医疗设备。

这"五个一"工程,他将分步实施,做到有序推进,做一件成一件。流年镇政府是吃饭财政,每月能准时给干部职工发工资都得想尽千方百计,是挤不出钱来搞建设的。钱从哪里来呢?他首先想到了二十多年没有见面的郑顺势。他从方方面面打听清楚了,郑顺势在深圳创办的顺顺投资有限公司,下面有好几个子公司，业务领域很广，有房地产、酒楼、工厂、专卖店、小百货等。他这个董事长和他的公司在深圳很有知名度。听说这十多年流年镇出去的，在他公司打工的不下一百人。

吕一笔和郑顺势他们一见面，手便紧紧地握在一起。那年他们被流年中学刷下来，不能参加高考，离开学校后，二十多年没有再见面了。

郑顺势在自己开的酒楼订好了厢房接待吕一笔。他没有安排其他人作陪。他精心准备了两瓶茅台老酒。刚喝下一小炖盅洋参蝎子瘦肉汤，两人便你一杯我一杯连喝了三杯酒，一杯半两左右，一下子酒劲便上来了。

吕一笔说：郑董啊，还记得当年我们在流年河边朗诵唐诗的情景吗？

怎么会不记得呢？记得，记得。喂，见外了不是？还是叫顺势听起来顺耳。我也不叫你书记了。

诗与远方，你到深圳发达了，你有远方！我还是在原地打转，天壤之别啊！

看看你都当书记，流年镇最大的官了，这还不算远方？

能算吗？有一次林才上去我办公室坐，他说"万万老师"说老师的远方就是培养学生考上大学，培养学生成才，让他茅塞顿开。

林才上？哦，我想起来了，我们当时同一张架子床睡的，他现在干什么？

复读三年最后终于考上了市里的一所师范专科学校，读出来后分配回流年中学教书，现在是校长了。钱小才你还记得吗？也是当年睡一起的，他也是复读三年考上省里的武警学校，先在县公安局工作，现在到了我们镇，接了"庄公安"的位，当了派出所所长。照"万万老师"的说法，我的远方便是为流年镇的发展多做些事情。

为官一任，造福一方，你说得对啊。

这次出来，除了拜访老同学外，还想请老同学为家乡做贡献。

贡献不敢说。来，喝一杯再说吧。

然后他们俩各喝下一杯。

吕一笔红着脸，说：我回敬你一杯，老同学家大业大，为家乡长脸，争光了。

他们又喝下一杯。

桌上摆着好几盘精美的菜，才动了几筷子，但一瓶酒快喝没了。这会儿两个人都有些醉醺醺。

老同学你开口，只要我郑顺势能办到的事，一定尽力办好。

我想请你投资，回去建电站。你知道我们流年河从来不缺水，但流年镇缺电。

你是说利用流年河的水建电站？

是的。已请专家实地看了，在流年河上游落差大的地方，哦，对了，就在你们村的那个叫翠山窝的那段，把水拦起来，蓄起来，建电站，是最好的项目。最关键的不是赚多少钱，而是解决全镇用电紧张的问题，当然也能赚钱。

翠山窝那段？

专家走遍了全镇范围内的河段，觉得那段最理想。

专家说要投多少？

大约五百万元。

你再喝一杯吧。

吕一笔立马哧溜一声喝了一杯。

呵呵，没问题，没问题的。好项目，那么好的项目。

五百万元是笔很大的资金，来深圳前吕一笔一直觉得不好意思开口。没想到郑顺势一下子那么爽快地答应了，吕一笔以为郑顺势没听清楚，便又再说一遍：五百万元。

五百万元就五百万元嘛。郑顺势说。

这次吕一笔听得一清二楚，他站起来，走过去要抱郑顺势。郑顺势靠上前去，俩同学抱在一起，然后又互敬了一杯。

郑顺势说：谁让我们是老同学呢？老同学就要这样。

吕一笔觉得郑顺势真是重感情的人，眼泪唰地出来了，因为醉意，眼泪出得更快，说：要是没有你这样的老同学，我吕一笔找谁来投资啊？

钱又不是给你的，老同学你激什么动啊！

吕一笔抹了下眼泪，转为笑脸。他醉着眼神，说：看来高考不是成功的唯一出路。

郑顺势笑着没有回话。

吕一笔说：看看，你都成大老板了，当年考上大学的估计没几个有你现在成功的。

郑顺势还是笑着没有回话，在想：什么算是成功呢？官大？名重？钱多？幸福？一会儿后才说：可当年，谁都铆足劲想考上去。

吕一笔说：人生有一场又一场的"高考"，笑到最后才是成功。

郑顺势收起笑容，说：你让我不好意思笑了。你都当书记当官了，考得好，考得好！

吕一笔赶忙摆摆手说：我这算什么，屁大的，哪算官？你大企业家，才算是成功！我数来数去，我们这一拨同学，就你厉害，不然我怎会专门来找你的麻烦，请你回乡投资。你的名起得好，顺势，顺势而为，成就了你成功的人生。还记得当年我们在流年河边诵诗说的话吗？

今后要引领流年镇。郑顺势说。

对！还记得，你一定会记得的。

你当书记，当然能引领了。

咳，是你大老板引领，花巨资为流年镇办大事，改变流年镇。我只是当差搞搞服务的，既没钱，也没多少权。

我哪能引领？

就你能引领了，今后流年镇还要你继续支持呢。

你把我说大说高了，见外了不是？自己家乡的事。

吕一笔回去的第二天，郑顺势便将这件事告诉了妻子孙小美。

孙小美没说话。

郑顺势知道她有话但不说的原因，说：你还记得吗，上次我们回去时路过的翠山窝那段河？

那么久了，我哪能记得什么翠山窝？

他们结婚的那年中秋节，郑顺势带孙小美回家去探望奶奶和父母。郑顺势是第一次开车回家。县城至流年镇的公路还是土路，山多路弯且陡。孙小美晕车，下车呕吐了好几次，以后便软在车里。到了圩镇，沿着流年河那段河堤路晃晃悠悠开到翠山窝，便停下来歇息。郑顺势本想告诉孙小美当年自己学驶牛的情景的，看见她晕车、呕吐成病猫一样，便没说。车开到村口便不能再开了，从村口去他家是条小路。车只能停在村口那棵大榕树下的土坪上。

孙小美到家后，郑顺势的母亲陈一枝先是给她喝一小碗生姜红糖水，然后让她好好休息，孙小美半天后才缓了过来。

郑顺势把门掩上，坐到床边关心地问她：好点了吗？

孙小美像受了天大的委屈似的，红着眼眶说：没想到会是这个样子，我担怕肚子里的宝宝受不了，你这鬼地方。郑顺势轻轻地抚摸孙小美的肚子，摸了又摸，摸了几个来回。孙小美已经怀上孩子三个多月了。孙小美泪水汩汩地流着说：顺势，我以后能不回来吗？你把爸妈接出去住吧。

郑顺势点点头。

郑顺势说：翠山窝就是那次我把车停在那里歇息的地方。

孙小美说：顺势，你不是说过圩镇上曾经给你的那些委屈、难受的事吗，你干吗还要回去投资？深圳有大把让你投资赚钱的机会。

那不一样。

肯定是不一样的，在深圳这里投资赚的钱更多呢，你那山旮旯的，能赚到什么？

不光是赚钱的事情。

不是赚钱的事情，那是什么？

除了赚钱，还可解决全镇用电紧缺的问题。

哦，哦，那是一举两得啊！

小美，你别说话怪里怪气的。

要我怎么说？你教教。人家对你那样，你还偏偏要这样，你是真傻，还是装傻？我想不明白。你境界高，品德好啊！我还没你那认识。

小美，回去建电站发电，又不是给张一定一个用的。我是从流年镇出来的，有能力了当然要回去做力所能及的事。没有流年镇哪有我啊？何况镇里的第一把手亲自上门来了。

好了，好了，你自己的事，你自己定吧。钱又不是我孙小美赚来的。我是妇人之见，鼠目寸光，待在家里看孩子的井底之蛙！

小美，你老家有什么需要我们帮忙投资的，我们也会优先考虑啊。

呵呵，我老家，你明知我老家在白石洲。你不是投资建了小产权房了吗？

郑顺势便嘻嘻地笑了起来。

郑顺势自从发现一个现象后，便预感到有些事情跟妻子孙小美会磕磕绊绊，不可能顺溜的。这个现象大约是他们结婚一年多第一个小孩出生后他才发现的。刷完牙，他习惯把牙刷立在口盅里，刷子向上，手柄向下。有一回，他竟发现牙刷被倒回来立在口盅里，手柄向上，刷子向下。这一发现，让他警觉起来，第二天这样，第三天也是这样。是谁把牙刷倒过来放的呢？他这样想着，便摇头苦笑了——会是谁？就是孙小美，孙小美干的。她把他的牙刷放成跟她自己的牙刷一样。她是什么时候开始这样的？孙小美啊孙小美，这种小事，也得合你的心意啊！明里暗里想改变我，是不是？！孙小美啊孙小美，连这样的小事，你都不能让我按我的想法做，其他事情你还能让我自在？有时他在外面办事，心情不好的时候，回到家他会无端地跟孙小美斗气，孙小美把牙刷偷偷倒过来放后，他故意又把牙刷放回原来的样子，表情是不管不顾的表情。他竟发现孙小美当天不敢把牙刷弄回她想要的样子，但过不了几天，又是原来的模样。郑顺势在心里感慨：孙小美的韧劲真好啊！看来今后跟孙小美注定是风雨前行，不会是天天阳光，四季如春的了！

## 2

两个月后，郑顺势投资五百万元的流年河电站动工兴建。这是流年镇有史以来最大的私人投资的项目，镇里举办了隆重的开工仪式。

一个月前，这个特大的喜讯便在流年镇盛传。

欧阳景山听到这个消息后，回到家坐不住了，急着找到妻子刘清秀，说：清秀，不得了，不得了了！

你慢点说，什么不得了？

欧阳景山去年初脑中风，一直在治疗，虽有所康复，但还是留下了后遗症，走路往一边偏，左眼和脸面肌肉纠结在一起，失控地抖动，说话也不太利索。有段时间，他把自己关在家里，半步门不出，不想见人。他是照相师傅，给人家照了半辈子的相，最讲究面相的，谁能想到他有一天在这方面出了问题。他老觉得人家来照相馆，在偷看自己这张变形扭曲的脸。有时会无端地烦躁起来，也把人家的相照得看起来不舒服。自从得了这毛病后，照相馆的生意大不如前。圩镇上的人就是精明，趁机新开了间照相馆，而且一开，用的照相器材都是先进的。这样一来，圩镇上便有了两间照相馆。

小顺投资回来建电站。欧阳景山急得有点喘气，说。

是当年来我们照相馆学照相的小顺吗？刘清秀问。

欧阳景山点点头。有时他觉得能不说话便不说话。

二十多年不见了，有二十多年了吧？

欧阳景山点点头。

你当年说你相照多了会相命，预测小顺有一天会变中顺、大顺的。

欧阳景山微笑着点点头。

他在哪里发财啊？

深圳，听说他的公司办得好大好大！

他回来了吗？

欧阳景山摇摇头。

你听谁说的？

圩镇上的人都说是镇里的吕书记说的，过一个月镇里要举办电站开工仪式呢。

小顺，我当年就预感到他有一天会出息的，现在竟然是大出息！

欧阳景山呵呵地笑，笑得口角流出了口水，说：电站他投五百万元呢。

刘清秀当即吓得瞠目结舌，然后便哈哈地跟着欧阳景山笑起来。

郑顺势今天的成功好像是他们家的喜事一样。

张一定也听到了这件事。听了后他便向李旺盛借摩托，然后骑着摩托满圩镇跑，跑完大街小巷，又跑去竹林里的那条公路，直至把自己跑累，眼珠快跑得跌下来了，才回到圩镇的那间饭店喝酒。

张一定自从那次被洪春秀的老公曹先旺打了后，便开始沉迷喝酒。

那天晚上，过十一点了，曹先旺的妻子洪春秀还是没有回家，曹先旺觉得有些不对劲，因为这段他无意之中听到洪春秀与张一定在暗中偷偷相好的传闻。其实他自己也有些怀疑了。他们相好已经有一段时间。曹先旺潜伏在街角路灯照不到的地方。十二点左右，张一定果然骑着摩托载洪春秀回来，载到这里把洪春秀放下来。张一定看着洪春秀走远后，正想重新打火开车。曹先旺早已怒火中烧，两眼冒火。张一定还没开动摩托，曹先旺一个箭步蹿出去，把来不及反应的张一定从车上拽到地上，紧接着就是一番拳打脚踢。曹先旺平时拖大板车拉砖拉煤球的，力气大得很，再加上胸中有怒火。张一定没有一点还手之力。曹先旺直至把张一定打得蹲在地上抱着头求饶才罢手。曹先旺撂下狠话，说：你再敢看想人家的老婆，再敢跟洪春秀来往，下次打暴你的头！快说还敢不敢？张一定哆嗦着说：求求你放过我，不敢，再也不敢了。

曹先旺这才解气地大步流星地离开。回到家后，把洪春秀从床上拖下来痛打一顿，并揪下一撮头发，放到她跟前说：长个记性，你以为我曹先旺是软蛋好欺负啊！

这以后，张一定和洪春秀才断了来往。

张一定被曹先旺打后，一肚子的火窝在心里，但又不能发火，一肚子的话闷在心里，但也不能说。虽然是洪春秀勾引他的，但说到底还是自己作贱造成的。一圩镇的男人她都不勾引，就专门勾引你张一定？关键是你自己起了邪念，动了淫心。一个巴掌拍不响！张一定一个人喝酒的时候，越想越不是滋味。李旺盛跟欧阳雪儿结婚后，他再也不方便跟着李旺盛，当他的跟屁虫了。其他人他不想跟。圩镇上那些小饭店经常有人自斟自饮自醉的。一小碟花生，一盘猪头肉，一壶散酒，就这样自己跟自己喝，一喝喝个老半天！张一定慢慢便成了这样的人，三十好几仍打光棍。后来李旺盛劝他：少喝点酒，没意思的，开摩托更不能喝酒，不安全，赶快找个老婆吧。

张一定说：哪里找？

李旺盛便提高声调说：你说哪里找？流年河里去找？

张一定便不出声。

圩镇上没有姑娘能看得上他。

电站开工仪式前两三天，圩镇上宣传开工仪式的气氛非常浓，吕书记亲自部署好好造造气氛。他认为今后一定要在流年镇营造见贤思齐、崇尚先进的干事创业氛围。

张一定受不了，开着摩托又满世界跑，像着了魔似的。跑到晚上七点多，他才去饭店喝酒，边喝边在心里说：郑顺势，你这个山巴佬，山精，没想到真出息了，老天没眼啊！他这样的穷小子也能赚大钱！就这几句话，他反反复复在心里说，边说边喝酒，一壶半斤的散酒喝完了，接着又喝一壶，以往他是喝一壶的。直到喝得"打脚偏"（趔趄），才骑着摩托离开。

大约十点的时候，路过的人发现了张一定的尸体。摩托撞向公路边的大树，张一定全身是血，僵硬在地上，树上、地上满是血迹。

李旺盛听说后，黯然神伤——我老说你不要这样喝酒骑车了，你偏偏听不进去。哥的事你暗中瞎操什么心，你傻透了啊！郑顺势发达了让你难受了不是？你跨不过这个坎了吧，傻啊！

开工仪式的场面热烈、隆重。镇里所有的领导到场了，圩镇上那些有头有面的人物来了，只有"洪信贷"没来，他在退休前一年出事，因为违纪违规，像教办的李诗篇一样被上面免掉了公职。

郑顺势成了流年镇的明星，闪闪发亮。

仪式结束后，郑顺势才听到张一定撞死在树上的小道消息，心里感叹说，当年明知是你讹诈我欺负我，还敢向天发誓说如果是讹诈我，不得好死！你现在心虚了不是，干吗那么着急啊？

## 3

郑顺势是在开工仪式前两天回家的。除了仪式的事要办和看望父母外，这次回来还要去看看老同学欧阳月云和拜访欧阳景山。准备动身去看欧阳月云前，郑顺势才向吕一笔打听欧阳月云的情况。不打听还好，一打听心都碎了，欧阳月云三年前离婚了。她现在是平湖小学的校长，从代课到转为正式教师一直在那里教书。

车到校门口，郑顺势望了望"平湖小学"四个字，心情沉重起来。他事先没有跟欧阳月云打招呼，听说她离婚后一直住在学校。

学生放学回家了，校园已经安静了下来。郑顺势凭着当年的印象，找到了欧阳月云当年备课改作业的办公室，但门锁着。他正要转身去别处寻找的时候，欧阳月云出现在他面前。

郑顺势愣在那里，一会儿才说：月云，你——

欧阳月云不知是激动，还是动情，嘴唇抖动着，眼眶湿润，说：顺势，你，你也没先打个招呼，刚来的吧。

二十多年没见面了，欧阳月云已不像是那时的光彩照人了，眉眼已是中年女人的神态，脸上掩不住的疲倦，像过了花期的花。欧阳月云是意外的喜悦——郑顺势已不像是当年的模样，全身上下都散发着中年男人的成熟，更有不凡的气韵，像棵昂扬挺拔的大树。

郑顺势说：我来过，知道你一直在这里，没必要弄得那么像回事。

欧阳月云的眼眶更红了，说：顺势，你一直是这样，一直是这样的。别站着，进屋喝茶。

欧阳月云住在这间办公室前面不远的那间房。

欧阳月云说：来，我给你做饭，还没吃吧？

早上起床起得迟，刚吃过早餐便来了，早餐当午饭了，还不饿。你吃过了吧？

不知你会来，吃过。怎么来的？

我一个人开车，车在校门口，这次老婆孩子没有回来。郑顺势边说边朝房间望。

你是想问我怎么一个人是吗？孩子去县城读书住校。你呢，你当老板的，不会是一个小孩吧？

两个男孩，都读中学了。我占便宜了，你们吃公家饭的，想生二胎都难。

年年喊计划生育，月月喊，天天喊，喊得胆战心惊的，想想便怕。不过也有心脏强大，偷生的，但对我来说，是不会做这种事的，因为我们……

郑顺势朝她摆了下手说：我知道了，来之前刚知道的。

三年了。欧阳月云的眼泪在眼眶里打转。

郑顺势从裤袋里掏出纸巾递给她，说：不容易，怎么……

怎么离的是吗？

还是不问吧。

合不来，在一块说不上话，双方都难受。听说你回来投资建电站，后天搞开工仪式是吧？

你来参加吧，我来接你。

我又不是什么人物，出不了场的。

你是我特邀的嘉宾啊。

嘉宾？你现在是大老板了，偶尔能想起我，我便很开心了。

不是偶尔，我老记着你呢。

呵呵，是吗？欧阳月云的眼泪回去了，眼眶也不见了红潮，说，二十多年了，才见上一次。

月云，我这是真心话，心里话。当年我年轻又自卑不敢这样说，现在说这些，但是迟了。我出去后的第一个月写了三封信报平安，一封给父母的，一封给我姑姑的，一封给你。

你？你给我写信了？欧阳月云瞪大眼睛问。

是的，写了。

天哪！我怎么没有收到你的信？

你没有收到我的信？我还以为你知道我出去平安没事了便好，不给我回信呢。

你给我写信，我怎么可能不回你信呢？

那信弄到哪里去了？

天哪，你真给我写信了？

真的，千真万确的。

欧阳月云的眼泪又涌了出来，说：你出去后的第二年大约11月，我实在想知道你到底去了哪里，便想方设法打听到你姑姑和你表姐洪春秀，最后才知道你在东莞饮料厂的地址，给你写了一封信。

唉啊，怎么那么巧，那时我已去了另一间工厂。

顺势，你说什么，你换了一间厂？

干得不顺心，便去了一间皮革制品公司。

欧阳月云的眼泪哗地便流了下来，说：天哪！天底下怎么会发生这种事啊！

月云，我千盼万盼，盼着你的回信，你知道吗？

欧阳月云呜呜地哭起来。

郑顺势没想到她会这样痛哭的，一时手足无措，不知怎么安慰她，说：月云，月云，都过去了，不要哭，不要哭了。

欧阳月云哭得更厉害了。

月云，月云，你不要哭，你不要哭，别哭伤了身体。

欧阳月云号啕大哭。

月云，月云，你不要哭，不要哭好吗？你再哭，我的心都要碎了。郑顺势上前轻轻地拍了拍她的肩膀，把纸巾递到她的手里。

欧阳月云哭了好一阵后，才渐渐平复了情绪。

郑顺势说：月云，你知道吗？我出去后的第四年回来过春节，我急着想见你，但打听到你已结婚生孩子了，便不敢打扰你。

顺势，老同学，谢谢你。

月云，这句话我藏在心里二十多年了，我当年如果追你的话，你会喜欢我吗？

顺势，现在回答你还有意思吗？老同学，你不要问了，一切都是天定的缘分。我认命了。吕书记，吕一笔跟你说过我的那位是教办李诗篇主任的儿子，他的妻子是李诗篇主任的女儿了吗？他们是兄妹。

这样啊，他没说啊。听说你结婚后，我心里很不是滋味，所以一直不想打探你的消息。

你怨我恨我吗？

哪来的恨！要恨便恨那两封该死的信吧。

离开的时候，郑顺势说：都那么多年了，还是泥墙瓦盖的低矮教室啊！

我这间学校不是中心小学，也不是大间学校，要新建教学楼还轮不上的，那么多年都挨过来了，将就吧。欧阳月云脸上是无奈的表情。

就凭着老同学是这里的校长，我捐资建一栋教学楼吧。

欧阳月云惊喜地说：顺势，你给我们学校建新教学楼？

你说个数字。

顺势，这……这怎么好呢？

你快说个数字吧。

人家曾估算过，嗯——大约八十万元。

好的，八十万元。

郑顺势正要上车。欧阳月云赶忙过来，说：老同学，我代表全校的师生和这里的村民为你开车门。

开什么开啊！郑顺势赶快钻进车里。

欧阳月云在车外哈哈地笑。她没忍住笑。

郑顺势在车里也哈哈地笑。他跟着她笑。

郑顺势放下半扇车窗，探出头问：喂，我当时赠送给你的那个本子，忘了写上你的名，今天要补上吗？

欧阳月云先愣了下，然后惊了下，便赶忙骗他说：我替你写上了。

郑顺势哈哈地笑着开车离开。

欧阳月云望着远去的小车，呆在那里。

## 4

开工仪式的前一天，郑顺势专门去拜望欧阳景山。

郑顺势的车刚停在照相馆的门边，刘清秀便迎了出来，她听见小车的声音想看个究竟的，因为很少车辆来往，停在照相馆门边的小车更少。看见郑顺势从车上下来，一副成功人士的派头，衣服挺括，头发油光，皮鞋锃亮，惊喜极了，说：哇！大老板终于大驾光临了。欧阳，欧阳，你看谁来了？她边说边朝照相馆里喊。

刘清秀虽然六十多了，但也看不出这个岁数的样子，她素来讲究穿着打扮。

清秀姨，我是小顺，哪是大老板？郑顺势拎着礼物说，车停在这里不碍事吧？

不碍，不碍，停在这里给照相馆长脸呢。刘清秀从郑顺势手中接过礼物，把他迎进馆里。

这时，欧阳景山从二楼下来了。

郑顺势仿佛回到了当年来照相馆打工时的情景。

欧阳景山边下楼边说：大老板，可把我们盼苦了，你现在已是流年镇出去的最大老板了。

景叔你高抬了，我是小顺，你们还是叫我小顺。

你现在就是大老板。你回来投资建电站，一出手就是五百万元，五百万元啊！圩镇上哪个人能有这样的气魄？

刘清秀在厨房准备一大盘水果，端了出来，放到郑顺势的面前，用牙签插了块苹果递给郑顺势。

郑顺势说：清秀姨，那么多年，你没变啊。

顺势，你就知道我爱听好话。

她没怎么变，但我变了，你都看见我这张脸了。欧阳景山说。

郑顺势一见面已发现欧阳景山这张中风的脸。现在他既然主动说了，便说：景叔，我看只是有点儿，很快会康复过来的。

刘清秀说：去年中风，一直在治疗，已有所好转了。

顺势你都知道的，景叔大半生照相，最看重脸的，你看老天偏偏跟我开这样的玩笑。

景叔，你也不要太累了，多注重休息、放松、保健，别在洗相的暗房一干就是几个小时。

这些年我干得少，人生七十古来稀，快七十了，不服老不行啊。

刘清秀说：就是啊，逞不了强的。

照相馆现在交给欧阳小芬两公婆经营，我打打下手。欧阳景山说。

小芬两口子今天刚好去县城添置一些材料。她要是见了你，可能认不出你这个大老板了。刘清秀又给郑顺势叉了块苹果，说。

欧阳景山说：顺势当年你离开时，还记得我跟你说过的话吗？

记得，一直记在心上。

大老板你说说看。欧阳景山说。

刘清秀起忙说：景山你别考他了，他事多，哪能像你一样成日想着的是小里小气，鸡毛蒜皮的小事？

小顺，大顺。郑顺势说。

欧阳景山和刘清秀呵呵呵地开怀而笑。

欧阳景山说：清秀，你看，你看看，顺势记得，记得呢。

郑顺势今天不想在他们面前提这二十几年来自己常常不顺的经历，但每每难过时，自己便会想起欧阳景山鼓励他的话，然后咬牙挺住。

郑顺势说：景叔，谢谢你们的鼓励。

我和你清秀姨啊，早看好你以后一定会了不起的。你离开照相馆的时候，我们也很不舍，但那时你已很难静下心来了。再说流年镇是个小地方，那么小的塘养不起你这条大鱼！你要到珠三角去，那里天大地天，海阔凭鱼跃，天高任鸟飞。你看，你跃得多高，飞得多高啊！

刘清秀说：顺势，你景叔会看问题，但他自己成了问题。都说"风水先生没屋场，相命先生没好命"。他守着圩镇，守成今天这个样子。

又不是我一个人这样，你数一数，从上街、中街、下街一路数下来，圩镇上的这些人哪个不是差不多这个样子。老派的四户万元户现在成为过时的妃子。我也被人说成万元户。逆水行舟，不进则退。要像顺势这样的，有胆有识，敢于走出去搏才有新气象。我估计，顺势现在是……

刘清秀说：是什么啊，什么时候说话变得吞吞吐吐了？

欧阳景山看了看郑顺势，又笑了笑，问：顺势，你说能让我估计吗？

景叔，你要估计什么？

我估计你现在是亿万富翁了。

没有，没有，在深圳，我属这个。郑顺势立起小拇指。

刘清秀给欧阳景山的话惊呆得张开嘴巴，半天合不上。

外面都在说你的公司很大，下面有七八个子公司。流年镇出去的很多人在你公司打工。你真的了不起，为流年镇人造福。这次回来，你一出手就是大手笔建电站，这样子还不是亿万富翁？

没，没有。景叔、清秀姨，当年感谢你们收留了我，还给我解开心里的疙瘩，开导、引导我。形势变化很快，听说圩镇上又开了一间照相馆。竞争大了，照相馆的面门也得装修一番新潮一些了，照相器材也日新月异。给我小顺这次表示一点心意的机会，我出二十万元添置新器材，十万元装修门面吧。

欧阳景山说：顺势，我不是这个意思，哪能呢，哪能这样呢？

刘清秀说：顺势，你景叔刚才那番话没有其他的意思的。

郑顺势呵呵地笑，说：景叔、清秀姨，你们都想哪里去了！你们那么照顾我，这是我的一点心意。说心里话，在外面那么多年，每当我快扛不下去的时候，就会想起景叔给我打气的话——小顺、中顺、大顺。参加完仪式，你们跟我一块出去好吗，我带景叔去深圳最好的医院看看？

刘清秀说：顺势，你想得周到，去不去医院不要紧，要紧的是看看你办的那么多公司，又是楼盘，又是工厂，又是酒店，又是百货，让我们两个山巴佬开开眼界。

欧阳景山说：对、对、对！我和你清秀姨早就心痒痒了，没见到你，不好意思开口。

刘清秀一时兴奋，竟突兀说：顺势，你听到张一定昨天出事了吗？他喝酒骑摩托撞树上撞死了。

欧阳景山说：这种人，唉，不提也罢。

刘清秀要替郑顺势出气，解恨似的，说：听说"脑屎"（脑浆的俗称）都撞出来，流了满脸！

郑顺势淡定地说：那么着急走干吗？

欧阳景山心里震了下——小顺的内心强大了！

欧阳景山一直想着等脸康复到差不多好看的时候，便动身去深圳看望郑顺势的。但天有不测风云，竟发生了一件事。

圩镇有十多年没闹火灾了。上次火灾是"炒粄何"的饭店，听说是晚上灶膛里燃着的煤球忘了灭火引发的。事后店老板何上鱼推测：可能先是燃着了抹布，然后顺着势，遇见什么烧什么。好在发现得快，只烧了一楼的餐椅，火便被扑灭了，没有殃及二楼和左邻右舍。圩镇上的人对火灾从来就很恐惧，防得很严实。圩镇有"两灾"——水灾和火灾。人人谈灾色变，尤其是火灾，因为一旦惹上火灾，往往会连累一片店铺。店铺是一间挨着一间的。历史上有不少火灾的教训。如果发生火灾，全圩镇的男女老少立马集结在一起，以最快速度把火灭掉，救人也是救己。这次火灾发生在来记鞋店，起火大概是后半夜。老板李旺盛睡在楼上，等他醒过来时，一楼的鞋已熊熊燃烧，热浪滚滚，黑烟滚滚，足足燃烧到天透亮才把大火扑灭。李旺盛被烧焦在楼梯口。鞋店的左右两间店铺也不同程度地被烧坏。

发生火灾那天，欧阳雪儿刚好陪母亲刘清秀去外面旅游。等她赶回来时，看见丈夫李旺盛已成为一具黑炭似的尸体。好在他们的一对双胞胎儿子在省城读大学没在家里，躲过了劫难。

欧阳雪儿四十多岁竟成了寡妇，这事对欧阳景山和刘清秀夫妇打击太大了。不久后，欧阳景山再次中风被送进医院。这次中风，加重了他的病情，脸上的毛病还没恢复过来，又瘫了，走路只能坐轮椅。

后来欧阳雪儿的家婆去清水村李仙姑家问"神"。"神"说，是张一定放的火。张一定说他很孤单，叫旺盛哥哥下去做伴。欧阳雪儿听后惊出了一身冷汗：张一定明明撞死了，怎么会放火呢？

刘清秀听欧阳雪儿说这件事的时候，便气得不行，骂道：张一定，你活着害人，死后还要害人，害人精啊！

欧阳景山坐在轮椅上，平静地说："神"说的可信吗？不过有些事情很奇怪，拐弯抹角，蹊跷着呢。

刘清秀推着轮椅走了两步，说：欧阳，上次答应顺势去深圳看他的大公司的，现在不方便了。

欧阳景山抬头望着刘清秀，苦笑了下，说：看来，走不出流年镇了。

刘清秀说：你还是少说话吧，看，把你自己说了进去。

欧阳景山说：以后还是少说话，少说为好。

李来记家遭受火灾后，元气大伤，不但失去了儿子李旺盛，还赔了被烧坏的、鞋店左右两边店铺的户主几十万元。那么多年因为华侨亲戚的关照积累和发展起来的家业，一夜之间垮了。圩镇上不少人在感叹："南风"吹再多，抵不过一场"北风"啊！

欧阳景山瘫后，照相馆由欧阳小芬夫妇接管，但生意一年不如一年，如日薄西山。欧阳景山怎么也预料不到，不用胶卷能照相的数码相机的出现和盛行，使照相馆受到很大的冲击，更想不到的是，智能手机的普及，竟让照相馆遭到毁灭性的打击。只要手里拥有智能手机，便可以随意拍照，照片存放在手机里，不用冲洗出来，随时可以查看、欣赏。照相馆就这样一天一天被冷落、遗忘。他在心里感叹：时代的脚步向前走，像流年河的河水一样挡不住啊，走着走着，许多事物便落下、消失了。照相馆眼看着被淘汰。许多事物一样不堪回首。迎灯、舞狮这些以前在流年镇的年节很兴盛的事情，一年比一年淡了，走村进圩舞狮已经作古。过年好像越来越寡淡无味。客家话的景况也一样，快让形势甩掉了。跟自己同辈的讲客家话已经不纯正，掺杂了一些普通话的口语和书面语的成分。到了女儿这一代，他们读的书越多，客家话讲得越"水"（差劲），含普通话的比重更多，听起来，不土不文，也土也文，怪怪的。难怪老人们常常生发挽救客家话的担忧！他坐在轮椅上，坐着想着，常常便黯然神伤——世事怎么啦，真印证了

"世事如棋局局新"啊!

## 5

林才上打电话给郑顺势,说:大老板同学,恭迎大驾,我搞个欢迎仪式。

才上,当上校长你就喜欢这套啊。搞什么仪式,我是从这里出来的,谁不认识?郑顺势说。

昨天电站的开工仪式那么隆重,我哪敢怠慢?搞不了大的,搞个夹道欢迎也好。

那是吕书记吕一笔同学一定要这样的,说什么借这个机会提振全镇上下一心一意谋发展的士气。喂,见面不许叫我老板啊,要这样,我就不敢回学校了。你一个人等我就好。

举办电站的开工仪式,不是郑顺势的意思,他不懂这些。但吕一笔一再这样对他说:给我做做面子吧,我刚当上书记烧一把火给大家看,证明一下能力,以后人家才肯跟着我干。又说:你从来很谦虚的,这次你就成全一下我。郑顺势想,既然吕一笔都说到这份上了,就顺从他吧,再说这样子对自己也是好的,说明当年的那个郑顺势今天不是窝囊废。

郑顺势通完电话一小时后,到了流年中学。

恭候在校门口的林才上远远看见郑顺势的车向着学校开来,便快步迎上前去。郑顺势刚从车上下来,林才上上前把手伸得长长的。郑顺势拉过他的手,与他拥抱在一起,说:一转眼你当上校长了,祝贺老同学啊。我为什么选择今天来?因为今天是星期六,师生大都离校休息了,不想打扰大家。

林才上脸上是谦卑的表情,说:你就是想得周全。我这是赶鸭子上架。在你面前,我除了羞愧,还是羞愧啊!当年一起读书的时候,你的成绩比我好很多的,我不过是脸皮厚,复读了又复读,都快复读老了。

别自谦了,再怎么样你都考上了大学。读了大学长的知识就不一样了,你这校长,当得名正言顺。听说你还是我们流中语文老师中第一位大学毕业生呢,是不是觉得屈尊了?

我不算人才,屈什么尊啊?上面要我接这个位子,我是不敢接的。千家万户

# 第十三章 吕一笔

都看着流中,我怕办不好学校。

流中是流年镇的希望,当年我们的父母不也是这样指望学校把我们培养成大学生吗?郑顺势说,才上,你越怕办不好,往往就能把学校办得越好。

老同学,谢谢你的鼓励。不过,我是从流中出去的,现在又回流中教书,感情在,再怎么苦和累也要尽职尽责。上面可能考虑到这点吧,才硬是要我担这个担子。他们边说边在学校慢慢地转,偶尔看见三三两两的学生,或手捧着书,或站在黑板报前,或在球场上打球。

学校比起二十多年前,已发生了变化,新建了两栋教学楼,运动场也扩建了,大大小小、长长短短的校道铺上了水泥路,绿化也上来了,以前的那几块菜园不见了。郑顺势说:还记得我们晚上肚子饿睡不着偷摘西红柿的事吗?

林才上哧哧地笑,说:我记得,你还记得啊?

我怎么会不记得?

我以为你都大老板了,哪有工夫记得这些?

来到学生宿舍区,郑顺势说:我们当年住的那间大宿舍呢?

林才上指着前面的那栋楼说:那栋原来的地方就是,前两年拆了新建的。

哦,还有像我们当时住的泥墙瓦盖的大宿舍吗?

还有两间。上面说,全县有很多学校要改善,只能一步一步来。乡镇的比县城的又要慢一步。

还有啊!现在想起来当时住那样的宿舍,心里很不是滋味。郑顺势想起二十多年前住校时不堪的情景,说:这样吧,我出资建一栋学生宿舍楼吧,尽快建,越快越好,让学生早日脱离苦海。

林才上像钉子一样突然被钉在地上,惊喜来得太突然了,说:你捐资?你捐资建?

我是流中出去的,表示一点心意吧。

一点心意?一栋大楼,一点心意,你这心意,呵呵……

大约要多少?

像前面那栋学生宿舍楼那样的规模吗?

这栋建好后,能完全改善全校住宿生的住宿问题吗?

能,能,能!

要是能，就建这样的一栋。不能的话，便建再大点的。

顺势老同学，我这就代表全校师生感谢你，向你鞠个躬吧。

别，别，别这样，莫让我折寿呢。

林才上正要鞠躬，被郑顺势拦住了，尴尬地笑着，说：一百万元，大约一百万元吧。

好的。郑顺势说，你别鞠躬了，别人要是看见了，还以为我们在干什么呢。

这有什么什么的，这叫感恩，学校一直倡导感恩教育。

我这是感恩，感恩流中。有你这样的校长，想把学校办砸都难啊。

林才上说：老同学又鼓励我了不是？我就知道，你郑大老板这次荣归故里，莅临学校指导，一定会有所表示的，没想到竟然是比天还大的表示。现在我很后悔没组织个隆重的夹道欢迎仪式。

夹道欢迎那是见外了。要是我没点觉悟的话，那还不被你这个大校长看扁了？我林才上就是吃了豹子胆也不敢这样。

听说你的诗和远方是培养更多学生考上大学，多出人才。

那是我们的"万万老师"教导我的。你听谁说的？

吕书记，吕一笔同学。

在你面前我哪有诗和远方，你这样的大企业家才有远方啊！

喂，"万万老师"退休后住哪儿？

就在前面，前面不远的那栋。前几年学校集资建了栋教师宿舍楼，像外面一样建成套房，学校出资六成，老师自掏腰包四成。所有退休的和在职的老师都可以申请。

我们这就一块去拜访他。

我已准备好了，等我们看完一遍校园后去看望他。他血压高，这两年不太敢出门。

郑顺势说：今后的流中就要看你这个火车头了。看你的精神面貌，肯定能行。

老同学你又在鼓励我了。

但是……

你说，你说。

说吗？

## 第十三章 吕一笔

说啊，老同学。

我向你建议……

建议什么？照单全收！

学生晚上偷溜出去看录像，要严加管理哦。

你，你还记得啊！我差点把你带坏。

能不记得吗，严重影响学习的？

管，一定要严管。林才上说。他想：现在电视、录像进入了家庭，圩镇上的录像场早几年已倒闭了，乡下的也自然消失了。偷看黄色录像的事家长才管得了。不过这些话他没说出来。

他们边聊边走，朝"万万老师"住的那栋楼走去。

这会儿，"万万老师"正在跟妻子拌嘴。他们经常因为儿子的事情拌嘴。他三十五岁才当上父亲。

"万万老师"生气地说：这事别老讲，我知道，别烦了。他妻子更是生气地说：烦了是不是？原来你的胳膊往外拐！人家说你那么会教书，可把自己的儿子教成什么了？别说考上大学去，连高中都没念完。现在还在外面流浪，连份稳定的工作都没有。老婆孩子跟着他受苦，秋香跟我一样劳碌，苦命。

他们的儿媳秋香在圩上的饭店打工。

"万万老师"的老婆说自己苦命，是暗指她那段长长的经历。她曾在学校喂猪。以前，流年中学养过猪，那时生活虽然艰难，但教师饭厅和学生饭堂还是会出现剩饭剩菜的现象，学校心疼剩饭剩菜，便专门盖了猪舍养猪。有些老师还趁机养鸡。那些鸡经常在学校的菜园扒吃，甚至伺机啄食从公厕的茅坑里爬上来的虫子。因为营养好，鸡长得光鲜，精神饱满。鸡们不但随处屙屎，还常常在光天化日下的公众场所"做爱"。对于正在发力苦读、正在发育的学生来说，这就很不妥了。于是学校不准老师养鸡。猪呢，还在养。过年的时候，把猪杀了分给老师。后来，风气有变，猪也不准养了。她便转入饭堂给老师做饭，但一直没有成为正式职工。而学校有些领导的老婆才干两三年便转正。她为此一直耿耿于怀，心情不好的时候便骂"万万老师"无能！

"万万老师"说的"这事"，便是他妻子要他找郑顺势，让儿子去他的公司上班。他妻子听说郑顺势是他的学生，是深圳的大老板。

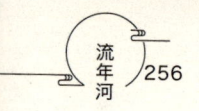

"万万老师"说：好了，我晓得了好不好？又不是马上想见他就能见的事。找机会，我会请他帮忙。

找机会？我看你教书都教傻了，别再臭清高了，放下面子，主动去找他。人家是大老板，找他的人排着队呢！老困在家里，哪来的机会？

好了好了，万万急不得。听说他回来了，明天我就找他去。

因为事先没有通知"万万老师"，打开门，当"万万老师"看见郑顺势，当即说不出话来，嘴巴在抖动，抖了一会儿才说出话来：顺势，真是你吗？哇，一个大人物的模样了。

"万万老师"不知是要拥抱，还是要握手。

"万万老师"的妻子也惊呆了，赶紧收起刚才跟"万万老师"拌嘴的表情，换上微笑说：进客厅坐，喝茶。

林才上说：老师，让你意外了吧？

意外，绝对意外啊！自从顺势离开学校后，便再也没见面了。顺势都成大老板、大人物了！

郑顺势说：还是当年的顺势，没成大老板也没成大人物。

林才上你看，我当年就说嘛，顺势日后一定有大出息的。他差一名进考场，我们一直等着他回来复读，但等啊等，等不来。后来听说出了深圳。

"万万老师"的妻子是从潮州嫁过来的，她泡了工夫茶，每一轮斟茶，只斟三小杯，她先端一杯茶递给郑顺势说：这就是郑顺势同学啊！你老师经常在我的面前说你夸你，特别夸你的作文写得好。

林才上说：顺势这种成绩好的学生，老师不记住，记谁去？

郑顺势接过茶，说：谢谢，大胆了。还说我成绩好？连高考试卷都没摸到的。

"万万老师"说：顺势，你要是回来补一年，准能考上大学。但不补也照样成才，聪明又勤奋的人肯定能成功的。

林才上说：我补三年，顺势一年也不愿补，我这个人就是脑子不会转弯，活该回流中，转不出流中的。

郑顺势说：喂，你都校长了。

"万万老师"说：才上，哦不是，林校长，你是慢慧型的，这一两年有板有眼，把流中一步一步向前推，了不起啊。

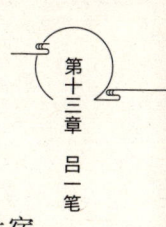

这次顺势老板给学校送了一个大大的礼,一口气就捐一百万元建一栋学生宿舍楼。

"万万老师"站起来要上前去握郑顺势的手。

"万万老师"的妻子说:老曹你血压高,别太激动,莫又头晕了。

"万万老师"说:我现在见了顺势,不晕了。

大家被逗得合不拢嘴。

离开的时候,郑顺势送了一部手机给"万万老师",说:老师,你们有什么需要吩咐我的话,随时吩咐我。

"万万老师"的妻子扯了扯他的衣角,暗示他——儿子去他公司上班的事。

"万万老师"碰了下妻子的手——表示知道了。他接过手机,说:那么贵重的礼物,我怎么好意思收呢?

林才上说:尊师重教,送你手机是尊师,捐钱建校是重教。顺势老板是我们这批同学学习的典范啊!

"万万老师"说:典范,也是我们所有人的典范。

郑顺势不习惯听赞扬的话,说:不是,不是典范,都是应该的。

"万万老师"凝望着郑顺势离开的背影,才想起儿子的事,张口想"喂"叫住他的,但又把嘴合上。

人家在背地里调侃"万万"老师——"万万老师"的生活只剩"诗和远方"!

## 6

郑顺势和吕一笔从镇政府出来,走路也就几分钟到圩镇。

一位年轻人诚惶诚恐地跟在他们的屁股后面,他是镇办公室的资料员小林。

郑顺势要求吕一笔不要派其他人作陪,说没必要搞得那么像模像样吧,走起路来浑身都不自在。吕一笔说:就一个资料员。郑顺势说:一个资料员也不用。

记记我们俩的讲话。吕一笔在说服郑顺势。

郑顺势说:我们俩的讲话有什么好记的?

吕一笔说:事关流年镇今后的发展呢。

郑顺势呵呵地笑了起来,拍了拍吕一笔的肩膀说:你这个吕书记,真把我当

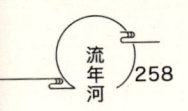

回事啊。

你已经是我们流年镇出去最大的老板了,今后我要傍紧你呢。

看看你吕书记又把我捧上天了。读书的时候你能说,如今当了书记更能说了。好的,你要派资料员跟着就派吧。

再说我大小也是镇里的一把手啊,出门办事一个人孤苦伶仃的也不像一回事,会被别人瞧不起的。我被人瞧不起了,等于流年镇党委政府被人瞧不起,党委政府被人瞧不起了,等于流年镇被人瞧不起了。老同学,你以为我愿意让人跟着啊?你刚才说的,让人跟着是浑身上下不自在的,但是,也只能这样啊,你说是不是?

你吕书记就是了得啊!

当了这个不大不小的书记,一半是公家的,一半才是你自己。还没有一半呢,一半的一半是老婆的。你是大董事长,更不用说了。人在江湖,身不由己。你的江湖比我大百倍。

郑顺势侧过头,微笑着看了看吕一笔,想:自己出出入入办事不也有秘书吕丽丽吗?这次回来,他不便带她回来。他换了个女秘书,第一个范小仙跟了他七八年,年纪上来了不适合当女秘书了。他记得这七八年,大约有三次,他应酬喝酒喝醉了,被她扶到宾馆去,醒过来后发现她睡在旁边,不知是他睡了她,还是被她睡了。他让她嫁了人,一次性奖励她五十万元。深圳的房子贵,没个三五十万元交不起首付。

他们一会儿便到了圩镇。小林跟在他们后面,保持着两三步的距离,他听见生动的话便抿嘴偷笑,但不能笑出声,更不能插话,只负责听和记。严格要求的话,偷笑也不行的。这是当资料员和秘书的基本素养。吕一笔不介意在小林面前说话,他也做过资料员。做资料员,就是该听的听,不该听的不要听,听了也要让它烂在肚子里。所以说当资料员是很锻炼人磨炼人考验人的。

他们来到了流年桥。

郑顺势站在流年桥上,突然想起前两天去拜访欧阳景山和刘清秀夫妇时,刘清秀悄悄告诉他的这件事——在你老同学吕书记面前,最好不要问及他孩子的事情。

郑顺势纳闷地问:有什么顾忌吗?

刘清秀又再压低声音说：吕书记结婚后，他老婆好几年才怀上孩子，后来听说又是求医又是问神，好不容易生了一个儿子，没想到十多岁了还要离开他们。

什么离开他们？

那年暑假，圩镇闹洪水，水面桥浸没了，水快退下去的时候，他儿子和几个同学想去圩镇对面的竹林捉笋蜂，一个个涉水过桥，桥面上的水盖膝头左右。结果他儿子被洪水卷走冲到河里，半天没找到，等打捞起来时，已僵硬了。

郑顺势用手掌捂着嘴巴，瞪大眼睛说：天哪，这打击也太大了。

刘清秀说：他老婆好几年才缓过来，以后也没有再生孩子。

郑顺势说：吕书记没跟我提过这件事，也看不出来，他够坚强的。

刘清秀说：书记嘛。

郑顺势想——自己看到的、知道的只是吕一笔的一部分，而他看到的、知道的也是自己的一部分。关系再好，再亲密，也很难了解一个人。人活着不容易，活得从容坚强更不容易。

刘清秀知道他们是好同学，给郑顺势提了个醒。

初夏，是流年河一年中河水丰沛的季节，桥下面是哗哗流淌的河水。

吕一笔说：你多久没来了，大老板？

像今天这样站在桥上，有二十多年了。

看多了深圳湾，会不会觉得流年河小得很？

深圳湾是连着海的湾，我们的流年河是奔向江的，哪能比呢？大有大的气派，小有小的韵味吧。

每年汛期，下了几场暴雨，桥便被洪水淹没了。两边的人来往不了，又不得不靠渡船，难怪叫水面桥。但也没办法，穷啊，建不起大桥，只好看菜下饭，将就了。吕一笔说。

这时桥上除了行人，还有摩托突突突地穿行，偶尔有拖拉机、大货车经过。大货车开过去的时候，桥面便微微地颤动。

郑顺势说：以前没发觉这样啊。

吕一笔说：以前哪有大货车，顶多是人推木板车，大不了是拖拉机。

看来流年桥只能行人、骑单车、骑摩托了。郑顺势担心地说，像今天这样会很不安全的。

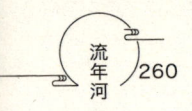

但不通货车、大车跟不上形势啊。吕一笔说。

吕书记,你今天第一站带我来流年桥有什么用意?直说吧,老同学。

大老板就是大老板,你让我佩服得五体投地啊!我心里想什么瞒不过你,难怪我读书读不过你,作文写不过你啊!

说吧,老同学,你也是为流年镇着想的。

想请你捐资建一座新大桥。这个想法,我当上书记后直到现在日思夜想,但想不出好办法。我们流年镇是山区小镇,上面这几年很难把这个大项目列入计划,只能找人来捐资。最后还是想到你,"暗算"你。

郑顺势呵呵大笑,笑声与哗哗流水声比翼齐飞。他说:你个吕书记,在"暗算"我不是?

众里寻他千百度,蓦然回首,那人却在灯火阑珊处。那人就是老同学你郑顺势大老板啊!

小林被他们逗笑了,赶忙背过身去,假装在望河水。

你的诗能换钱了,说吧,说吧,要我捐多少?

我已请专家实地考察了,五百万元左右。

你又让专家来了。这么说来,你还真是"暗算"我了。"暗算"就"暗算"吧。

你,你答应了!吕一笔立即跳了起来,说,你真答应了!

小林这会儿真的忍不住,嘻嘻地笑。

吕一笔说:小林,你听见了吗?这就是我们流年镇人的骄傲!你莫光顾笑了,赶紧把本子拿出来,记记,记好!

不用记,说话算数。

我是让小林记刚才我说的这句话,你是流年镇人的骄傲。

确实也需要再建一座桥了,那么长的河段,只有一座水面桥,来往不方便。郑顺势说。

流年镇虽然不能像县城,更不像珠三角那些城市有那么大那么快的变化,但这二十多年也变化不小了。圩镇靠河的这边新建了不少楼房。一条新建的街道——沿河街正在兴建之中。这条街比原来的老街宽敞,两辆车能同时通过,两边还种树绿化了,也装了路灯。它被称为新大街,形象路。老街也新铺了水泥路，路面不再残旧不平。

　　以前那些集中在一块的、低矮的茅房（厕所）被拆除了。圩镇上的居民在自己居住的楼房、商铺建了厕所。不过从家家户户的化粪池流出的污水流入了流年河，流年河的水质差了许多。居民们不敢去河里担水喝，连洗衣服也不去河边洗了。他们喝上了自来水，用上了洗衣机。

　　流年镇每逢三、六、九圩日，虽然这些年淡化了赶圩的观念，但还是改变不了老习惯，习惯圩日赴圩。今天恰好是圩日，大街小巷很热闹。他们三个人融入人流中。郑顺势走着、挤着、看着、听着，暖意一点点在心里涌动。

　　吕一笔说：到午饭饭点了，我请你吃"流年炒粄"、南姜鸭、竹林鸡、猪头皮"白批"（猪头皮切得一片一片薄薄的盖上酸甜的萝卜丝和南姜末）、肉丸汤。委屈一下你大老板。

　　好啊！让你吕书记破费了。

　　你捐一座大桥，我出一顿饭，哈哈哈——

　　小林又没忍住在笑。

　　吕一笔说：小林，你赶忙准备去，去"何记饭店"。

　　郑顺势看着小林屁颠屁颠地走远，仿佛看见了以前自己在照相馆的影子。

　　吕一笔说：要不要叫上钱所长、丁院长？

　　郑顺势一时没反应过来，说：哪个钱所长、丁院长？

　　钱所长就是钱小才，他现在是派出所所长。丁院长是丁观照，在圩镇开了几年诊所后，被上面看中调进卫生院，现在是卫生院的院长了。

　　哦——都是领导了。那干脆叫上林校长一块来吧。除了钱小才，林校长来了，我们当年一块睡同一张架子床的便到齐了。

　　好嘞！今天我们这些"难兄难弟"一块好好喝一杯吧。谁能想到，二十多年后又走到一起为流年镇服务了。都是"长"了，肩上的担子还不轻呢。

　　吕书记，你是一方诸侯，负总责。

　　人家背后戏说"一方猪狗"。

　　他们这会儿便笑岔气了。

# 7

郑顺势那次回流年镇后,镇上便不断流传着他的话题。

小镇的人就是喜好猜测、想象,好像这样了,生活才变得有滋有味,日子才富有情趣,人生才由此有盼头。几百年来小镇一直有着"黄獠圩的传说",虽然现在资讯发达了,但也一直延续着口口相传的这种习惯。

郑顺势自那年回来出席电站的开工仪式后,就再也没有回流年镇。也许是因为那次回来他留下了太多让人惊讶、惊奇、惊喜的举动,圩镇上在流传那一段段佳话——那天,吕一笔书记陪他去流年桥视察,刚好一辆大货车经过,桥面有些颤动,他一担心就捐资五百万元建一座新大桥,命名为"奥年桥",赶在北京奥运会开幕当天竣工。"奥"意指奥运,"年"意指流年河,庆祝奥运会在我们祖国举办。

他去了流中,林才上校长陪他考察一圈,他看见还有当年他读书时的寒碜的泥墙瓦盖的学生宿舍,他一感慨便捐资一百万元,说立即拆马上建。

在平湖小学,他去探看在那里教书的老同学,发现校舍很破旧,他一动情捐资八十万元,现在那栋崭新的教学楼便是他捐建的。

听说他那次回家,开车从沿河路回家,那段大约六公里的土路坑坑洼洼,很不好走,他老婆一路晕车呕吐。他一"惜"(爱惜)老婆,捐资一百万元把那段路铺上了水泥路面,如今成了乡村风景路。

照相馆的欧阳景山夫妻俩在圩镇上逢人便说:郑顺势只在照相馆生活过几个月,几个月啊,上次见面他竟给他们三十万元更新设备、装修门面。

这些真实的事例像春风一样在流年镇吹来吹去,吹得大家心旷神怡。

郑顺势越久没回流年镇,这些事例便会一遍遍地被翻出来加工、包装、传扬,像酿酒一样发酵,香飘四方。有心人不停地在遣词造句上下苦功,千方百计把这些事例说得生动、传神、抓人。

郑顺势那次回流年镇后好多年没回来,一是因为很忙,二是他的身体不适。那次体检,他被检出了问题。

他有两年没体检了,除了忙,还因为他总是很怕去医院。他总觉得有病才要进医院,没病进去干吗。医院看见的、听见的大都是不舒服、不自在、不快乐的。听到的声音是呻吟、叫喊。看到的是痛苦的脸、愁苦的脸。不到不得已,他能不去医院便不去,能挺便挺住,能躲则躲闪。他妻子孙小美这些年有工夫多关注他了,因为两个儿子离开他们了,一个去外国留学,一个在上海上大学。郑顺势五十岁以后,孙小美要求他一年至少要去体检一次。但每一次都是孙小美三番五次催了又催,他才肯去医院。这次拖得太久了。这天孙小美下了最后通牒,说:郑大老板你再这样拖,我叫两个儿子回来带你去。

郑顺势听孙小美的口气,知道她很生气了,一般情况下她不会叫"郑大老板"的。叫老公叫成大老板说明什么?说明你再这样就不是我的老公了,就是了不起、忙得不要命了……一般情况下她不会把两个儿子"请"出来的。

郑顺势赶忙说:别,别叫儿子回来,一个在国外呢。

第二天郑顺势只好乖乖跟着孙小美去医院体检。

不检则已,一检检出了问题,他的脑袋里长了一个瘤。

孙小美听医生分析拍出的片,吓坏了。

医生说:也别太着急、担心,放松点,可能是良性的。

郑顺势先是受了惊吓,后便装作淡定,他怕影响孙小美的情绪,说:难怪这段有时觉得头有点晕。

医生建议说:赶快做进一步的检查,最好明天。

回到家,孙小美泣不成声。

郑顺势安慰她:没事的,小美,没事的,医生不是说可能良性吗?

孙小美哭着,揩着鼻涕说:你说良性便良性啊。

郑顺势知道孙小美担心那个瘤是恶瘤,他自己也担心。

孙小美说:要不要告诉儿子?

郑顺势说:不能,千万不能。还不知道结果,别让他们惊坏了。

孙小美说:要不要告诉你父母和我爸?

郑顺势说:不能,别让老人家担心,害得他们吃睡不宁,他们一把岁数了,也帮不上忙的。

要告诉你弟妹吗?

也不能,他们万一传来传去,会添乱的。就我们俩知道,处理这事便好。

孙小美差点笑出声来,说:就我们俩知道?不是知道了!我看你的脑子真是长瘤了。

郑顺势躺在床上，抱紧孙小美，说：小美，小美，万一……

孙小美把他的嘴捂住。

郑顺势好久没这样抱孙小美了。

郑顺势说：小美，小美，要不，趁我还清醒，先立个字据吧？

孙小美又把他的嘴捂住。

一会儿，郑顺势说：小美，还是立个字据吧，给你一千万元。我们的公司虽然不大，但钱是我们辛辛苦苦赚的。

孙小美的眼泪便出来了。

郑顺势说：小美，你怎么哭啦？

孙小美只顾嘤嘤地哭，肩膀一耸一耸的。

小美，你说呀。

孙小美还是哭。

郑顺势翻上身。孙小美在下面说：顺势，顺势，别，明天还要去医院检查呢。我不要钱，我要你健康，健健康康。

郑顺势说：小美，你不要哭，你哭我便不下来。

孙小美止住了哭。

郑顺势这才从她身上下来。

孙小美一夜没合眼，她假装在睡，假装发出均匀的呼吸。她想这样子让郑顺势安静下来。她听到郑顺势起鼾声了，睁开眼睛，默默地流泪。她想起曾经有三次暗中偷偷把郑顺势的内裤藏起来，郑顺势去上班后，她才拿出来闻，把自己关进卫生间，对着那个部位闻了又闻。有两次，她老觉得不单是他的味道，还夹杂有别人的。但前天晚上明明没跟自己过那个生活啊！莫非是昨天中午或白天的其他时间跟别的女人鬼混？于是边闻边委屈地、伤心地哭，脑海里便不断涌出他跟别的女人温存的画面……郑顺势只穿红色、黑色、白色三种颜色的内裤。三次正好闻遍了三种。这种问不得的糗事，像虫子一样时时刻刻在啃咬她的内心，她焦虑不安，头发掉得厉害，她望着衣镜里的自己，害怕起来。后来她不闻了，骂起自己来——孙小美，你这不是作践自己吗！有本事你跟踪他，暗中跟踪啊！

记得有一次大冷天，郑顺势晚上又没回来睡觉，她又失眠了，一整夜没合

# 第十三章 吕一笔

眼。大清早她开车送两个小孩去读书。从家里到学校要经过三个红绿灯路口。她精神恍惚，误以为亮红灯通行，连闯了两次红灯，她竟还自言自语：今早走狗屎运了，老赶上趟！两个孩子坐后排，没去看红绿灯，不然会惊恐万分的！过第三个路口时，一辆辆车向着绿灯开去，她这时才回过神来，吓出一身冷汗，暗叫：天哪！好在刚才没出事，不然两个孩子没了，孙小美你活不成了！这件事她没敢告诉郑顺势，私下里去交警大队把这事办了。这以后，她对郑顺势回不回家睡觉，便不再跟他较劲，也不跟自己较劲了——不能因为他失去两个孩子！

她伸手想去抚摸郑顺势的脸，但又缩了回来，想：不较劲，不再跟他较劲了。已在乎他那么多年，较劲了那么多年。终于陪自己一路走了过来，跟自己生了两个儿子，儿子也长大了，也该松口大气了。现在都一把岁数了，他仍然没有被别的女人抢走，够了，累了。只要他还在自己身边，只要他健康，其他都由他去吧。以后不管他了，他为他老家捐钱办事，只要他快乐就好。

检查结果出来了，那个瘤是良性的。郑顺势住进医院，把瘤切除了。经过半年多的康复，他才缓过劲来。这一次，他好像从死神手中夺回了性命。

经过这件事后，孙小美对郑顺势的态度发生了巨大的转变，不再像以往一样明里或暗里把郑顺势盯得那么紧。她对郑顺势软了，柔了，暖了。有一回，她将从朋友圈看到的信息转发给郑顺势：在云南有这样的真实场景，一百二十岁的婆婆坐在门前，等一百岁的儿媳从娘家回来，八十岁的孙女一面穿针引线，一面自豪地说，我还年轻……

郑顺势噗地笑了，回复孙小美：愿你是一百二十岁的婆婆。

孙小美回复：是我祝福你的。要不是这种意思，我才不会发呢。有自己祝自己的吗？

郑顺势回复：我祝你呀。

我祝你，我祝你，祝你像那位婆婆长命百岁，别歪了我的心意。

我还不到六十呢，哪敢想一百二十岁的事。

远远地想着，也欢喜啊。

好，好，我收起。

孙小美便发去一朵红花，一个笑脸。

有一次，郑顺势又想要为家乡做实事，心里便痒痒的。他说：小美，我给你讲讲"黄猄圩"的传说吧。

孙小美听后,说:黄猄都懂得感恩救它的恩人,何况是人,更应该去感恩生他、养他的家乡,是吧?

郑顺势说:小美,你呀,你都把我看透了,叫我怎么爱你哟。

孙小美说:你想怎么爱就怎么爱吧。

郑顺势朝她招手,说:你来,你过来呀。

孙小美犹豫着过去。

郑顺势立马去吻她的嘴,啪啪啪地脆响。

孙小美假装生气说:别老不正经。

郑顺势说:离六十还远着呢。

这以后,郑顺势又频频把钱捐回流年镇。镇卫生院的门诊大楼,中心小学的那个操场,敬老院,都是他捐资兴建的。改善流年河的水质,还原水清鱼跃的景象,要处理和净化流入河两边的污水,他又捐资兴建污水处理厂。这些喜事,像一场又一场瑞雪一样飘洒在流年镇的大地上。

钱捐回来了,但郑顺势一直没有回来。有人猜测他事业做大了太忙了,有人说他高调做事低调为人,有人说他做好事不留名是现代的"活雷锋"。

郑顺势的名字闪烁着神一样的光辉。

## 8

郑顺势读书的时候,遇到什么事情,总爱掏出镜子,对着镜子里的自己,自己跟自己说话。那次切除脑瘤,让他回想起以前照镜的事来。他下意识摸了下裤袋,苦笑了下,袋子里早不装小镜子了。他走到衣橱那面落地的大镜子面前,看着镜子里的自己说:郑顺势,你没钱的时候,急着去赚钱,赚了小钱,想着赚大钱,现在有了钱后,想什么?

他看了看镜子里的自己,想了想,说:钱啊,生不带来,死不带走,你不赌(赌博)、不吸(吸毒),花不了多少钱的。老婆也不需要那么多钱,跟自己一起过日子也花不了太多的钱的。她离开人世跟自己是前后不远的事情。如果给她很多的钱,只会给她徒增烦恼,也给自己带来烦恼。你从来没有告诉她真实的财产和存款,她也没有正儿八经地盘问你。她有时会旁敲侧击打探一下,但你闪烁其词,敷衍过去。一回两回这样了后,她可能累了,便不再探问。他对自己嘻嘻地笑了下,接着说:票子、房子、车子这些财富只能为自己所用,不可占有,人人都是过客。孩子呢,孩子有本领不用你留多少钱,没出息的话,留再多又有什么意义呢?儿孙自有儿孙福!

他这样说着说着,把自己说欢喜了。

那次回流年镇,他被人叫得最多的是大老板,他老在纠正他们不要这样叫他,但还是没效果。他想,世俗便是这个样子。

春节,普天同庆的节日。今年春节竟突遇天大的疫情,武汉封城,举国震惊,生活停摆。

吕一笔收到郑顺势发来的短信,是一副对联:我去你家你紧张(上联),你来我家我心慌(下联),暂不来往(横批)。

吕一笔回复一个无奈的表情。

郑顺势有很多年没回流年镇了,这期间吕一笔去深圳见了他几次,每次都邀请他回来考察,但郑顺势总说,忙过这阵,下次吧。下次见面,他又这样说。

郑顺势没回流年镇的其中一个原因,是他父母被他们兄妹接到深圳住了。起初,他父母不太情愿的,但最终还是被他们兄妹说通了。

吕一笔:一直等着你回来,等,等,等啊!

郑顺势:谢谢。流中已不是我们读书时的样子了,整个搬迁了,听说老流中现在是中心小学,新校区是全县最靓的。

吕一笔:是的。流中成了流年镇的一张名片。感谢你们。

郑顺势:新校我没捐钱出力,别谢我,要好好感谢全额捐建新校的那位华侨和成立奖教奖学金的那位贤达。

吕一笔:都要好好感谢。流年镇的变化,离不开你们这些爱乡的杰出贤能。

郑顺势:这次疫情,生与死,悟到了什么?

吕一笔:我问流年河,你问过吗?

郑顺势动情了——吕一笔还记得啊。读高中的时候,学习任务重,心理压力大,"万万老师"也许是为了缓解同学们的苦闷,有一次上作文课的时候,他说:要是你们有什么话,不方便跟同学说,不方便跟老师说,不方便跟父母说

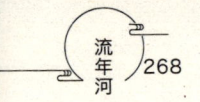

的，去流年河吧，跟河水说，心里解不开的疙瘩，问问流年河……同学们听后非但没有觉得是戏言，反而差点流泪。"万万老师"就是懂我们的心啊！

吕一笔当上镇委书记那天，他以调研流年河堤岸建设的名义，带上秘书小林，一块来到流年河。他让小林在流年桥上等他，他独自一人来到河边，按捺不住激动，对流年河说：我吕一笔媳妇熬成婆，多年的梦想终于实现，坐上流年镇的第一把交椅了，今后能谋划流年镇的大事啦，你也替我高兴吧……

小林望见吕一笔好像在沙滩上拾了块瓦片，然后弯腰侧身朝河面扔去——打水漂。五六朵浪花成一条直线在水面相继绽放，把他看得心痒手痒。他也乐了——吕书记这个人就是生动。

吕一笔先是被提拔为镇长，然后当上镇委书记。他认为既有自己的努力，也有其他因素。镇长"吃"扶贫款出事，他接任他当镇长。后来镇委书记得胃癌病逝，他接任他当书记。

郑顺势：问过，流年河不言，可能说不过来吧。

吕一笔发去一朵红花。

郑顺势看了又看吕一笔发来的微信，笑眯眯地回复：流年河流走了流年镇一代又一代的人和事，但也带不走一些东西，比如黄獠圩的传说，至今流传。

吕一笔：你已经悟到了。

郑顺势：我悟到什么了？

吕一笔：你为流年镇所做的一切，便是。

郑顺势：又鼓励我了。

吕一笔：我吕一笔哪有资格。

一会儿后，吕一笔又发来微信：等疫情解禁后你回来，我们还像当年一样一起去河边朗诵诗。

郑顺势：两个老文青，过几年都花甲了。

吕一笔：老同学你状态好着呢。

郑顺势：哪有年轻人"直挂云帆济沧海"的豪情？

吕一笔：期待老同学"更上一层楼"！

已入秋一段了，郑顺势还是没有回来。

吕一笔坐不住了，给他发信息：大老板，老等你回来吃"流年炒粄"呢。

"流年炒粄"香、干、韧，是远近闻名的特色小吃，早已成为流年镇人心中家乡味道的代表。

郑顺势：等疫情再稳定稳定吧。

吕一笔：还等啊！学不是已经照开，高考不也考了吗？

郑顺势：看看国外，看看国内，看来看去还是我们的国家好啊！

吕一笔：自豪了吧。想远想近，更坚信我们的党掌舵有方。上下齐心，哪有跨不过去的坎？！

郑顺势：你党龄多少？

吕一笔：三十，正好三十年。

郑顺势：久经考验了！

吕一笔：你们这帮老同学看着啊！

郑顺势：是吗？共勉共勉。给你说个奇怪的梦，想知道吗？

吕一笔：想，想啊。

郑顺势：梦见自己变成一条鱼。

吕一笔：鱼？那还真是奇妙了。

郑顺势：老找不到水，蹦着，跳着。

吕一笔：呵呵，要找哪里的水？

郑顺势：你猜呢？

吕一笔：哈哈哈，流年河，流年河！

郑顺势：你怎么猜中的，一笔？

吕一笔答非所问：我孤独了，老同学快点回来叙叙旧吧。

郑顺势冷不丁怔了下：你？你孤独？

吕一笔：赤条条来，最多赚一身衣服回。这期间，谁会真正了解自己。孤独啊！

郑顺势侧了下脑袋，笑了笑——吕一笔怎么也有跟自己一样的感受？他发去一个微笑的表情。

吕一笔：有时独自去流年河听听哗哗的水声，好像没那么孤独了。你又要说我老文青了吧。

郑顺势：老文青，真有意思……

郑顺势边给吕一笔回复微信,脑海里边浮现出流年河原来的模样——清亮的河水里鱼虾游弋,水边是光洁的河石、纯净的白沙,河石、白沙铺展出宽窄不一的沙滩,连着沙滩的是草埔,像绿色的地毯,挨着草埔的是大片大片青翠欲滴的竹林……

经风历雨的郑顺势已不是当年坐在河边的郑顺势。他像跟老朋友倾诉似的,在心里说,流年河,讲你听,我现在讲你听,我的远方就在流年镇里。